Née pour être brisée

La revendication de l'Alpha, tome deux

Par

Addison Cain

©2020 Addison Cain
Tous droits réservés.

Aucune partie de ce livre ne peut être reproduite ou transmise sous quelque forme que ce soit par des moyens mécaniques ou électroniques, y compris la photocopie et l'enregistrement, ni archivée dans des systèmes de stockage ou de récupération de données sans permission écrite de l'auteur. La seule exception est dans le cas courts extraits cités dans une critique.

Ceci est une œuvre de fiction. Les noms, personnages, sociétés, organisations, lieux et évènements sont le fruit de l'imagination de l'auteur ou utilisés fictivement. Toute ressemblance avec des personnes existant ou ayant existé, des évènements ou des lieux, est fortuite.

Art de couverture par Simply Defined Art

ISBN: 978-1-950711-41-3

*Ce livre est destiné aux adultes et contient des scènes d'échange de pouvoir total qui peuvent mettre certains lecteurs mal à l'aise.

Chapitre 1

Le temps qu'elle arrive devant chez lui, Claire pouvait à peine faire plus que ramper. Elle griffa le portail avec ses doigts engourdis avant de se laisser tomber au sol. Quand elle vit la porte s'entrouvrir et des yeux loucher dans le noir, si elle l'avait pu, Claire aurait ri. Jamais un homme n'avait paru si choqué.

Elle était sale ; ses cheveux filiformes étaient trempés par la neige et par sa sueur, et ses membres étaient salement amochés après sa chute. Un bleu en forme de mains enserrait sa gorge comme un triste collier. Ce n'était rien comparé à l'état de ses pieds lorsqu'il l'aida à se relever. Ils étaient lacérés et en sang, et elle avait perdu bien trop de peau. Corday la hissa du sol, pressa son corps gelé contre le sien et referma la porte.

— Claire ! s'exclama-t-il en frottant vigoureusement le dos de la femme tremblante. Je te tiens.

Et heureusement qu'il la tenait ; dès qu'il eut refermé la porte, Claire s'évanouit, et ses yeux roulèrent dans leurs orbites. Corday se précipita jusqu'à la douche, monta la température et se tint avec elle sous le jet brûlant. Ses lèvres étaient bleues, ce qui n'était pas étonnant vu que les températures à ce niveau du Dôme étaient devenues glaciales. Le Bêta débarrassa son amie de sa robe en lambeaux et nettoya chaque rigole de sang, découvrant d'autres bleus, d'autres blessures, d'autres raisons de détester Shepherd.

Il avait gardé la gaze sur son épaule pour la fin, soulagé de voir qu'au moins une blessure avait été soignée. Mais, à mesure que le bandage se saturait d'eau, il commença à s'inquiéter de ce qui pouvait se trouver dessous. Corday le retira et jura en voyant ce que la bête lui avait fait. C'était la marque de revendication de Shepherd. La peau était rouge et irrégulière, même après ce qui paraissait des semaines de guérison. Son épaule était foutue en l'air.

Le monstre l'avait mutilée.

L'eau lui parut soudain aussi glaciale que son sang. Corday la sortit, la sécha aussi bien qu'il le put et la borda dans la chaleur de son lit. Claire gît sous la couette, nue et contusionnée, un soupçon de couleur revenant sur ses joues creuses. Un à la fois, il découvrit chaque membre, soigna ses éraflures et banda ses plaies en faisant de son mieux pour préserver sa pudeur. Ce qui ne l'empêcha pas de voir les hématomes révélateurs qui marbraient l'intérieur de ses cuisses.

Elle était presque aussi meurtrie que les Omégas sauvées par la résistance…

Cela l'effraya. Aucune de ces femmes ne s'en tirait bien. Même maintenant qu'elles étaient en sécurité et à l'abri, leur état se détériorait. Elles parlaient et mangeaient à peine. D'autres étaient mortes, et les exécuteurs ne pouvaient identifier la cause. La brigadière Dane était sûre qu'après tout ce qu'elles avaient traversé – les enfants et partenaires qui leur avaient été arrachés –, elles avaient simplement perdu la volonté de vivre.

Claire devait être différente.

Son bras gauche, son bras droit et ses deux coudes saignaient. Corday ne put lui offrir que des baumes et des bandages. Il n'y avait rien qu'il puisse faire pour sa gorge ; ces hématomes jaunes-bruns n'étaient pas récents. Les blessures de l'Oméga étaient bien plus délicates au niveau des jambes : ses genoux étaient grotesques, l'un d'eux entaillé si profondément qu'il aurait requis des points de suture. Il aligna de son mieux les bords de la plaie déchirée et béante et posa dessus des sutures adhésives pour qu'elle puisse mieux cicatriser. Ses articulations allaient gonfler – c'était inévitable –, et il hésitait à poser de la glace dessus, puisqu'elle était déjà tremblante et froide au toucher.

— Tout ira bien, Claire, lui promit-il. Tu es en sécurité avec moi.

Claire ouvrit ses yeux injectés de sang ; elle regarda le Bêta, dont elle pouvait lire le visage comme un livre. Il avait peur pour elle.

— Je n'ai pas mal.

— Chut, murmura-t-il en se penchant, heureux de la voir réveillée. Repose ta gorge, ajouta-t-il en dégageant ses cheveux humides et emmêlés de son visage.

Elle se tut, aussi Corday se dépêcha de terminer de désinfecter toutes les abrasions sur ses cuisses, ses genoux et ses mollets. Ses pieds étaient une autre histoire. Il ne pouvait pas y faire grand-chose, et elle aurait du mal à marcher pendant des jours et des jours. Il ôta tant bien que mal les détritus et remarqua qu'elle n'avait ni bougé ni tressailli, pas même quand un filet de sang frais s'écoula après qu'il eut retiré un grand tesson de verre de sa chair. Il banda ses pieds et pria les trois Dieux pour que ses plaies ouvertes ne s'infectent pas.

Pensant qu'elle était en train de dormir, il se leva, mais la main de Claire se tendit, et ses doigts meurtris se refermèrent sur sa manche.

— Ne pars pas !

— Tu as besoin de médicaments, l'apaisa Corday en entrelaçant leurs doigts.

Claire les serra, terrifiée et incohérente.

— Ne me laisse pas seule.

Corday envoya voler la pile d'emballages de pansements par terre et fit ce qu'elle désirait. Il se glissa sous la couverture à côté d'elle pour lui offrir sa chaleur corporelle et un endroit sûr pour se reposer. Claire le laissa la tenir et posa sa tête sur son épaule.

— Veux-tu bien ronronner pour moi ? murmura-t-elle.

Sa demande pitoyable la rendit honteuse.

Le ronronnement était un acte intime entre des amants et des membres d'une même famille, mais le Bêta n'hésita pas. Corday inspira profondément et, aussitôt, une vibration bourdonnante jaillit de sa gorge. Le ronronnement était un peu faux – il n'avait pas l'habitude – mais, bien qu'il ne soit pas aussi riche que celui d'un Alpha, il la rassura infiniment.

— C'est agréable, soupira-t-elle, épuisée. Ne t'arrête pas.

— Je n'arrêterai pas, Claire, promit Corday en essuyant une larme sur sa joue.

— Je déteste ce nom, murmura-t-elle d'une voix brisée en sentant plus qu'un mal-être étouffant.

Elle ressentait du dégoût… pour elle-même.

Claire se réveilla blottie contre son ami, comme deux enfants qui s'étaient murmuré des secrets dans la nuit. Bien que son corps entier soit endolori, elle était au chaud, enveloppée dans une odeur de sécurité et reconnaissante de voir le sourire juvénile que Corday lui offrit lorsqu'elle entrouvrit ses cils collants.

— Tu as l'air d'aller mieux, dit-il en caressant doucement et prudemment ses cheveux emmêlés.

Ils étaient si proches qu'elle pouvait sentir son odeur et voir les poils pousser sur ses joues.

Il semblait si réel.

Lorsqu'elle la suça dans sa bouche, Claire sentit brûler sa lèvre inférieure éclatée. Goûter la blessure que Svana lui avait faite quand elle avait refusé d'écarter les cuisses lui fit revivre ce cauchemar. C'était comme si la femme était présente dans cette pièce, comme si les mains de l'Alpha étaient encore serrées autour de sa gorge.

Elle eut du mal à respirer.

— Tout ira bien, Claire, dit Corday, ce qui brisa la vague de terreur grandissante. Je te protègerai.

Ce n'était pas un rêve ; c'était la réalité. Claire réalisait que plus Corday lui parlait, plus il la touchait, plus elle avait l'impression de sentir le soleil réchauffer son visage.

Comment était-elle arrivée ici ?

Elle était *séparée* de Shepherd, physiquement mal en point, nue, et Corday l'avait accueillie chez lui en dépit du fait qu'elle l'avait drogué et lui avait menti.

Elle devait se le rappeler tout haut ; se forcer à se rappeler.

— J'ai sauté de la terrasse à l'arrière de la Citadelle… dans une pile de neige.

— Et tu as couru jusqu'ici, termina Corday.

Oui, avant même d'avoir repris sa respiration, elle avait crapahuté sur ses pieds et pris ses jambes à son cou.

— J'ai couru aussi vite que possible… tout droit jusqu'à ta porte. Je suis désolée, Corday, sanglota Claire d'une voix fêlée, tremblant de tous ses membres.

Lorsqu'il perçut sa panique, il essaya de la calmer.

— Il n'y a pas de quoi être désolé.

— Je t'ai drogué, murmura-t-elle. Je t'ai menti. Et, maintenant, il va te trouver. Il va te faire du mal.

— Il ne me fera rien, lui assura Corday d'un ton sérieux et sévère. Tu peux me faire confiance. Et tu n'as plus besoin de me mentir. Je ne peux pas t'aider si tu mens.

— Si je t'avais mené aux Omégas, il t'aurait tué comme il a tué Lilian et les autres, dit Claire en posant les yeux sur l'oreiller légèrement ensanglanté. Il m'a punie… Je suis enceinte.

Corday le savait déjà. Il l'avait senti presque au moment où Claire lui était tombée dans les bras. Il n'y avait qu'une seule explication pour qu'une telle chose se soit produite. Shepherd avait forcé un autre cycle de chaleurs.

Il y avait si peu qu'il puisse dire ou faire, mais Corday pouvait lui offrir une solution. Il la regarda dans les yeux et demanda :

— Veux-tu le garder ?

Quelle question… Tout en réfléchissant, Claire se rendit compte qu'elle s'était accrochée au Bêta au point de lui meurtrir les épaules. Elle relâcha sa prise, jaugea le petit bout de femme qu'elle était toujours, et sut dans son cœur qu'elle n'avait pas souhaité avoir un bébé… pas encore. Et, surtout, elle s'était bêtement autorisée à s'attacher au monstre qui avait planté sa graine dans son ventre, un monstre qui l'utilisait comme poulinière et dont l'amante avait essayé de la tuer.

Claire posa une main sur la minuscule vie qui grandissait en elle. Elle pouvait se débarrasser du problème ; l'avortement était une pratique courante, probablement encore accessible à l'heure actuelle. Elle pouvait sortir Shepherd de son corps.

Après une inspiration haletante, elle avoua l'horrible vérité :

— Je ne ressens rien, tu sais ? À l'intérieur… Je ne ressens rien du tout.

Il lui décocha un petit sourire en coin.

— Je sais que tu as l'impression que c'est la fin du monde, Claire, mais tu es libre, maintenant. Tu es une survivante.

Elle ne put s'empêcher d'adresser un sourire triste à l'homme qui ne comprendrait jamais.

— Survivante ? Quel genre d'avenir envisages-tu pour moi ? J'ai été revendiquée par un monstre pour devenir son jouet, droguée pour déclencher artificiellement mes chaleurs, ensemencée contre mon gré pour lui être dévouée et puis forcée d'écouter l'Alpha qui est censé être mon *partenaire* baiser son amante – une Alpha terrifiante qui m'a doigtée et a essayé de m'étrangler sous ses yeux.

Corday ne put réprimer une grimace.

— Là, là. On trouvera une solution.

— C'est bon, tu sais. On peut tous les deux reconnaître qu'aucune fin heureuse ne m'attend.

Claire se rassit et tira la couverture sur sa poitrine. Elle se sentait vide.

— Je n'ai aucun avenir, mais je peux toujours me battre pour elles.

Corday caressa ses cheveux. Il aurait aimé la prendre dans ses bras, mais il refoula son envie d'embrasser la femme aux yeux tristes.

— Si tu franchis cette porte et que tu essaies d'affronter Shepherd seule, tu ne gagneras pas.

— Je ne gagnerai pas… mais ça ne m'empêchera pas d'agir.

Enfin un objectif, quelque chose auquel se raccrocher…

— Ah, ça non ! ricana-t-elle, sa voix implacable. Je vais faire tout ce que je peux pour faire du bruit. Et, s'ils m'attrapent, je m'assurerai qu'ils me tuent.

— Écoute-moi, s'il te plaît, dit Corday d'un ton pressant, craignant de l'effaroucher s'il disait un mot de travers. On doit en parler. La meilleure chose que tu puisses faire pour l'instant, c'est récupérer.

— J'en ai l'intention, opina-t-elle, certaine qu'il comprendrait. Shepherd m'a dit une fois qu'il n'y avait pas de bon dans le peuple de Thólos. Il avait tort. L'occupation a pulvérisé tous nos faux-semblants ; elle nous a rendue nue à notre propre nature. Ne vois-tu pas ? L'intégrité, la générosité – elles existent ici… Toi, Corday, tu es un homme bon.

Elle ferma les yeux et se blottit contre lui ; il n'hésita pas à la serrer dans ses bras.

— Et tu es quelqu'un de bien, Claire.

La joue posée contre son épaule, elle soupira. Elle avait peut-être été *quelqu'un de bien* autrefois mais, à la vérité, elle n'était plus cette personne. Elle n'en était plus que l'ombre.

— Je veux que tu saches que, pendant ton absence, nous avons démasqué les revendeurs de faux suppresseurs de chaleurs. Les Omégas ont été sauvées. Elles sont à l'abri et elles se remettent. Leurs stocks ont été détruits ; ils ont tous payé pour leurs crimes.

Quelque chose palpita dans la poitrine de Claire ; un élan d'émotion qu'elle étouffa avant qu'il ne l'infecte.

— Merci, Corday.

— Tu as joué ta part, tu sais ? Ta détermination… Tu t'es battue pour elles. Elles te doivent leur liberté.

Un empressement juvénile, un désir de faire plaisir à l'Oméga, infecta son sourire.

— Je n'ai rien fait à part me faire violer et m'apitoyer sur mon sort.

— Tu te trompes, dit Corday en effleurant sa joue pour la forcer à croiser son regard. Tu as résisté au pire des monstres. Tu t'es échappée deux fois. Tu es forte, Claire.

Là-dessus, il se trompait.

— Non… Tu ne comprends pas. Notre lien, ma grossesse… J'avais commencé à tenir à lui, à avoir besoin de lui. J'ai été faible.

Le dire tout haut lui donna un goût de vomi dans la bouche.

Corday, lui, savait que rien de tout ceci n'était sa faute.

— Étant donné les circonstances, ce qui est arrivé est naturel.

— Je ne sais pas ce que c'était, mais c'est arrivé. J'ai cessé de voir un monstre et j'ai recherché l'attention de l'homme. Et, juste au moment où il avait gagné mon affection, il m'a fait la plus écœurante des blagues. Je devrais lui en être reconnaissante, j'imagine. Entendre leurs ébats… Le lien m'a comme qui dirait été arraché. Il ne peut plus me contrôler.

L'absence totale d'émotion dans la voix de Claire dérouta Corday. Ce que Shepherd avait fait avait endommagé l'Oméga. Une partie de lui se demanda si ses expressions lui venaient naturellement, ou uniquement parce qu'elle se rappelait qu'elle devait respirer et cligner des yeux.

Ignorant tout des appréhensions de son ami, Claire poursuivit :

— J'ai compris, à présent. L'objectif de l'assaut n'était pas de s'emparer du pouvoir. Nous sommes ses marionnettes. Il veut nous voir nous déchaîner d'un claquement de ses doigts. Nous dansons sur sa scène. Shepherd, ses disciples, ils nous punissent tous pour… pour notre ignorance aveugle, renifla-t-elle. Parce que nous avons autorisé ce qui s'est passé.

— Tu t'es libérée de lui, de ses mensonges et de sa cruauté, Claire. Souviens-t'en.

— Le Dôme est ébréché. Il neige, dehors. Je ne parle pas de givre, mais de vraie neige. Nous ne sommes pas libérés de lui, pas alors que nous avons laissé faire. Nous l'avons laissé faire.

— Nous pouvons reprendre Thólos.

— Pas tant qu'il vivra, hoqueta Claire.

* * *

— Ton Oméga s'est échappée par une grille d'égout cassée. Son sang indique dans quelle direction elle a fui, mais aussi qu'elle n'était pas ralentie par une jambe cassée. Nous avons perdu sa trace quand elle s'est glissée sous les sphères intermédiaires, là où il n'y a que des coulées de boues d'épuration.

Alors qu'il parcourait le dossier qu'il tenait à la main, à la recherche de tout détail d'importance, Shepherd s'adressa à son bras-droit :

— Le sang, il y en avait beaucoup ?

— Étant donné la hauteur de sa chute, la quantité était assez minime. Mais elle pourrait souffrir d'hémorragies internes.

Ses yeux vif-argent inflexibles brillèrent à la lumière. Impatient, Shepherd gronda :

— Elle n'a pratiquement rien avalé de la semaine. Elle ne pourra pas aller très loin en étant affamée, pieds nus et blessée.

— Souffrait-elle de nausées matinales ? s'enquit Jules.

Shepherd se tourna vers son bureau et reporta son attention sur le rapport.

— Elle refusait de manger.

Pas du tout surpris par cette déclaration, le Bêta resta de marbre.

— Quand nous l'aurons retrouvée, que comptes-tu faire de mademoiselle O'Donnell ?

De plus en plus agacé, Shepherd siffla :

— Elle reprendra son rôle de partenaire.

Seules des lésions psychologiques auraient pu pousser une Oméga marquée et enceinte à refuser de manger et à sauter d'un bâtiment. Les attentes de Shepherd étaient de la folie.

— Et si ce n'est pas possible ? lâcha Jules d'un ton brusque. Qui comptes-tu désigner comme Alpha de substitution pour s'occuper d'elle jusqu'à ce qu'elle mette ton héritier au monde ?

— Tu présumes beaucoup trop, Jules, l'avertit Shepherd, les muscles raides. Elle me reviendra, et son comportement sera rectifié.

Jules était le bras-droit de Shepherd pour une bonne raison : il était astucieux et toujours prêt à agir.

— Sans contact physique qu'elle juge acceptable, l'Oméga risque de faire une fausse couche, dit-il franchement.

Mais Shepherd ne se laisserait contredire par nul homme, nulle femme.

— Tu peux sortir, ordonna-t-il, son dernier mot.

Jules comprit que la situation dépassait son évaluation initiale. Il salua son chef et quitta la pièce.

Shepherd s'approcha de son bureau, seul. Il s'efforça de mémoriser les rapports qui flashaient sur son écran COM, posant par moments les yeux derrière lui, s'attendant presque à voir Claire faire les cent pas. Mais elle n'était pas là. Elle était partie… Il savait au plus profond de lui que sa partenaire était partie retrouver le *noble* gentilhomme qui avait offert de l'aider. Le Bêta n'hésiterait pas à lui accorder le gîte, à s'occuper d'elle, à la réconforter, à la toucher… L'idée même qu'un autre homme la touche… fasse office de remplaçant… le mettait en rage.

Shepherd grinça des dents et jura. Il se promit que le Bêta mourrait en hurlant.

N'avait-il pas ronronné, grondé, caressé, fait appel à tous ses instincts pour la sortir de sa stupeur ? Il avait même essayé de lui expliquer. *Lui* ! L'Alpha, le meneur que personne n'osait remettre en question, avait essayé de raisonner avec une Oméga. Mais elle n'avait même pas cillé.

Elle lui avait glissé entre les doigts.

Sa destinée était pourtant de rester à ses côtés, de lui être dévouée, de l'aimer, de lui obéir… N'était-il pas subvenu à ses besoins ? Ne lui avait-il pas offert de belles robes et procuré la meilleure nourriture ? N'avait-il pas passé des heures à caresser sa petite jusqu'à ce qu'elle soit satisfaite ? Qu'était donc une seule situation désagréable comparée à tout ce qu'il avait fait pour elle ?

Ne lui avait-il pas sauvé la vie de plus d'une manière ?

La féconder avait permis de garantir sa survie, de justifier son entretien aux yeux de ses disciples. Personne ne jugerait le fait qu'il assurait la sécurité de son enfant à naître. Et, surtout, la grossesse donnait à l'Oméga une raison d'être et une distraction. Shepherd n'aurait pas pu le lui exprimer en ces mots. Elle n'était pas l'un d'eux et était bien trop braquée sur ses *principes moraux* pour comprendre la noblesse de ses aspirations. De plus, elle n'avait pas à connaître le raisonnement derrière ses agissements. Shepherd était sûr que, si elle avait su la véritable nature de ce qui attendait Thólos, elle n'en aurait été que plus agitée. Elle aurait pleuré ses pitoyables concitoyens au lieu de lui accorder toute son attention. Il était plus facile de lui mentir ; ainsi, il gardait le contrôle sur elle et sur son destin. Malheureusement, Claire était une forte tête, bornée par de ridicules notions romantiques.

Shepherd abattit son poing sur la table. Il rugit et retourna le bureau ; tous les papiers s'envolèrent et son écran COM se brisa sur le sol froid.

C'était l'arrivée inattendue, exaspérante, de Svana qui avait causé ce problème. Sa bien-aimée n'avait pas seulement été mécontente de la situation : elle aurait arraché ses beaux yeux à Claire si Shepherd ne l'avait pas calmée après qu'elle eut découvert son secret. Il était impossible de raisonner avec un Alpha provoqué. Non, il fallait monter au créneau. S'il ne l'avait pas baisée aussi violemment, s'il n'avait pas affiché son favoritisme pour assurer que la femelle territoriale ne considère pas l'Oméga comme une menace, Claire aurait été éliminée dès qu'il aurait eu le dos tourné. Il avait fait ce qui était nécessaire pour les deux femmes.

Il avait payé le prix pour garder Claire.

Malgré cela, il l'avait quand même perdue, et ce bien avant qu'elle ne s'échappe. En la voyant s'étioler mentalement, il avait ressenti une telle poussée de colère, une fureur si absolue… La même rage que celle qui l'avait consumé lorsqu'il était sorti de la Crypte pour assassiner le Premier ministre Callas et avait découvert que le dirigeant de Thólos – l'homme qui avait condamné sa mère à la Crypte – empestait l'odeur des sécrétions de Svana.

Shepherd avait inspiré profondément, momentanément paralysé alors qu'il digérait ce qui ne pouvait être… jusqu'à ce qu'il comprenne ce que Svana avait fait.

Sa rage lui avait fait oublier tout du discours qu'il avait préparé pour son pire ennemi, celui qu'il avait perfectionné nuit après nuit, enfermé sous terre. Alors qu'il avait prévu une exécution rapide afin de pouvoir exposer son corps à la vue de tous, il s'était retrouvé avec un amas de chairs sanguinolentes pendu du plafond. Les entrailles de Callas s'étaient déroulées jusqu'au sol.

Ensuite, il avait éprouvé une douleur bien plus horrible que la torture infligée par ses marques Da'rin. Sa bien-aimée s'était souillée et avait volontairement corrompu son corps en s'accouplant avec l'ennemi.

Shepherd avait confronté Svana, la femme qu'il avait aimée dès l'instant où ils s'étaient rencontrés dans l'obscurité. La créature céleste qui était toute sa vie, qui tenait son âme entre ses mains merveilleuses. La femme qui l'avait libéré et lui avait donné les moyens de s'emparer de la Crypte – la femme pour laquelle il avait tué, souffert, dont il s'était langui.

Depuis leur première expérience sexuelle, Shepherd n'avait couché qu'avec les quelques femelles Omégas en chaleur qu'il avait partagées avec sa bien-aimée à l'occasion – afin qu'ils puissent satisfaire ensemble leurs pulsions animales, combler leur rut, comme ils étaient censés le faire. Les appariements Alpha-Alpha étaient difficiles pour des êtres inférieurs, car il n'était pas question de marquage et il était dans leur nature de combattre pour établir la dominance. Mais un comportement si sordide était indigne d'eux. Du moins, c'était ce qu'il avait toujours cru. Il ne l'avait jamais trahie… pas une seule fois.

Elle, si.

Elle avait baisé le Premier ministre, bradé leur amour pour quelque manigance tordue, l'ultime perfidie dans son plan secret. Alors qu'il l'écoutait se justifier, lui dépeindre son grand scénario d'un ton convaincu, Shepherd n'avait pu se résoudre à lui demander s'il y avait autre chose qu'elle ne lui *disait pas*. Svana avait orchestré sa séduction depuis le début. Quand elle l'avait câliné et lui avait murmuré son amour, Shepherd avait pu sentir son odeur et déceler ce qui avait changé. Ce qu'elle avait fait était bien pire que ce qu'il avait imaginé. Svana avait forcé une ovulation hautement improbable de manière chimique. Elle avait voulu porter l'enfant de son ennemi, porter en elle la descendance de cette lignée traîtresse – celle d'un homme qui n'était pas infecté par un parasite, dont le sang était supérieur, qui pourrait même être porteur du *prétendu* anticorps contre la consomption rouge.

Pas comme Shepherd, qui ignorait lequel parmi les innombrables prisonniers qui avaient violé sa mère l'avait engendré. Son sang n'avait pas été soigneusement cultivé par des générations ayant eu accès à une science secrète et à des vaccins contre les maladies. Non, lui était défiguré par un parasite qui le brûlait au soleil et le marquerait toujours comme un indésirable.

Elle ne l'avait pas dit en ces mots, mais Shepherd avait très bien compris. Svana le considérait comme insuffisant de la manière la plus primaire.

Pendant toutes ces années, sa fidélité avait été à sens unique. Svana n'avait pas hésité à avouer qu'elle avait pris d'autres amants. Et pas lui ? s'était-elle étonnée. Après tout, n'étaient-ils pas des Alphas ? N'était-ce pas là leur droit ? Elle avait caressé son torse et souri avec une telle perfection en lui rappelant que ce qu'ils partageaient dépassait le plan physique. Ils servaient une destinée éminente, leur lien spirituel était celui de l'amour éternel.

Dégoûté, Shepherd avait quand même accompli son devoir envers ses loyaux disciples et feue sa mère, dont il se rappelait à peine. Thólos était tombée, et tout le monde avait joué son rôle à la perfection ; pourtant, il s'était senti diminué. Le monde avait changé, il avait mené à bien sa destinée, mais que lui restait-il à présent ? Rien. Un grand trou noir qui avait aspiré toute lumière. Il était incomplet.

Puis, un jour, il avait senti quelque chose de pur caché sous la puanteur de la décomposition. Tel un cadeau des cieux, Claire lui avait été livrée ; une chasteté invraisemblable, fruit de l'impureté de Thólos. Un lotus. Claire, armée de ses convictions et de son timide courage, s'était approchée de lui – avait attendu des heures, têtue, un agneau parmi les loups – pour supplier le monstre, celui-là même qui faisait souffrir les siens, de les sauver.

Une seule bouffée de son odeur et il l'aurait prise, qu'elle soit en chaleur ou non. Les Dieux avaient béni son aboutissement spirituel en la lui livrant déjà prête.

Shepherd avait pris cette créature étrange et entêtée et l'avait trouvée si merveilleuse, quand elle se tortillait et gainait parfaitement sa queue, qu'il avait dû s'assurer qu'elle ne repartirait jamais. Puisque Svana affirmait que leur *dévotion* dépassait le plan physique, que leur amour était divin, Shepherd s'était senti parfaitement justifié lorsqu'il avait revendiqué Claire en tant que partenaire physique – un lien qui serait avant tout bénéfique à l'Oméga indocile. Il l'avait marquée pour se l'approprier : sa récompense pour services rendus à l'humanité ressuscitée. La pureté de sa petite Oméga aux yeux verts était à présent la sienne, sa proximité son salut. En Claire, Shepherd avait trouvé la pièce qui lui manquait et avait comblé son besoin avide de posséder une chose innocente.

Cependant, l'Oméga qu'il avait liée à lui était partie avec son bébé dans son ventre et errait à présent dans une ville vouée à la peste.

Elle ne lui reviendrait pas volontairement ; pas maintenant que leur lien était aussi endommagé. Shepherd allait devoir récupérer sa Claire de force.

Il pouvait presque entendre l'écho de ses mots dans la pièce : « *Ne me donne pas de raisons de te haïr davantage.* »

Qu'avait pu penser sa petite lorsqu'il l'avait retrouvée inconsciente sur le sol de la salle de bain ? Il s'était attendu à ce qu'elle exprime sa colère, mais l'avait trouvée altérée au-delà de l'entendement. Son accouplement avec Svana avait vidé l'Oméga de toute sensibilité – leur fil en avait été tellement secoué que Shepherd n'avait ressenti venant d'elle qu'un écho de désolation.

Il n'avait pas apprécié cette sensation.

Qu'il lui accorde toute son attention ou la laisse en paix, cela n'avait fait aucune différence. De ses yeux vitreux, elle l'avait contemplé d'un regard critique et haineux, et ce malgré ses soins, ses caresses et ses ronronnements. Il avait fait mitonner tous ses plats préférés et apporter de nouvelles robes dans son tiroir. Elle ne l'avait même pas remarqué.

Claire O'Donnell lui appartenait. Shepherd la retrouverait et la ramènerait par la peau du cou. Il la gaverait de force s'il le fallait. Il ferait tout pour qu'elle le chérisse, comme elle était censée le faire. Parce qu'elle était à lui et à lui seulement, et qu'il ne partageait pas ses affaires. Jamais.

Il avait même refusé de la partager avec sa bien-aimée. N'était-ce rien à ses yeux ?

* * *

Pressé de retourner auprès de Claire, Corday s'était dépêché de mener à bien sa mission pour la résistance. Non pas qu'il pensait qu'elle risquait de s'enfuir ; c'était plutôt qu'il ne lui faisait pas du tout confiance. Quand le sénateur Kantor était arrivé pour la surveiller, elle avait pris un air calculateur et jaugé l'Alpha d'un regard indéchiffrable. Il n'avait rien vu de la peur ni de l'agitation qui l'animaient la première fois.

Le sénateur avait lui aussi pu constater le changement qui s'était opéré en elle. Kantor l'avait abordée avec une courtoisie prudente. Ils avaient badiné pendant que Corday leur préparait du café, puis celui-ci était parti retrouver la brigadière Dane. Ses tâches l'avaient occupé jusqu'à la nuit tombée. À son retour chez lui, l'exécuteur fut pris complètement au dépourvu par la scène qui l'accueillit.

Claire était endormie, pelotonnée sur le canapé à côté du sénateur, qui ronronnait fièrement dans le noir.

Un tiraillement malvenu poussa Corday à froncer les sourcils.

— Elle vous a demandé de faire ça ?

— Non. Je savais que ça l'encouragerait à dormir, répondit Kantor d'une voix étouffée. Rebecca avait du mal à s'endormir aussi. J'ai appris beaucoup en m'occupant de mon Oméga pendant les années bénies que les Dieux m'ont accordées avec elle.

Il était tabou de parler de partenaires décédés, aussi Corday fut surpris d'entendre l'Alpha mentionner Rebecca, surtout étant donné les circonstances funestes qui avaient entouré son meurtre, il y avait déjà longtemps, par la main d'un adversaire politique de Kantor. Le scandale qui s'était ensuivi avait vu condamner le sénateur Bergie, plusieurs de ses employés et même son fils, à la Crypte.

Ne sachant pas quoi répondre, Corday alluma quelques bougies et sortit une chaise de la cuisine.

— Comment était-elle, aujourd'hui ? demanda-t-il, le visage sombre, en observant la jeune femme endormie.

— Mieux après qu'elle a mangé – moins catatonique, plus consciente, répondit Kantor en observant la femme décharnée. Sa séparation d'avec le père entraînera sans doute une réaction physique complexe. Le marquage et la grossesse la rendront malade.

Corday espérait pourtant que les choses se passeraient mieux que cela.

— Elle m'a dit que leur lien était brisé. Et, en ce qui concerne la grossesse, je m'occuperai d'elle.

Le sénateur secoua la tête.

— Ça ne marche pas comme ça, fiston.

— Nous verrons, rétorqua Corday, les mâchoires contractées, en jaugeant l'Alpha du regard.

— Maintenant que tu es de retour, nous devons discuter tous les trois, dit Kantor en s'asseyant plus droit et en lissant sa manche. Nourris-la d'abord, puis nous lui expliquerons la situation.

Il était troublant de s'entendre donner des ordres chez lui, mais Corday hocha la tête et entra dans la cuisine pour préparer un simple repas. Il avait même un fruit à offrir à Claire, une pomme qu'il avait troquée contre quelques batteries.

Lorsque tout fut prêt, Corday attrapa délicatement la main inerte de Claire et caressa ses doigts jusqu'à ce qu'elle ouvre des yeux chassieux. Elle était visiblement déroutée. Aussitôt, elle bondit de côté pour s'éloigner du sénateur, prête à fuir. Puis la vibration recommença. Le ronronnement riche de l'Alpha fit passer Claire de la surprise à la colère.

Le regard qu'elle lança au sénateur Kantor aurait paru drôle s'il n'avait pas été accompagné d'un relent de colère rance.

— Vous pouvez arrêter, maintenant.

Le vieil Alpha y consentit.

Pendant le dîner, les deux hommes restèrent silencieux. Claire, elle, avait des questions.

— Y a-t-il une nouvelle rançon ?

— Oui, répondit Corday, qui refusait de lui mentir.

— Et ? demanda-t-elle en s'efforçant d'avaler une autre bouchée.

— Quand nous avons surveillé la Citadelle, nous avons vu une file de citoyens qui y amenaient des femmes de ta description.

— C'est répugnant…, s'offusqua Claire en faisant la grimace.

L'occasion que Corday attendait pour expliquer la présence de Kantor lui était enfin tendue.

— D'après ce que j'ai pu voir, les disciples les relâchaient. Mais le peuple est affamé. Le prix qu'il a mis sur ta tête pourrait nourrir toute une famille pendant une année. On doit s'assurer que tu restes cachée.

— Et pas uniquement aux yeux des habitants de Thólos, intervint le vieil Alpha, abordant le cœur du problème.

Claire inclina la tête.

— Que voulez-vous dire ?

— Je veux que vous compreniez bien que ce qui se dit ici ne peut pas sortir de cette pièce.

— Je n'ai jamais rien dévoilé à Shepherd. Jamais ! s'indigna-t-elle, comme s'il l'avait insultée.

Le sénateur ébouriffa ses cheveux gris. Les coudes sur les genoux, il soupira avant de se lancer :

— La dissension pourrait être notre pire ennemi. Bon nombre de nos concitoyens pensent que s'unir sous la gouvernance du disciple satisferait Shepherd. Ces citoyens sont nombreux et deviennent de plus en plus loyaux envers le régime du dictateur ; plus que nous ne l'imaginions. Dans nos propres rangs, certains de nos frères et sœurs d'armes ont été tentés par l'autre camp. Quand cette tentation les prend, il devient impossible de les raisonner. Si vous vous révéliez à la résistance, la tentation de faire le pas pourrait être trop grande. Corday et moi pensons tous les deux qu'ils pourraient se battre pour vous rendre à Shepherd.

— Et nous ne laisserions jamais ça arriver, Claire, intervint Corday, voulant à tout prix la rassurer lorsqu'il vit son air atterré. Jamais. Tu comprends ?

Le sénateur Kantor alla même jusqu'à lui serrer la main.

— Nous devons garder nos troupes concentrées sur l'objectif principal : trouver la contagion. Pour que nous y parvenions, vous devez rester cachée. Personne ne peut savoir que vous êtes ici.

Claire resta assise en silence pour digérer ces informations. Lorsqu'elle reprit enfin la parole, ce ne fut pas sans animosité :

— Vous me donnez l'impression d'être un homme sage, sénateur Kantor, mais ne voyez-vous pas que le temps et la souffrance finiront par corrompre tous ceux qui vous sont loyaux, quoi qu'il arrive ? Ma grossesse est la clé de votre succès. Tant que je serai en liberté dans Thólos avec ce bébé en otage, il ne pourra pas infecter la population – pas sans risquer de m'infecter. C'est votre chance de le frapper là où ça fait mal. Utilisez-moi et rebellez-vous sans attendre.

— Je ne suis pas d'accord, refusa Kantor d'un ton solennel. Shepherd vous a traitée de manière effroyable et vous a gravement négligée. Si nous agissons prématurément, il pourrait relâcher la contagion. Je ne peux risquer des millions de vie, la vôtre comprise, sur base d'une hypothèse. Je suis désolé, Claire. Tant que nous n'aurons pas découvert l'endroit où il cache la consomption rouge, la résistance ne pourra pas passer à l'attaque.

Les lèvres pincées, Claire fit la moue. Assise le dos droit, elle les observa tour à tour comme s'ils étaient des simples d'esprit.

— Ce n'est pas la menace de la contagion qui nous pousse dans ses griffes. C'est notre propre lâcheté. Chaque jour où nous choisissons de ne pas agir, ce bâtard prouve qu'il a raison sur notre compte. Il y a des fissures dans le Dôme. Ne comprenez-vous pas que le climat nous tuera bien avant que le virus ait fait effet ? Nous devons reprendre notre ville ou mourir en essayant.

Le sénateur Kantor posa la main sur l'épaule de l'Oméga.

— Les citoyens de Thólos ne sont pas des soldats. Ils ont peur et ne savent pas ce que c'est de combattre. Vous devez comprendre ce qu'ils ressentent en voyant leurs familles souffrir, leurs enfants mourir.

Claire secoua la tête et ravala sa pique.

— Plus personne n'est un civil dans cette ville, et il n'y a plus de place pour la neutralité. Soit vous êtes avec Shepherd, soit vous êtes contre lui.

— Ce n'est pas aussi simple, Claire.

Elle observa le sénateur, perdue.

— Ah non ?

Kantor poussa un long soupir avant de se lancer :

— Vous êtes encore jeune ; vous apprendrez avec le temps que les apparences sont parfois trompeuses.

Claire inclina la tête. Comme tous ses compatriotes, elle avait toujours tenu le sénateur en haute estime. La triste impotence de l'homme la décevait d'autant plus.

— Shepherd m'a un jour dit la même chose… Vous venez de répéter les mots d'un fou.

Le sénateur Kantor lui lança un sourire conciliant. Son regard empreint de pitié était désarmant.

— Je vous demande de me faire confiance.

Corday comprenait ce qui agaçait Claire ; en son for intérieur, il éprouvait la même frustration.

— Nous progressons tous les jours, Claire. Je te le jure.

Claire se tourna vers son ami et vit qu'il avait foi en l'Alpha qui menait la résistance.

— Je comprends.

Et c'était la vérité. Elle comprenait que plus ils attendraient, plus des innocents mourraient – que le monde était devenu un cauchemar où des hommes et des femmes qui avaient autrefois juré de respecter la loi pouvaient aujourd'hui la restituer à un despote en échange de nourriture qui ne durerait pas éternellement.

Elle comprenait parfaitement.

Elle souffrait, tout le monde souffrait, et cela devait cesser.

Lorsque le sénateur fut parti, Corday lui prit la main et la ramena jusqu'au canapé pour qu'elle se repose. L'ayant enfin récupérée pour lui tout seul, il sourit et sortit son cadeau de sa poche.

— J'ai quelque chose pour te remonter le moral.

Des fossettes creusant ses joues, l'exécuteur leva l'objet entre ses doigts.

— Il y a quelques semaines, je suis allé chez toi. L'appartement avait été vandalisé, mais j'ai trouvé ceci caché dans la doublure de ta boîte à bijoux.

Il glissa l'anneau chaud à son doigt.

— C'était l'alliance de ma mère, dit Claire froidement.

Elle avait détesté la vue de cette bague lorsqu'elle était enfant, toujours fâchée que sa mère l'ait abandonnée, trop jeune pour accepter son geste. Claire avait même oublié qu'elle l'avait cachée. Elle lui allait comme un gant, aujourd'hui, l'expression de la déception que sa mère avait éprouvée face à sa vie. Claire leva la main pour mieux voir cet objet déprimant. Elle comprenait à présent le geste de sa mère. L'alliance était un rappel brillant que l'on pouvait toujours choisir.

— Merci, Corday.

Il prit sa main, caressa ses doigts et promit :

— Je veux que tu saches que je comprends ce que tu ressens, mais le sénateur a raison. Si sa vie n'était pas elle aussi en grand danger, je ne pense pas que je lui ferais confiance au point de te confier à lui.

Claire ne sut quoi dire.

— Pourquoi ne m'avez-vous posé aucune question sur Shepherd ?

Corday commença à ronronner et passa un bras autour de ses épaules.

— Étant donné que tu t'es déjà échappée une fois, tout ce qu'il t'a autorisé à voir et à entendre depuis ton retour pourrait avoir été planté pour tromper la résistance, au cas où tu parvenais à t'enfuir de nouveau. Je déteste dire ça, mais chacune de ses manœuvres est… géniale. Tu ne peux rien nous apprendre d'utile.

Personne n'était donc de son côté. Elle fit de son mieux pour cacher son air blessé, en vain. Corday comprit.

Elle décida néanmoins de lui dire tout ce qu'elle savait ; elle avait besoin qu'il l'écoute.

— Il est né dans la Crypte. Sa mère y a été jetée par le Premier ministre Callas. Son amante s'appelle Svana.

Le Bêta l'écouta. Ses révélations confirmaient les hypothèses de la brigadière Dane. Cela expliquait comment Shepherd avait atterri dans la prison sans figurer sur les registres officiels. Mais la pensée qu'une femme ait été condamnée à cet enfer… que son propre gouvernement ait fait une telle chose… Ce n'était pas possible. Ou l'était-ce ?

Claire continua, les yeux dans le vague.

— Svana a un accent que je n'avais encore jamais entendu – comme si elle ne venait pas d'ici.

— Le Dôme est entouré par des centaines de kilomètres d'étendue neigeuse dans toutes les directions, Claire. Aucune personne venant de l'extérieur ne peut y entrer.

— Tout comme aucune femme ne peut être envoyée dans la Crypte et qu'aucune ville ne peut tomber du jour au lendemain ?

Aux yeux de Claire, il devait y avoir autre chose… De sombres vérités à leur sujet qui devaient être reconnues et éclater au grand jour. Croisant le regard de son ami, elle hasarda :

— Je ne pense pas que le Premier ministre Callas ait été un homme bon. Et j'ai bien peur que la mauvaise opinion que Shepherd a de nous ne soit pas infondée.

Le bras de Corday se resserra autour de ses épaules.

— Tu veux dire que tu es d'accord avec lui ?

— Non, s'empressa-t-elle de répondre. Non. Le mal ne peut pas changer le mal. Peut-être qu'au début, il était motivé par des principes. Je sais qu'il le pense, mais il se trompe.

— Tu as raison, Claire, réaffirma Corday, inquiet de la voir si perdue. Shepherd et son armée se bercent d'illusions.

— Comme nous tous…, musa-t-elle, la joue posée contre son épaule.

Chapitre 2

Claire n'était pas une femme violente. Elle ne savait pas comment se battre. Physiquement, elle n'était pas forte.

Mais elle n'était pas forcément sans défense. Elle était rapide et astucieuse. Ce qu'il lui fallait, c'était trouver comment employer ces talents pour mettre son plan à exécution. Tromper Corday à nouveau ne lui plaisait pas, mais il était loyal à la résistance et sous la coupe du sénateur Kantor.

Peut-être le plan du sénateur pouvait-il fonctionner… Peut-être les rebelles pouvaient-ils découvrir la cachette de la contagion. Et après ? Allaient-ils passer des années et des années de privation à rallier le peuple pendant que le Dôme continuait de se fissurer, que la neige continuait de les ensevelir ? Claire n'allait pas attendre de le découvrir.

Feignant d'être satisfaite de son sort, souriant lorsqu'on l'attendait d'elle, Claire joua le rôle de l'Oméga docile et opina avec ferveur lorsque Corday lui fit promettre de rester sagement chez lui. Elle lui déclara qu'elle était terrifiée que quelqu'un la livre à Shepherd, qu'elle lui faisait confiance pour la protéger et, résultat, il ne fallut que deux jours de ce bon comportement avant qu'il la laisse pour aller s'occuper de ses devoirs.

Malgré la douleur qu'elle ressentait à chaque pas, une fois seule, elle se mit à arpenter la pièce et à comploter.

Le monstre lui-même lui avait dit qu'elle avait échoué parce qu'elle croyait au bon dans une ville où il n'y en avait pas. Il se trompait. Claire savait qu'elle avait échoué parce qu'elle n'avait pas fait assez d'efforts, que ses ambitions avaient été trop petites ; que, en fin de compte, elle s'était attendue à ce qu'un autre vienne la sauver.

Typiquement Oméga…

Quelle ironie que les siens aient choisi Shepherd comme champion pour les sauver ! Riant sous cape, écœurée, Claire se prit le crâne à deux mains.

Nona, les autres Omégas… Corday n'en avait pas parlé une seule fois. C'étaient les autres, celles que la résistance avait libérées, qu'il glissait de temps en temps dans la conversation. Il essayait de la conforter dans le plan des rebelles, de lui prouver qu'il y avait de l'espoir, mais il n'avait jamais mentionné ses amies.

Claire savait pourquoi. Corday craignait que la tentation d'aller les trouver ne triomphe de sa promesse de rester tranquille. Il avait raison de s'inquiéter.

Shepherd avait dû enfermer les femmes dans le seul endroit auquel nul étranger ne pouvait accéder : la Crypte. Claire en était sûre et certaine.

Y pénétrer ne serait pas une mince affaire. Une fois à l'intérieur, sa mission deviendrait même quasi impossible sauf… sauf si elle parvenait à persuader les Omégas de former une meute et de se battre.

Personne ne viendrait les sauver – il fallait qu'elles se sauvent elles-mêmes. Tout ce que Claire pouvait faire, c'était leur en donner l'opportunité.

D'une certaine manière, Shepherd lui avait peut-être même rendu service. Il avait probablement subvenu aux besoins de base des Omégas afin qu'elles soient en bonne santé pour ses hommes. Après avoir été nourries correctement pendant toutes ces semaines, les femmes seraient plus fortes. Claire avait le sentiment que, la faim ne brouillant plus leurs facultés de discernement, elles seraient également très en colère.

La colère était la seule émotion que Claire semblait éprouver, ces jours-ci. La colère, quelle excellente force de motivation !

Claire pivota pour arpenter la pièce dans l'autre sens et, sans le vouloir, donna un coup de coude dans la librairie de Corday. Quelque chose tomba par terre.

En se penchant pour le ramasser, elle se figea.

Un cube de données d'exécuteur…

Il pourrait s'y trouver des informations sur Shepherd. Peut-être même le nom de Svana, mentionné dans un fichier.

Claire l'inséra dans l'écran COM de Corday et tapa le nom « Shepherd ».

Rien.

« Svana ».

Rien.

Cette ressource était pourtant trop précieuse pour qu'elle la néglige. Il devait s'y trouver quelque chose d'utile. Claire avait besoin de réfléchir, de respirer et de calmer le brouhaha dans son cerveau. Une sueur froide s'empara d'elle lorsqu'elle pianota sur l'écran le nom de la seule criminelle qu'elle connaissait personnellement. L'écran COM clignota, et de beaux yeux brun chocolat lui rendirent son regard.

Claire connaissait par cœur le sourire dédaigneux de cette femme. Même si cela remontait à des années, elle pouvait encore sentir son odeur, entendre son rire. Penchée vers l'écran, l'Oméga faillit presque sourire.

Elle passa l'heure suivante à absorber chaque menu détail que le cube de données recelait sur cette criminelle récidiviste. Maryanne Cauley avait un casier impressionnant : voie de fait, vol, cambriolage, incendie volontaire… son dossier n'en finissait pas. S'il fallait l'en croire, cette magnifique hors-la-loi s'était évadée plusieurs fois des fermes agricoles avant de… disparaître. Son dossier s'arrêtait là. Il n'y avait aucune information sur d'autres sentences, pas d'adresse, aucune mention d'un décès… Elle s'était comme volatilisée dans la nature.

Si Claire n'avait pas été au courant du sort réservé à la mère de Shepherd, cela ne lui aurait pas fait l'effet d'une *coïncidence troublante*.

Mais elle ignorait que faire de ces informations. Ses doigts tapèrent un dernier nom : Claire O'Donnell.

Il lui fallut moins d'une minute pour constater l'erreur d'adresse dans son état civil. Si Maryanne Cauley était toujours de ce monde, alors Claire savait où elle se planquait.

* * *

Alors qu'une petite Oméga aurait dû être endormie sur son canapé, Corday était rentré dans un appartement froid et vide, sans vie. Il n'avait pas apprécié de devoir la laisser seule, mais elle lui avait promis de rester tranquille avec une telle ferveur, lui avait même avoué qu'elle pouvait à peine marcher… Et il l'avait crue.

Claire l'avait berné. Elle ne lui faisait pas confiance. Elle l'avait quitté… encore une fois.

Elle lui avait laissé un message :

Cher Corday,

Je ne peux pas vivre un mensonge et rester cachée. Pas dans ces circonstances. Je veux que tu saches que, quoi qu'il arrive, j'ai choisi en toute connaissance de cause.

Affectueusement,

Claire

Elle avait signé « affectueusement », mais ce n'était pas une lettre d'excuse. Il savait maintenant à quoi s'en tenir, et c'était à la fois douloureux et profondément affligeant. Corday plia la note et la glissa dans sa poche. Conscient que la situation des Omégas obsédait Claire, il remonta la fermeture éclair de sa veste, emprunta les chaussées glaciales et affronta la neige jusqu'à l'abri secret où la brigadière Dane cachait le chef de la résistance.

Corday martela la porte et refusa de baisser le poing tant que la femme n'ouvrirait pas.

— Tu n'as rien à faire ici, gronda Dane en le foudroyant du regard.

Corday repoussa son officier supérieur et entra sans y avoir été invité.

— Mes fesses, que je n'ai rien à faire ici.

— Tu as perdu l'esprit ?

Elle verrouilla prestement la porte sur la bourrasque d'air glacial.

— Te pointer ici en plein jour ! Tu vas tous nous mettre en danger.

Corday dévisagea le soldat par-dessus son épaule et gronda.

— Il y a des giboulées de neige, dehors. Les rues sont désertes, et mes traces sont déjà effacées. Où est le sénateur ?

— Ici, répondit une voix depuis la pièce arrière du logis.

Ignorant le grognement de la brigadière Dane, Corday sortit la note de sa poche et s'engouffra dans le couloir.

— Claire est partie.

Le sénateur Kantor baissa son écran COM et prit la note. Il la lut en diagonale et secoua la tête.

— Je suis désolé, Corday. Mais nous n'aurions pas pu la retenir contre son gré.

— Elle va faire quelque chose de dangereux ! gronda Corday en s'arrachant presque les cheveux. Nous devons l'arrêter.

Le vieil Alpha secoua la tête ; ses yeux tristes et fatigués étaient injectés de sang.

— Nous ne pouvons risquer une chasse à l'homme à découvert. Nous savons tous les deux qu'elle a reconnu que nous ne pouvions pas l'aider. Le comprends-tu, fiston ?

— Elle va se faire tuer !

L'Alpha fit de son mieux pour le raisonner et s'exprimer aussi calmement et logiquement que possible.

— L'Oméga est enceinte, marquée et mentalement détachée. Elle n'a pas beaucoup de temps devant elle, et elle le sait.

Corday se frotta les tempes, comme si cela pouvait dissiper sa frustration.

— Que voulez-vous dire ?

— J'essaie de t'expliquer que Claire lutte contre ce qui doit être un cauchemar à l'intérieur. Il ne lui reste pas beaucoup de temps, et elle a fait son choix.

— Je vous ai dit que leur lien était abîmé.

Le sénateur Kantor abandonna son ton paternel en faveur d'un ton plus autoritaire.

— *Elle* est abîmée. Sa détermination est la seule chose qui lui permet de tenir le coup. Si tu essaies de la retenir ou de l'arrêter, elle craquera. Et ça ne fera que la rendre vulnérable à l'influence de son partenaire. Il est sans doute dans son intérêt de la laisser faire ce qu'elle doit faire tant qu'elle le peut encore.

— Nous savons tous les deux qu'elle va essayer de sortir les Omégas de la Crypte, siffla

Corday. Il lui faudrait une armée entière, et elle n'est qu'une femme seule.

Le sénateur Kantor comprenait très bien ce qui était en jeu.

— Elle a un avantage – un otage –, et tu ne sais pas où elle se trouve. Nous ne pouvons rien faire. Tu peux me croire ou non, mais je miserais sur elle.

— Il la TUERA !

— Relis sa lettre, répondit le sénateur en lui tendant le bout de papier plié. Personne n'est plus à même de comprendre les conséquences. Claire est une adulte qui a fait son choix, tout comme nous demandons à nos frères et sœurs d'armes de choisir de se battre jour après jour.

— Mais c'est complètement fou ! s'exclama Corday avant de sortir en trombe, la note froissée dans son poing. Je vais la chercher. Je vais la ramener à la maison.

Corday dépassa la brigadière Dane, qui fronçait les sourcils, et se retrouva piégé.

Dane le retenait par le bras, le visage rougi et la respiration sifflante.

— Non, tu n'iras nulle part. Rentre chez toi. Calme-toi avant de saborder toute la résistance à cause de ton impulsivité et de ta stupidité. Réfléchis, pour une fois. Quoi que Claire ait prévu de faire, la distraire ou te faire tuer n'aideront personne.

Corday fut tenté de lui répondre par la violence.

— Vous ne connaissez pas Claire.

— Non, mais je te connais. Et je sais que tu as tort.

* * *

Dehors, il faisait un temps de merde. Une bénédiction et une malédiction à la fois, puisqu'il semblait que tout Thólos s'abritait de la tempête. Il n'y avait pas un chat dans les rues, personne pour l'importuner. Les rafales de neige rendaient sa progression difficile, et le trajet la laissa trempée jusqu'aux os et prise de violents frissons.

Depuis des années qu'elle ne s'était plus aventurée sur la promenade des sphères intermédiaires, Claire avait oublié bien des choses. Les maisons étroites étaient toujours peintes en vert

55

céleri, et il lui fallut un petit temps pour se rappeler à quelle fenêtre s'était trouvé une jardinière remplie de coquelicots rouges.

Aujourd'hui, il n'y avait plus ni fleurs ni éclats de couleur. Sous peu, même les arbres flétris ne seraient plus que des troncs morts. Il ne restait que ce vert bien trop gai qui détonnait sur les ordures et le givre qui grignotait les fenêtres brisées.

Trois volées de marches, troisième domicile sur la droite.

Lorsqu'elle se retrouva devant cette porte autrefois familière, Claire tourna la poignée, mais elle était fermée. Elle passa un ongle autour du chambranle et sentit une bosse dans la crevasse – un double de la clé y était caché, exactement comme lorsqu'elle était enfant.

L'intérieur était plongé dans l'obscurité. Il n'y avait personne.

Au lieu de la femme qu'elle cherchait, elle ne trouva que du bric-à-brac : fils électriques, filtres, purificateurs d'air, tuyaux et autres machines qui ronronnaient, empilés partout dans la pièce. Cette chipie égoïste avait pillé l'infrastructure du Dôme et, ce faisant, avait affaibli le reste de la population.

C'était déplorable et rageant mais, après avoir lu son dossier, Claire n'était pas du tout surprise.

Un goût amer dans la bouche, elle se débarrassa de ses vêtements trempés, les accrocha dans la longue cuisine pour les faire égoutter, puis trouva quelque chose de sec à se mettre. Le soir était tombé quand elle entendit enfin le bruit d'une clé que l'on tournait dans la serrure.

Une grande et belle femme se glissa dans la pièce glaciale en frottant ses mitaines l'une contre l'autre. Il ne fallut à la nouvelle-venue qu'une seconde pour apercevoir Claire, allongée sur le canapé.

— Tu ne devrais pas être là.

— Tu as toujours été une vraie salope, tu sais ça ? rétorqua Claire en grondant.

— Quel gros mot sortant de ta bouche, chérie.

La tête inclinée sur le côté, ses cheveux blonds formant une cascade dans son dos, L'Alpha se mit à ronronner de manière provocatrice.

— As-tu la moindre idée de ta valeur, mon chou ?

Claire dévisagea la femme qu'elle avait autrefois considérée comme la personne la plus intelligente à sa connaissance et ne vit qu'une étrangère.

— Ne t'emballe pas, Maryanne. Shepherd ne te paiera pas… La dernière fois, il a pendu les trois malheureuses qui m'ont livrée à lui. Si tu veux vraiment savoir, il se formalise que quiconque s'attende à être payé pour lui avoir rendu ce qui lui appartient.

Les épaules tendues, Maryanne s'approcha prudemment en balayant du regard chaque recoin de la pièce.

— Quelqu'un t'a vu entrer ?

— Non.

— Ça veut dire qu'au moins trois personnes t'ont vue.

Claire poussa un soupir.

— Mon visage était couvert, et je suis sûre que tu peux sentir toi-même que je ne dégage aucune odeur particulière, maintenant.

Ses lèvres pleines formant un large sourire, Maryanne souleva une de ses mèches pour la renifler.

— C'est vrai…

Claire attrapa la main de celle qui avait été sa plus proche amie d'enfance et la serra.

— J'ai besoin de ton aide, murmura-t-elle, ses grands yeux suppliants.

— Non.

— Pourquoi ?

Maryanne libéra ses doigts et s'éloigna.

— Tu n'imagines pas ce que cet homme pourrait te faire, Claire. Quoi que tu aies fait, je te conseille de te trouver une planque et d'attendre que ça se tasse… Mais ne m'entraîne pas là-dedans.

— Tu te trompes. Je sais très bien de quoi il est capable, cracha Claire. Je porte l'enfant de Shepherd.

— Jésus, Marie-couche-toi là !

Maryanne pivota sur ses talons, horrifiée, et posa les yeux sur le ventre de la minuscule Oméga.

— Je ne voulais pas, tu te souviens ? la taquina Claire, revivant les frasques de leur jeunesse. Tu ne me lâchais jamais, à l'école. C'est d'ailleurs pour ça qu'on n'est plus amies.

— La ferme, salope, s'esclaffa Maryanne, incapable de réprimer un sourire carnassier. Dans tes rêves. C'était Patrick Keck avec qui je voulais coucher… ce que j'ai fait. Souvent.

— Puis tu as disparu. Tu étais ma meilleure amie et tu ne m'as même pas dit au revoir.

Et cela l'avait profondément blessée. D'autant plus que Claire savait que Maryanne valait tellement mieux que le chaos qu'elle avait semé dans son sillage.

— J'ai lu ton dossier. C'est vrai que tu t'es introduite dans les Archives ?

— Plusieurs fois… je ne me suis fait choper qu'une fois. Et pelleter de la merde de cochon toute une année en valait la peine. Tu n'imagines pas ce que certains sont prêts à payer pour un truc aussi anodin qu'un vieux bouquin interdit.

— Comment as-tu fait pour y entrer ?

Maryanne se lécha les lèvres et fit un grand geste pour englober sa personne.

— Cette femme que tu vois a de nombreux talents.

— Dont j'ai besoin, dit Claire avec sérieux.

La femme fit un pas vers l'Oméga, puis glissa ses doigts dans ses longues mèches noires emmêlées.

— Je suis bien trop chère pour toi, mon chou.

— Je sais. Raison pour laquelle je me déteste de devoir faire ça, mais…

L'espace d'un instant, Claire sembla perdre son sang-froid. Puis elle inspira profondément et se lança :

— Les Omégas sont enfermées dans la Crypte. Je dois les libérer et tu vas m'y aider, ou je dirai à Shepherd que tu as posé la main sur moi. Il te réduira en chair à pâtée, pas seulement parce que je porte son enfant… Mais parce qu'il m'a marquée.

Maryanne déchaîna ses passions d'Alpha :

— JE NE LE FERAI PAS, PUTAIN !

— C'est ce qu'on va voir.

La blonde s'approcha à grands pas de la fenêtre afin de vérifier pour la vingtième fois qu'il n'y avait aucun signe de danger.

— Va te faire mettre, Claire. Allez vous faire mettre, toi et tes âneries humanitaires. Tu as toujours été un modèle de vertu quand on était gosses. C'était déjà pénible à l'époque, et c'est encore plus lamentable aujourd'hui.

— Mais je n'ai jamais été une chiffe molle, rétorqua Claire d'un ton désespéré en attrapant Maryanne par le bras. Je suis désolée, mais j'ai besoin de toi. J'ai besoin des *talents* que tu possèdes et pas moi. Si tu fais ça pour moi, je ne te dérangerai plus jamais.

— Pourquoi ne demanderais-tu pas à ton *partenaire* de t'aider ? rétorqua-t-elle avec un regard assassin.

— C'est lui qui les a enfermées, répondit Claire en glissant ses cheveux derrière son oreille. Comme toi, il est aveugle au bien et au mal.

Maryanne jura. Elle s'emporta pendant des heures, essaya de dissuader Claire de se lancer dans une telle folie, mais le résultat était inévitable.

Maryanne Cauley n'avait pas le choix et elle le savait.

Elles se disputèrent avec véhémence au sujet du plan. Elles n'avaient pas le temps d'effectuer de reconnaissance, et le duo avançait à l'aveuglette quant à ce qui pouvait ou non les attendre. Créer une diversion était une chose, mais ce que Claire avait l'intention de faire était de la folie. De son côté, Claire était sûre que c'était possible. Elle pouvait réussir. Il le fallait car, si elle ne se donnait pas à fond, si elle ne risquait pas le tout pour le tout, alors rien ne changerait.

En fin de compte, au mieux, elles auraient un coup de chance… au pire, ce serait une mission suicide. Il semblait pourtant que Claire avait contacté la femme qu'il fallait.

Maryanne Cauley connaissait la Crypte – elle connaissait ses accès et ses secrets. Et, même si elle refusait de révéler pourquoi, il était clair qu'à un moment donné, elle s'était retrouvée au fond de ce trou sombre.

La mère de Shepherd n'avait donc pas été la seule femme à être envoyée en enfer.

À l'aube, épuisée mais résolue, Claire n'arrêtait pas de bâiller. Maryanne jura ses grands dieux et dut la traîner jusqu'au lit. Lorsqu'elles se retrouvèrent toutes les deux sous la couette, l'Alpha reprit inconsciemment ses anciennes habitudes et tressa les cheveux de l'Oméga, comme lorsqu'elles étaient enfants.

Espérant que la réponse ne serait pas trop décevante, Claire soupira et hasarda :

— À ta manière de parler de la Crypte, à ton expression chaque fois que je prononce le nom « Shepherd » … j'imagine que tu le connais.

— Tout le monde le connaît.

Non, ça devait être bien plus profond que ça. Claire roula sur le dos pour regarder son amie dans les yeux.

— Ne me mens pas, Maryanne. Il te fait peur. Il te fait peur parce que tu le *connais*. Je ne sais ni comment ni pourquoi, mais tu as eu une relation avec ce monstre. Est-ce toujours le cas ?

Maryanne feignit la désinvolture.

— Relation ? C'est moi qui devrais te poser cette question. Après tout, ton idylle pourrait bien signifier ma mort.

— Je ne suis pas liée à Shepherd par choix, rétorqua sèchement Claire, sans ciller. Je suis entrée en chaleur à l'improviste devant lui. Il m'a marquée contre mon gré.

Maryanne eut la décence de paraître émue.

— Ne le prends pas mal, Claire, mais c'est de Shepherd qu'on parle. C'est un homme puissant. Ça me semble un peu tiré par les cheveux qu'il marque une femme qu'il ne connaît même pas… Ce que je veux dire, c'est que c'est un chef de guerre. Ses disciples lui offrent sans doute des Omégas pour Noël.

Les paroles de Svana résonnèrent dans son esprit : *« Nous n'avons pas partagé d'Oméga en chaleur depuis un certain temps. »*

— Ça ne m'étonnerait pas… Honnêtement, je ne sais pas pourquoi il m'a marquée. La seule fois où je lui ai posé la question, il m'a répondu assez évasivement.

Ses yeux verts se durcirent, ainsi que ses mots :

— Mais revenons-en à ma question, Maryanne. Comment le connais-tu ?

— Je, hum, j'ai eu besoin d'amis, à un moment donné, avoua Maryanne, ses lèvres pincées.

— J'étais ton amie. Je le serais toujours, si tu ne t'étais pas enfuie… si…

Claire soupira. Elle connaissait suffisamment Maryanne pour savoir qu'elle était loin d'être innocente.

— … tu n'avais pas fait les choses que tu as faites avant d'être envoyée dans la Crypte.

— Jusqu'à ce que je m'évade, renifla l'Alpha.

— Grâce à Shepherd.

— Mes services en échange de ma vie.

Maryanne, qui n'avait pourtant jamais éprouvé le moindre scrupule pour ses nombreux crimes, regarda sa vieille amie avec un regret inhabituel.

— C'est moi qui lui ai obtenu les codes d'accès au secteur judiciaire et à la Citadelle.

— Comment as-tu pu ? siffla Claire en fronçant les sourcils.

— Je ne connaissais pas leurs plans pour Thólos. Je le jure.

Claire ne voulait rien entendre.

— Que pensais-tu qu'il ferait une fois libre ?

— Il était déjà libre…, murmura Maryanne. Comment crois-tu que je sois sortie ?

— Quoi ? s'exclama Claire, les sourcils haussés.

Maryanne renifla face à la naïveté de la petite femme.

— Désolée, poulette, mais Thólos est baisée depuis un bail.

— Sais-tu où ils gardent le virus ?

Un sourire aux lèvres, Maryanne lui répondit la dure vérité :

— Si je le savais, crois-tu vraiment que je serais ici, en train de faire des réserves et de me préparer à la fin du monde ? Écoute-moi, Claire. Ils ne connaissent pas cet endroit. Je l'ai effacé des registres des années avant d'être enfermée sous terre. J'ai assez de provisions et de purificateurs d'air pour tenir près d'un an. Oublie ton plan foireux, mon chou. Tu peux rester ici avec moi. Si le pire venait à se produire, on n'aurait qu'à attendre que le virus ait terminé son travail.

Claire secoua la tête.

— Le Dôme est fissuré, Maryanne. Tu mourrais de froid en même temps que l'écosystème. C'est comme s'il avait prévu qu'il y aurait des irréductibles comme toi. On va tous mourir. On mourra tous si on ne fait rien.

* * *

Elles étaient angoissées et épuisées… comme toute la population de Thólos. Argumenter était devenu superflu. Claire et Maryanne s'occupèrent donc des préparatifs à la hâte. Pour mettre leur plan à exécution, elles avaient besoin de fabriquer certaines choses, et Claire allait devoir apprendre à maîtriser certaines technologies. Les explications de Maryanne, et sa manière de transformer trois fois rien en dispositif dangereux, rappelèrent à Claire combien elle était loin de son élément.

Bombes rudimentaires, comment forcer une console d'accès basique… Maryanne partageait ses connaissances au lieu de tout faire elle-même, lui rappelant sans le dire que leur alliance prendrait bientôt fin et que l'Oméga malhabile se retrouverait seule.

Lorsque tous leurs accessoires furent prêts, Claire prit une douche et se frotta pour éliminer toute trace de Corday. Maryanne était dans la salle de bain, en train de mettre du rouge à lèvres comme si elle comptait sortir s'amuser, et non s'attaquer aux tyrans qui occupaient la ville. L'Alpha se figea et cligna rapidement des yeux, bouche bée, lorsqu'elle vit le corps dénudé de l'Oméga.

— Qu'est-ce qui t'est arrivé ? demanda-t-elle en la touchant sans sa permission.

Claire n'avait pas besoin de baisser les yeux pour savoir ce que Maryanne trouvait si troublant.

— Le prix de ma liberté.

Du bout des doigts, elle traça délicatement l'empreinte jaunissante autour de sa gorge.

— Et ton cou ?

— C'est sans importance, parvint à cracher Claire, la gorge nouée.

Maryanne l'attrapa par le menton et releva sa tête pour la forcer à croiser ses grands yeux bruns.

— Quelle souillon, sourit-elle, espiègle. Tes pieds saignent partout sur mon plancher.

Et la douleur qu'elle éprouvait était une bénédiction, la distraction parfaite.

— Shepherd ne m'autorisait pas à porter de chaussures. J'ai dû m'enfuir à pieds nus dans la ville.

— Ça fait mal ?

— Oui. Mais pas au point de me déranger ou de me ralentir.

Maryanne s'accroupit pour regarder le sang frais qui coulait le long du mollet de son amie.

— Ton genou a besoin de points de suture.

— Je ne peux rien y faire pour le moment.

— Assieds-toi, je vais m'en occuper.

Que Maryanne Cauley soit celle qui s'occupait d'elle était renversant. Quand elles étaient gamines, ç'avait toujours été le contraire. Il était tellement étrange de voir cette femme adulte enfoncer une aiguille et un fil métallique dans sa peau, de sentir la piqûre et la brûlure.

— Qu'est-ce qui est arrivé à ta mère ? demanda Claire.

— Qui sait ? marmonna Maryanne en serrant un point. Elle a sûrement fait une overdose il y a des années.

Claire fredonna distraitement.

— Mon père est mort il y a quatre ans. Accident de la route.

— Ton père a toujours été très cool.

— Ouais…, dut convenir Claire. Je suis soulagée qu'il ne soit plus là pour voir ça.

Maryanne se frotta les lèvres comme si elle voulait dire quelque chose. Au lieu de quoi, elle leva et rassembla les tenues appropriées pour leur mission. Elle lança l'horrible vêtement noir des disciples de Shepherd en direction de Claire.

Sans rechigner, l'Oméga le revêtit en silence. Maryanne glissa son corps plus souple dans un uniforme assorti.

— Tu sais, Claire, dit Maryanne très sérieusement en nouant ses cheveux pour les glisser sous une casquette. Sous terre, c'est un autre monde. Ceux qui suivent Shepherd sont plus que dangereux.

— Ce qu'ils sont importe peu.

— Ce que j'essaie de t'expliquer, poursuivit Maryanne d'une voix plate, c'est que, que tu sois marquée ou non, ils ont une idée derrière la tête. Shepherd pourrait bien te tuer.

Claire ne se faisait aucune illusion à ce sujet.

— Mais j'y compte bien.

— Je pourrais nous éviter toute cette peine et te tuer tout de suite, suggéra l'Alpha.

— Comme c'est généreux de ta part, railla Claire avant de se hisser sur la pointe des pieds pour embrasser les lèvres rubis de son amie. Ne t'inquiète pas, après ce soir, je serai comme morte à tes yeux. Donne-moi ce dont j'ai besoin, et tu as ma parole.

Maryanne glissa un pistolet chargé dans la poche de Claire.

— Promesses, promesses...

— Hé, Maryanne, lança Claire en se forçant à sourire. Tu ressembles à une traînée dans cette tenue.

Chapitre 3

— Voici l'entrée du Purgatoire, annonça Maryanne en indiquant la carte illuminée sur l'écran COM qu'elle tenait à la main.

Elle traça du doigt les tunnels qui serpentaient juste sous les voies bétonnées des basses sphères.

— Cet étage-ci est réservé à l'administration et est séparé de la Crypte en soi. Si tes Omégas sont bien dans ce trou à rats, Shepherd ne les aura pas enfermées plus bas que ça. Pas s'il veut les maintenir en vie.

Claire passa ensuite aux caméras. Une vague de tristesse insupportable l'emporta lorsqu'elle vit ses camarades séquestrées comme du bétail. Les Omégas étaient logées dix par cellule, séparées selon leur âge, et moins d'une cinquantaine d'entre elles avaient été capturées. Shepherd en avait pendu trois. Claire supposait que les autres étaient soit mortes, soit appariées de force et avec leurs partenaires. Elle en comptait à peine quarante, et l'une d'entre elles était en chaleur, isolée et en train d'être prise par un inconnu… La fille n'avait que seize ans.

Intérieurement, Claire avait craint que Shepherd ait autorisé ses hommes à injecter aux Omégas les hormones qu'il avait utilisées sur elle… Qu'il ait créé un genre de bordel où l'on pouvait venir tirer son coup avec une femelle en chaleur gratuitement. Elle devait avouer qu'elle était légèrement soulagée de découvrir qu'il n'était pas tombé aussi bas.

— Les regarder comme ça n'y changera rien, mon chou, roucoula Maryanne, accroupie à ses côtés.

— Même toi, tu dois trouver ça dégoûtant.

Claire fronça les sourcils et se détourna de l'écran COM pour regarder son amie dans les yeux.

— Ne me laisse pas tomber.

— Je t'aiderai à entrer. Puis je m'en irai.

Claire hocha la tête.

— Pour ton bien, je te conseille de courir le plus vite possible.

Conformément à ce qu'elles avaient convenu, Maryanne accéda au système et pirata les commandes du niveau supérieur de la prison. Elle tendit ensuite à Claire l'appareil qui lui permettrait de forcer une partie des systèmes de sécurité du Purgatoire.

— Eh, mon chou, n'oublie pas que les indésirables n'ont pas tous été libérés quand Shepherd a orchestré son assaut. Il y a là-dedans des chemins que tu ferais mieux de ne pas emprunter par accident. Si tu te perds… prie pour que ce soit Shepherd qui te retrouve.

Sur ces derniers mots terrifiants, Maryanne donna un rapide baiser à Claire et disparut.

Claire allait devoir continuer seule. Dans ses mains se trouvait un dispositif fabriqué à partir de quelques circuits volés assemblés à l'aide de ruban adhésif. Priant sa Déesse pour que leur plan fonctionne, elle appuya sur le bouton.

Des explosions se firent entendre çà et là. Les quatre bombes artisanales que Maryanne avait disséminées avaient sauté sans fausse note. À point nommé, Claire lança la phase deux. Comme son amie le lui avait promis, elle vit sur les caméras les disciples se précipiter vers les sources du tapage avec une précision inquiétante. Lorsque les soldats furent isolés dans les différents couloirs et ascenseurs, elle les piégea en neutralisant les systèmes d'ouverture ; ils allaient devoir annuler ses mises à jour à chaque terminal.

Ses lèvres touchant presque l'écran, Claire prit les commandes du système de communication interne de la prison.

— Omégas, les portes de vos cellules sont déverrouillées. À toutes celles qui préfèrent la liberté à l'esclavage de Shepherd, prenez-la. Les gardes sont dispersés et piégés, mais je ne pourrai pas les retenir longtemps. Unissez-vous, et je vous guiderai jusqu'à la sortie. Et n'oubliez pas votre sœur, enfermée dans la dernière cellule du couloir, ajouta Claire, du venin dans la voix. Ça m'étonnerait que Shanice ait rêvé d'être prise par un soldat trois fois plus vieux qu'elle lors de ses premières chaleurs.

Sur son petit écran, elle vit sept femmes, Nona inclue, se lever et se précipiter hors de leurs cellules. D'autres se levèrent pour les regarder, apeurées, mais en train de se rallier. Leur nombre crût au fil des secondes. D'autres femmes ouvrirent les barreaux et coururent rejoindre leurs sœurs. Mais l'attention de Claire était retenue ailleurs : un groupe de disciples était parvenu à reprendre le contrôle et à se libérer.

Claire ne possédait pas la finesse de Maryanne pour manipuler le système.

— Quatre disciples vont vous barrer la route. Vous allez devoir vous défendre ! Si vous voulez sortir, vous allez devoir rendre les coups !

Dès qu'elles virent les soldats, les Omégas leur tombèrent dessus comme des sauterelles. Plusieurs autres disciples essayèrent d'arrêter le groupe, mais découvrirent que les Omégas soi-disant faibles les attaquaient en meute. L'Alpha le plus fort d'entre eux ne put se défendre contre quarante femelles enragées. Des coups de feu retentirent, et deux de ses sœurs tombèrent – mais les soldats de Shepherd furent abattus, et le groupe força le passage. Lorsqu'elle arriva dans la cellule où la jeune Oméga en chaleur était en train de se faire abuser, la meute était déchaînée.

Le mâle en rut fut arraché à sa proie et déchiqueté par des dents et des griffes.

Les Omégas récupérèrent leur sœur et suivirent les instructions que Claire leur criait par les haut-parleurs. Moins de cinq minutes plus tard, les femmes s'engouffraient dans les accès que les indésirables avaient empruntés le jour de l'assaut.

Lorsqu'elles poussèrent enfin les dernières portes, Claire sortit des ombres et les appela. Nona l'atteignit en premier. Par-dessus le raffut, Claire lui hurla des instructions précipitées à l'oreille. Nona hocha la tête pour indiquer qu'elle avait compris et prit l'écran COM que lui tendait Claire.

Celle-ci enfonça le dernier bouton de son détonateur sommaire.

Des flashs aveuglants furent suivis par un nuage vert pomme écœurant, qui enfuma la bretelle d'accès à la prison au point que Claire perdit Nona de vue. Elle ne la sentait plus et n'avait même pas eu le temps de lui dire au revoir.

Le crissement de pneus se fit entendre, puis des camions remplis des troupes de Shepherd dérapèrent en s'arrêtant sur la chaussée. En quelques secondes à peine, les soldats armés avaient sécurisé le périmètre et bloqué la seule issue possible.

Elle ne pouvait pas faire machine arrière. La fin était proche.

Claire reconnut le Bêta aux yeux bleus qui menait les soldats et le vit plisser les yeux lorsque la nuée se dissipa juste assez pour lui révéler qui avait osé porter atteinte au nouveau régime de Thólos. Le pistolet sur la tempe, Claire s'exposa à la vue des hommes de Shepherd.

— Baissez votre arme, mademoiselle O'Donnell, ordonna Jules, son regard perçant.

Lorsqu'elle les vit en rangs organisés, Claire comprit que les disciples étaient tels que Maryanne les avait décrits : des tueurs sans scrupules, des cauchemars ambulants. Elle n'était qu'une femme seule qui résistait à des hommes bien plus puissants qu'elle.

Adoptant une attitude de défi, Claire leva le menton et cria par-dessus la mêlée :

— Je veux que vous laissiez partir chaque Oméga ici présente ou je ferai feu et je tuerai l'enfant de Shepherd.

Jules ignora la fumée qui s'accumulait et avança vers la limite du périmètre.

— Et jusqu'où pensez-vous qu'elles iront ainsi ?

Le Bêta attendait une réponse ; Claire refusa de la lui donner. Elle se contenta de soutenir ce regard bleu ciel déroutant.

Au bout de longues minutes de silence, voyant que la femelle ne faisait pas mine de bouger, Jules sembla enfin comprendre.

Claire sourit. Le canon toujours braqué sur sa tempe, elle inspira profondément.

— Maintenant que j'y pense… Les enfermer dans la Crypte était une excellente idée. Je pense que nous allons rester… Sans les visiteurs débauchés et les viols programmés, évidemment.

— Vous pensez vraiment qu'une poignée de femmes pourra nous empêcher de reprendre le contrôle de la prison ?

— Oui.

Une lueur étrange anima les yeux du Bêta. Il sembla sur le point de parler, mais le bruit de pas lourds qui s'approchaient depuis les ombres le fit taire.

L'objet de ses cauchemars était arrivé.

Claire le sentit avant de l'avoir vu. Ses yeux ne quittèrent jamais Jules mais, quand Shepherd apparut dans son champ de vision, il lui fallut rassembler tout son courage pour ne pas disparaître dans l'écran de fumée et ruiner son plan.

— Ma petite, roucoula Shepherd d'une voix douce, aguicheuse, aussi traîtresse que le nuage dans son dos. Pointe l'arme sur moi.

Il était si immense. Malgré les cinq mètres qui les séparaient, Claire avait l'impression qu'il n'aurait qu'à tendre le bras pour l'attraper et la ramener en enfer.

Même si elle craignait de regarder dans sa direction et concentrait toute son attention sur les yeux bleu vif de Jules, Claire s'adressa à Shepherd :

— Si je pensais être capable de te tuer d'une balle entre les deux yeux, je n'hésiterais pas à tirer. Mais je te l'ai déjà dit : je ne suis pas stupide. En revanche, en visant si près, je suis sûre de ne pas manquer mon coup.

Shepherd fit un pas vers elle ; Claire se raidit.

Les lèvres retroussées, elle se força à le regarder.

— Plus tu t'approches, plus la tentation de tirer grandit. Si je meurs, ton enfant meurt avec moi. Reste où tu es !

Maintenant qu'il avait l'attention de Claire, Shepherd s'immobilisa et reprit la conversation, comme s'ils discutaient autour d'un café.

— Je suis soulagé de voir que tu as mangé et que tu n'es pas grièvement blessée après ta chute.

— Je ne suis pas tombée. J'ai sauté.

Claire leva haut le menton et exposa les hématomes qui coloraient sa gorge pâle, afin que tous les disciples puissent les voir.

— Tu t'es bien fait comprendre, dit Shepherd d'un ton posé qui devait lui avoir coûté beaucoup d'efforts. Je dois même reconnaître que ton petit putsch m'a impressionné. Mais c'est fini, maintenant.

— Je me moque complètement de ce que tu penses !

L'Alpha émit un aboiement étouffé, et ses lèvres se retroussèrent.

— Je sais que tu es fâchée…, gronda-t-il.

D'une voix grave et rauque, elle le coupa en sifflant entre ses dents serrées :

— Fâchée – le mot est faible pour décrire ce que je suis. J'ai été souillée, manipulée, trahie et brisée. Je suis *plus que fâchée* !

— Tout ce qui a été fait était nécessaire, contra Shepherd en faisant un pas intimidant vers elle.

— Tu as peut-être réussi à me duper momentanément, mais ta copine m'a ouvert les yeux sur ce que tu es vraiment, gronda Claire d'un ton féroce, ses lèvres retroussées. Je devrais te remercier, Shepherd. Ta petite leçon d'insurrection a été une source d'inspiration. Tu m'as appris que les plus faibles pouvaient s'élever contre la tyrannie lorsqu'ils étaient encouragés de la bonne manière. Eh bien, je m'élève contre toi et tes idéaux corrompus.

Sa diversion avait assez duré.

Tremblant si fort qu'elle était sûre que tous ses hommes pouvaient sentir sa peur, prête à tout, Claire s'enfonça à reculons dans le nuage de fumée.

Luttant pour maîtriser sa rage, Shepherd aboya :

— Ne m'oblige pas à venir te chercher, ma petite. Tu pourrais être blessée, et je préférerais que ce ne soit pas le cas.

— Qu'est-ce que quelques os brisés et un coup de feu ou deux à mes yeux ? lança Claire, sa main libre sur son cœur, le visage torturé. Ils n'auraient aucune importance. Je ne ressens rien. Rien du tout.

Même Shepherd ne put nier cette vérité qui résonnait dans leur lien fracturé : c'était comme si elle n'était plus là – comme si la part la plus importante de son âme s'était volatilisée. Mais elle était plus vivante à cet instant qu'à aucune des heures qu'elle avait passées en transe sous terre.

Sa petite s'en remettrait.

Plongeant les yeux dans son regard douloureux, Shepherd prit un ton assuré et autoritaire :

— Ta place est auprès de moi. Tu dois retrouver ton partenaire.

Claire cracha sur le sol entre eux.

— Partenaire ? Tu n'es pas mon partenaire. Je défendrai les miens selon mes conditions ! Si Thólos doit souffrir, ton enfant et moi, nous souffrirons aussi.

Shepherd s'apprêtait à se jeter sur elle, Claire en était certaine. Elle tourna les talons, ses cheveux noirs s'embrasant lorsqu'elle se précipita dans la fumée verte. Shepherd était très rapide pour un homme de sa taille. Claire put les sentir, ses disciples et lui, venir à elle. Mais, surgissant de l'obscurité, des bras fins l'attrapèrent.

L'étreinte de sa plus vieille amie fut suivie par une soudaine apesanteur.

Maryanne Cauley était revenue. Un câble élastique les propulsa loin au-dessus des basses sphères avant que le géant rageur ou ses hommes aient pu voir où Claire avait disparu.

* * *

Le nombre de protocoles de sécurité qui avaient été forcés durant l'évasion des Omégas était inouï. Tous les enregistrements de surveillance avaient été effacés, et certains mécanismes manipulés pour piéger les soldats étaient toujours en panne. Le Purgatoire avait été transformé en dédale ; il avait fallu aux disciples les plus compétents de Shepherd plus d'une heure pour y pénétrer et confirmer l'absence des Omégas.

Toutes les femelles avaient disparu, comme téléportées par le nuage de fumée.

Sept disciples étaient morts, vingt-quatre autres piégés et un des hommes respirait à peine. Soit le plan de Claire avait été méticuleusement coordonné, soit elle avait eu un vrai coup de pot.

Feignant la nonchalance, Shepherd se tourna vers son bras-droit.

— Jules, explique-moi un peu comment une Oméga qui illustre des livres pour enfants a pu

87

accomplir cette prouesse en n'ayant eu que quatre jours pour se préparer ?

— Je ne peux pas, commandant. Pas encore, répondit le Bêta, au garde-à-vous, austère et sévère. Nous avons suivi la trace des Omégas jusqu'à une bouche d'égout et nous savons qu'elles sont parties vers le nord, mais la piste…

— A été effacée par les ordures dans lesquelles elles se sont vautrées, termina Shepherd, certain de ce qu'il disait. Et elles ont emporté les armes des hommes qui sont tombés, ajouta-t-il en retroussant les lèvres.

— Des armes qu'elles ne savent pas manier, se défendit Jules.

— Ces femmes déchaînées ont tué cinq Alphas à mains nues. Je me doute qu'elles auront appris à armer un fusil d'assaut en moins de temps qu'il n'en faut pour le dire.

Une étrange sensation lui noua les entrailles, que Shepherd ignora aussitôt. Il serra les poings jusqu'à ce que ses articulations craquent.

— Nous possédons les profils et les portraits de toutes les Omégas survivantes. Elles sont très nombreuses ; les chances qu'elles s'exposent sont d'autant plus grandes. Nous les retrouverons.

— Récupérer Claire prend le pas sur recapturer les Omégas. Son évasion était divergente. Elle doit se déplacer dans Thólos en ce moment-même. Affecte nos meilleurs pisteurs à la tâche. Mais, quand ils l'auront retrouvée, personne ne doit l'approcher à part moi.

Jules savait que l'Oméga ne plaisantait pas au sujet de son suicide ; c'était la seule raison pour laquelle il n'avait pas osé désarmer la femelle tremblante.

— L'acculer n'entraînera rien de bon. Elle est déséquilibrée. Mademoiselle O'Donnell représente un danger pour elle-même, et ce tant qu'elle sera désespérée.

Shepherd adressa à son lieutenant un regard dangereux.

— Qu'est-ce que tu essaies de dire ?

Ses yeux bleus intenses étaient fixes, son visage inexpressif.

— Ton apparition a mué sa peur en rage. Son doigt a pressé la détente. J'avais réussi à établir un certain rapport avec elle ; pas toi.

Ses narines légèrement dilatées et son souffle court n'étaient rien comparés à son grognement animal lorsque l'Alpha rétorqua :

— Tout son plan était articulé autour de cette diversion. Elle n'a pas appuyé sur la détente. Elle a fui.

Jules ne se laissa pas démonter.

— Sa réussite va lui donner de l'assurance. Elle pourrait faire l'erreur de s'exposer inutilement au danger afin de mener à bien son plan. Et si nous créions une situation qu'elle s'empresserait de vouloir régler ? Nous pourrions l'attirer à découvert selon nos conditions. Mademoiselle O'Donnell pourrait être recapturée avant d'avoir subi d'autres traumatismes.

Shepherd envisagea un moment cette suggestion avant de secouer la tête et de répondre par la négative.

— Elle est trop futée pour ça.

— Où penses-tu qu'elle frappera ensuite ?

— Je ne pense pas qu'elle frappera où que ce soit. Aucune de ses bombes n'a tué de disciple. Elle aurait pu exécuter tous nos camarades piégés à l'intérieur, mais le nombre de victimes était minime. Pour autant que nous le sachions, elle n'a jamais tiré sur personne ni pointé d'arme sur un autre qu'elle-même. Oublie son cinéma ; Claire O'Donnell est une pacifiste. Son idéal est d'inspirer les autres, comme elle a menacé de le faire.

— Si elle s'expose au public, quelqu'un nous l'amènera, assura le Bêta.

— Sa foi en la racaille de cette ville est bien plus dangereuse que n'importe quelle arme. S'il était au courant de notre lien, le peuple de Thólos ne me la rendrait jamais. Il la mettrait en pièces.

* * *

Pelotonnée comme un chaton dans le lit de Maryanne, Claire dormait, une main sur son ventre et un sillon barrant son front. Maryanne surveillait son sommeil agité, de plus en plus certaine qu'elle devait avoir perdu l'esprit quand elle avait décidé de faire demi-tour et de sauver cette idiote têtue.

Lorsqu'elle avait épié sa confrontation avec Shepherd et vu l'imposant tueur lui parler aussi doucereusement que possible alors qu'il était à l'évidence furieux, Maryanne n'en avait pas cru ses oreilles. Lorsqu'elle-même avait été forcée de travailler pour lui, elle l'avait vu bien plus féroce, rien à voir avec la circonspection dont il avait fait preuve avec sa partenaire.

Cet homme était une véritable terreur. Mais, l'espace d'un instant, Maryanne l'avait vu. Son désespoir.

L'appariement était une chose étrange, une situation que Maryanne avait sciemment choisi d'éviter jusqu'à sa mort. Qui voudrait renoncer à sa liberté pour être lié à jamais à un autre individu ? La simple idée la révulsait. Le sexe était le sexe – et Maryanne adorait le sexe –, mais ce besoin de forger un lien, de s'attacher… non merci !

Heureusement, une femelle Alpha avait un éventail d'options pour s'envoyer en l'air sans pour autant risquer de tomber enceinte – c'était pratiquement impossible. Elles n'ovulaient qu'en ayant recours à des injections hormonales ou en croisant un mâle Oméga en chaleur. Maryanne n'était pas du tout attirée par ces gringalets, ce qui était un bonus, puisque la probabilité de rencontrer un Oméga mâle était quasiment nulle. C'étaient les Bêtas qu'elle préférait, les mâles, même si une femelle de temps en temps lui convenait aussi.

Être née Alpha avait été une aubaine. Elle était plus forte, plus agressive, plus rapide et capable d'adopter un rôle dans la société que les personnes comme Claire lui enviaient. La petite créature dans ses bras avait toujours jalousé sa classe, même quand elles étaient petites. Maryanne ne pouvait pas le lui reprocher. Dès que son odeur sucrée avait commencé à embaumer l'air, remplaçant leur mauvaise odeur de gosses, le monde avait commencé à la traiter comme si elle était faite de verre. C'était en partie la raison pour laquelle Maryanne l'avait embarquée dans des… passe-temps plus intéressants.

Leurs manigances puériles lui avaient été bénéfiques.

Jusqu'à ce que son amie commence à cacher sa véritable nature sous le costume soigné d'une Bêta – les pilules, le savon spécial… Maryanne avait trouvé triste de la voir faire autant d'efforts pour devenir quelqu'un d'autre.

Cela dit, étant donné l'alternative – le risque d'être marquée pendant ses chaleurs, de ne bénéficier d'aucune protection si l'Alpha s'opposait aux vœux de l'Oméga –, c'était compréhensible.

Après tout, il suffisait de regarder ce qui était arrivé à la mère de Claire : le revers de la médaille incarné. Pas étonnant que Claire n'ait jamais voulu embrasser sa véritable nature. En la contemplant aujourd'hui, Maryanne se demanda si l'Oméga aux cheveux noirs était consciente de la finalité absolue de son lien avec Shepherd, et du mal qu'il se donnerait pour recapturer sa partenaire.

Ou il pouvait simplement la tuer… Après ce qu'elle avait fait ce soir, ce serait probablement le cas.

Avec un sourire niais, Maryanne revit les moqueries de Claire et la véhémence incandescente qui s'était pratiquement élevée comme des flammes du géant. Maryanne aurait payé pour assister à ce spectacle. Si elle ne craignait pas tant que Shepherd défonce la façade de son antre pour récupérer sa partenaire déséquilibrée, elle aurait sans doute ri de voir Claire le déposséder avec un tel brio. Elle avait libéré les prisonnières ; seule, elle avait tenu tête à ses disciples ; elle avait même menacé de sacrifier sa vie et l'aurait sans doute fait… simplement pour accorder plus de temps aux Omégas, pour leur permettre de mener à bien la deuxième phase du plan.

Mais Claire avait toujours été une petite sotte sentimentale et obstinée.

Une petite sotte qui se raccrochait à elle dans son sommeil. La misère la vieillissait et rendait son visage presque méconnaissable. Claire était perturbée à la puissance dix. Cela dépassait les simples écorchures et hématomes, dépassait même le triste état de ses pieds ; quelque chose avait changé dans sa constitution. La femelle Oméga lui évoquait une marionnette à laquelle manquaient des fils ; elle ne ressemblait plus du tout à la fille pleine d'entrain qu'elle avait connue lorsqu'elles étaient enfants. D'un côté, Maryanne aurait voulu lui demander ce qui s'était passé. D'un autre, plus raisonnable et substantiel, elle était résolue à se laver les mains de ce pétrin le plus vite possible. Quoi qu'il se soit passé entre Claire et Shepherd, quoi que Claire ait subi pour la pousser à provoquer un homme d'une taille et d'une létalité telles, Maryanne ne désirait pas être entraînée là-dedans.

Souillée, manipulée, trahie et brisée...

Eh bien, ce genre de choses arrivait à tout le monde. C'était simplement au tour de Claire. Maryanne glissa ses doigts dans les cheveux charbonneux et ébouriffés pour défaire les nœuds.

Claire se blottit contre elle, et un gémissement resta coincé dans sa gorge.

— Shepherd...

Et voilà la raison ultime pour laquelle Maryanne ne pouvait pas la garder auprès d'elle. On en revenait toujours au marquage. Claire avait beau se battre comme un diable et carburer à la rage et à la souffrance, en fin de compte, elle finirait par faiblir et craquer. C'était inévitable, le fruit du lien entre leurs âmes ou quelque chose comme ça. Tant que sa partenaire serait en fuite, Shepherd la traquerait et saccagerait tout sur son passage. Maryanne n'allait pas attendre de se faire piétiner alors que rien ne viendrait changer ce résultat. Elle ne devait rien à Claire ; en vérité, de son point de vue, c'était *Claire* qui lui était redevable.

Maryanne ferma les yeux en maudissant Shepherd.

Lorsqu'elle se réveilla, elle n'eut même pas à prendre de décision difficile au sujet de sa logeuse – Claire l'avait prise pour elle. La petite Oméga aux cheveux noirs avait disparu.

* * *

Il était étrange de déambuler dans Thólos.

Claire aurait aussi bien pu vagabonder dans l'apocalypse. Tout ce qu'elle voyait était bien pire que dans son cauchemar, celui où la meute enragée la pourchassait à travers les rues. Rien ne semblait vivant. Il n'y avait pas un magasin ouvert, pas un restaurant pour offrir à manger. Les immeubles étaient un capharnaüm de débris et de verre brisé, éparpillés partout. Même les cadavres avaient été abandonnés dans la rue pour y geler.

La chaleur du lit de Maryanne s'évapora à mesure qu'elle avançait, ce réconfort bientôt moins qu'un souvenir. Elle erra, déboussolée… en rêvant de pouvoir oublier ce qu'elle voyait. En moins d'un an, la ville était devenue un champ de ruines, un autre monde où le gel, la glace et la mort empoisonnaient tout ce qu'ils touchaient.

Shepherd avait réussi son plan. Thólos était en train de s'autodétruire ; il ne restait plus qu'à s'asseoir et à admirer le spectacle.

Les poumons de Claire se vidèrent d'un coup, et elle se figea. Recroquevillé contre un mur se trouvait un enfant mort − bleu, congelé −, un petit garçon d'à peine dix ans.

Penchée sur le corps raidi, Claire tendit la main et dégagea les mèches emmêlées en se demandant comment Shepherd pouvait penser que la mort de cet enfant assouvissait sa faim de vengeance. Quelle grandiose leçon tirerait la société d'une vie perdue dont pas une âme ne se souviendrait ?

S'accroupissant à côté de l'enfant, imitant sa pose, Claire chercha une raison à tout ceci. La tragédie n'était pas neuve à Thólos.

Chaque jour, davantage d'enfants devenaient orphelins.

C'était la nouvelle norme.

Et qui les adopterait ? Où pourraient-ils aller ?

Son peuple avait échoué. Claire n'était même plus sûre de pouvoir le défendre, pas après avoir été témoin de leurs agissements. La tête inclinée de côté, elle posa la joue sur les cheveux du garçon mort et regarda droit devant elle. Sa liberté ne lui apportait aucun plaisir, pas plus que la vue du ciel… Elle n'avait même pas éprouvé de sentiment de victoire en libérant les Omégas.

En compagnie de Maryanne, elle n'avait fait que jouer son rôle, truqué ses émotions d'instinct.

Les yeux fermés, elle poussa un soupir qui fit voleter les mèches brunes sous ses lèvres. Elle ne voyait plus l'intérêt d'être Claire. Elle préférait n'être personne, aussi vide et insignifiante que Thólos s'était autorisée à devenir.

Elle fut réveillée par un sanglot. L'espace d'un instant, elle crut qu'il émanait du garçon sur lequel elle reposait. Elle se redressa en sursaut, et ses yeux brouillés balayèrent les environs sans rien trouver – la même ruelle vide, les mêmes congères de déchets. La seule différence était l'obscurité ; après des mois passés sous terre, sa vision s'y ajusta rapidement.

Sans se soucier ni du froid glacial ni du grincement de ses genoux raides, Claire se leva. Son oreiller, le cadavre abandonné, était toujours aussi rigide. L'enfant regardait droit devant lui, vers l'avenir qui l'attendait, elle aussi… vers le néant.

Avec plus de force qu'elle n'en ressentait, Claire hissa le garçon sur son dos. Les membres congelés du cadavre ne lui facilitèrent pas la tâche.

Nulle âme ne vint la déranger tandis qu'elle avançait avec sa récompense macabre dans les rues de l'enfer.

Chapitre 4

En silence, Corday observa les Omégas récemment libérées tandis qu'elles se creusaient un abri dans les montagnes de déchets. Cette usine de traitement des sphères intermédiaires ne fabriquait plus de compost pour les niveaux agricoles – pas depuis que les citoyens s'étaient mis à jeter leurs ordures à la rue. Des monts pourrissants protégeaient à présent l'enclave de femmes terrifiées. Chaque inspiration puait la nourriture en décomposition, la moisissure et d'autres choses que mieux valait ne pas décrire.

L'une d'entre elles était la jeune Oméga toujours aux prises avec ses chaleurs. La jeune fille ne cessait de gémir et de supplier qu'on la soulage.

Corday était loin d'être un expert en cycles d'Omégas, mais il était certain que ses sanglots n'étaient pas naturels.

Il garda ses distances. Les autres Omégas l'évitaient respectueusement, elles aussi. Agglutinées pour essayer de se réchauffer, elles dévoraient les rations qu'il leur avait distribuées.

Une vieille femme appelée Nona était venue frapper à sa porte. D'après elle, c'était Claire qui lui avait indiqué comment le trouver. C'était Claire qui avait promis que la résistance nourrirait et s'occuperait des Omégas libérées.

C'était le nom de Claire qui l'avait fait se précipiter pour lui ouvrir.

Il s'était servi dans leurs stocks sans demander la permission de son commandant. La brigadière Dane allait le tuer, et il allait lui dire en face d'aller se faire voir. Pas question qu'il laisse tomber Claire.

Lorsqu'il était arrivé la veille, les Omégas s'étaient montrées… hostiles. Elles étaient sales et puaient presque autant que les ordures sous lesquelles elles avaient choisi de s'abriter.

Nona l'avait averti que les femmes étaient dangereuses, qu'elles étaient armées et prêtes à tirer à vue sur le premier mâle qui croisait leur chemin. Elle l'avait même prévenu de ne pas la suivre lorsqu'il lui aurait fourni des provisions.

Corday ne l'entendait pas de cette oreille. Il devait voir Claire.

Mais Claire n'était pas là. Même après que les femmes se furent installées, leur libératrice n'apparut pas. La nuit traîna en longueur, le jour se leva, l'après-midi... Corday était courbaturé à force de rester appuyé contre le mur gluant.

Claire s'était-elle fait capturer ? Le tyran l'avait-il tuée ?

Nona lui rappela gentiment que le plan de Claire était d'arriver par un autre chemin ; qu'elle attendait probablement la nuit tombée pour continuer ; qu'elle avait toujours été exagérément prudente lorsqu'elle ne bénéficiait pas de la sécurité du groupe.

Corday n'en croyait rien. La Claire qu'il connaissait était irréfléchie. Et également salement amochée.

Encore et encore, Nona lui rappela que si Claire avait été capturée, les hommes de Shepherd seraient déjà à leurs trousses.

Claire O'Donnell était en liberté, quelque part.

Il l'attendit si longtemps qu'il avait dépassé le seuil de l'épuisement, de l'exaspération, de la terreur. La nuit tomba. Au début, Corday pensa que ses yeux lui jouaient un tour. Dans la pénombre, une bête bossue à deux têtes se releva en titubant après avoir atterri au bas du vide-ordure. Des yeux laiteux le fixèrent sans le voir, sans ciller. La bouche qui se trouvait sous ces yeux morts était ouverte dans une expression figée de désespoir.

Le visage d'un cadavre.

Dessous se cachait un visage qui lui était bien plus cher. Les yeux de la femme en difficulté étaient à moitié dissimulés derrière un rideau de mèches noires.

— Claire !

Corday se rua vers l'Oméga et son fardeau, puis désenchevêtra les membres gelés du cadavre réticent de son hôte.

Claire ne semblait pas ravie de le voir. Elle n'était pas elle-même.

— J'ai trouvé ce garçon tout seul dans une ruelle, Corday… Oublié.

Une fois le corps du garçon délicatement allongé sur le sol, Corday la serra dans ses bras.

— Nona est venue me trouver, souffla-t-il, ses poils de barbe grattant sa joue. Je sais ce que tu as fait.

Après les atrocités dont elle avait été témoin dans la ville, l'attaque sur la Crypte et l'affrontement avec Shepherd lui semblaient s'être produits dans une autre vie.

— Thólos est devenu un endroit ignoble. J'ai vu des choses… Que nous est-il arrivé ?

L'heure d'avoir un débat existentiel sur la condition humaine n'était pas venue. Corday l'entraîna vers le brasero des Omégas.

— Tu es gelée, Claire. Assieds-toi, la pressa-t-il.

Nona courut vers eux dès qu'elle aperçut son amie.

— Ta mère serait fière. Tu le sais, ma fille ? l'accueillit la vieille femme en se jetant dans ses bras.

Claire ne voulait pas qu'on l'étreigne. Tout ce qu'elle voulait, c'était s'effondrer.

Sans se soucier des femmes qui les regardaient, Corday tira Claire vers lui pour qu'elle repose entre ses cuisses. Il enveloppa son corps tremblant entre ses bras et ses jambes, pressa son dos contre son torse et se mit à ronronner.

Les Omégas semblaient ouvertement déboussolées par l'état de leur héroïne. Où était donc la sauveuse assurée qui avait affronté toute une armée ? Pourquoi laissait-elle un Bêta l'enlacer de manière si intime ?

Pourquoi ne parlait-elle pas ?

Nona lissa ses cheveux et les dégagea de son front pour mieux examiner sa jeune amie. Elle attendit que son souffle devienne égal, qu'elle s'endorme. Alors seulement se permit-elle de la renifler.

— Elle est enceinte, articula Nona, soucieuse de ne pas la réveiller.

— Oui, acquiesça Corday dans un murmure.

Cela n'aurait pas dû être possible : le dernier cycle de Claire avait commencé le jour où elle était entrée dans la Citadelle.

Les lèvres pincées, Nona sentit son cœur se briser.

— Shepherd lui a fait ça. C'est…

— Je sais, la coupa Corday en resserrant son étreinte. Mais elle ne sera pas seule.

Nona se radoucit et sourit même au garçon.

— Vous tenez à elle.

Bien sûr qu'il tenait à elle.

— Jurez-moi que vous ne la laisserez pas repartir pendant mon absence. Jurez-moi que vous la garderez en sécurité.

Nona savait qu'ils ne pourraient pas empêcher l'inévitable.

— Elle est enceinte et marquée, Corday. Même si vous vous occupiez d'elle sans discontinuer, elle ne pourrait pas rester longtemps.

— Shepherd a endommagé leur lien, cracha Corday en la regardant dans les yeux. Il n'a plus aucune emprise sur elle.

Plus vieille et plus sage, Nona s'exprima aussi délicatement qu'elle le put :

— Ce n'est pas possible, Corday… Ce qu'il a endommagé, c'est Claire.

— Alors vous allez la laisser retourner auprès de Shepherd ?

Corday préférait encore mourir.

— Vous n'êtes pas un Oméga. Vous ne pouvez pas comprendre la finalité du marquage, expliqua Nona en caressant la chevelure de Claire, son regard empreint de pitié. Pour Claire, la seule libération possible découlera de la mort de son partenaire ou de la sienne. Je vous garantis qu'elle le sait, quoi qu'elle dise.

— Mais… Claire m'a dit…, marmonna Corday, choisissant le déni.

Sa jeune amie avait toujours eu un altruisme déplacé.

— Elle voulait que vous gardiez la foi, expliqua Nona d'une voix étouffée. Pour ma part, je ne vous donnerai pas de faux espoirs. Mais sachez que, tant qu'elle sera enceinte, elle sera précieuse aux yeux de Shepherd. Elle sera en sécurité.

Corday baissa l'écharpe de Claire pour révéler ses blessures.

— Vous appelez ça une manière de traiter une chose précieuse ?

Nona observa les marques, les larmes aux yeux. Elle buta sur les mots :

— C'est plus qu'un simple marquage. Toutes les femmes ici présentes savent qu'elle est appariée à Shepherd. Elles ne lui feront pas confiance. Elles la chasseront.

Corday fusilla du regard les femmes qui leur jetaient des coups d'œil à la dérobée.

— Claire leur a sauvé la vie.

— Écoutez-moi, mon garçon, murmura Nona fiévreusement. Cela ne veut pas dire que toutes les Omégas dans cette pièce le méritaient. Il suffirait que l'une d'entre elles nous trahisse pour toutes nous condamner.

Les Omégas n'avaient-elle donc rien appris ?

— Shepherd a pendu celles qui se sont retournées contre Claire la dernière fois. J'ai vu leur exécution de mes propres yeux.

— Vous et moi, nous savons que la peur fait faire des choses stupides aux gens.

— Alors elle rentre avec moi.

— Cela pourrait être pour le mieux, convint Nona, le visage empreint de compassion.

Corday se sentit ébranlé en regardant la femme endormie dans ses bras. Il savait que son plan n'aboutirait pas.

— Mais si je ne l'enferme pas, elle s'échappera…

Nona hocha la tête.

— Je vois que vous commencez à comprendre. Continuez à ronronner. Cela vous calmera tous les deux.

* * *

Les énigmes étaient sa spécialité. Jules comprenait les rouages limités qui motivaient les gens ; dans ce talent particulier, il n'était que deuxième après Shepherd. Il était également la seule personne à avoir eu accès à Claire ces derniers mois. Il connaissait son odeur, même enceinte. Il connaissait sa voix et l'avait cataloguée aussitôt comme une maman-poule.

Ses principes malavisés étaient presque touchants, et Jules comprenait parfaitement ce qui avait tant attiré Shepherd chez Claire. Elle était une énigme emballée dans un joli nœud de moralité.

Claire était tout ce que Shepherd s'imaginait à tort que Svana était.

Son commandant n'avait jamais fait *partie* de la civilisation du Dôme, pas comme Jules avant qu'il soit emprisonné. L'éducation souterraine de Shepherd – apprendre à survivre parmi la société désespérée de la Crypte – l'avait habitué à s'épanouir dans des circonstances extrêmes. Shepherd avait beau être prodigieusement brillant, son manque d'empathie était évident dans ses interactions avec le peuple.

Pourtant, il était un incroyable meneur d'hommes, sa philosophie attirait toujours plus de disciples et il pouvait voir le monde d'une manière dont les autres étaient incapables.

Il avait libéré les réprouvés… et ce même avant d'avoir assailli la ville.

Un homme était parvenu à repousser leur cauchemar souterrain. Shepherd avait organisé les fauves et avait donné aux esclaves une raison d'être, de l'espoir. Cependant, comme tous les prisonniers, si Shepherd désirait quelque chose, il le prenait. Et que les Dieux vous viennent en aide si vous le déceviez.

Shepherd était incapable de comprendre les *hésitations* de Claire.

Malgré l'agressivité de l'Alpha, il n'y avait personne au monde que Jules admirait davantage. Son respect transcendait même la faille de son supérieur, à savoir que l'univers de Shepherd commençait et se terminait avec Svana.

Le fait que les deux Alphas étaient amants n'était pas un secret. Jules lui-même avait pu constater l'engouement de Svana pour Shepherd au fil des ans. Il connaissait l'histoire de leur rencontre souterraine, comment elle avait abordé et attiré Shepherd tel un ange, avec ses mots de passe et sa nourriture rare. À l'époque, ils étaient tous les deux assez jeunes. Peut-être s'étaient-ils séduits l'un l'autre – deux créatures sauvages asservies par le système. Mais, là où Shepherd était né en enfer, Svana était descendue des cieux.

Il vénérait pratiquement le sol sous ses pieds. Il avait forgé lui-même cette mission pour elle, lui avait érigé une armée.

Elle prétendait être spéciale, élue…

Le pire était sans doute que c'était la vérité. Tout était vrai.

Elle possédait une chose que tout l'argent du monde n'aurait pas pu acheter : une ascendance précieuse.

Svana était la clé de la liberté, la clé d'un nouveau monde et d'une terre où nul ne les jugerait pour leurs tatouages Da'rin, où nul n'oserait murmurer le mot « paria ». Grâce à elle, ils deviendraient tous des héros, des rédempteurs, des sauveurs.

Ce serait une renaissance pour tous.

Svana n'était pas née sous le Dôme Thólos. Non, elle avait été *donnée* au peuple de Thólos.

Rien de tout ceci n'était de notoriété publique, évidemment. Rares étaient ceux qui savaient que Svana était arrivée lors d'un transport deux décennies plus tôt, qu'elle avait fait partie du marché Interdôme de femelles viables. Encore plus rares, ceux qui savaient qui cette enfant en haillons était vraiment. Ses parents adoptifs l'ignoraient et, d'après l'enquête de Jules, même le Premier ministre Callas n'avait pas été dans le secret. Ce secret appartenait à Shepherd et à quelques disciples élus.

Svana était, elle aussi, ingénieuse. Elle avait profité de sa position pour avoir accès à tout : secrets, richesses, faveurs – et même à Shepherd lorsqu'il n'était qu'un adolescent en mal d'amour.

Cette fantaisie lui était cependant vite passée. Shepherd, lui, n'avait jamais réalisé que sa bien-aimée était passée à autre chose. Elle savait ce qu'elle faisait en nourrissant son estime pour elle et en cultivant sa dévotion. Cette idylle à sens unique aurait presque été risible si vous n'aviez pas vu ce que ces deux-là étaient capables d'accomplir ensemble.

C'était ce que Jules détestait le plus. Svana était essentielle au succès de leur plan. Shepherd et tous les disciples avaient *besoin* d'elle.

Heureusement, cela allait dans les deux sens. Sans l'armée de Shepherd, une femme seule serait incapable de reprendre possession de son droit de naissance. Svana était la seule descendante survivante de la famille dirigeante du Dôme Greth, une monarchie qui avait été destituée et éliminée. Les insurgés avaient tué ses parents et, assez naïvement, décidé d'épargner une petite fille considérée comme trop petite pour se rappeler.

Svana avait beau être très jeune lorsque sa vie à Thólos avait commencé, elle avait été entraînée à corrompre dès sa naissance. Et, tout comme ses parents avant elle, elle se croyait irréprochable.

Sa liaison avec le Premier ministre Callas… Que Shepherd soit prêt à le reconnaître ou non, il avait été forcé de contempler un aperçu de ce qu'elle était vraiment.

À la suite de cette déception sentimentale, Shepherd avait agi contre sa bien-aimée en s'offrant une partenaire Oméga. Jules s'était douté que Svana ne serait pas ravie en l'apprenant. N'était-ce pas pour cette raison que Shepherd avait tenu à cacher l'Oméga aux yeux de tous ? Nul n'était autorisé à s'approcher d'elle, et Jules lui-même avait été chassé pour avoir osé la regarder une fois... jusqu'à récemment.

Le Bêta ignorait ce qui avait incité Shepherd à loger ailleurs que dans ses quartiers pendant de nombreux jours ; il n'avait pas posé la question. Il s'était donc retrouvé coincé entre un dirigeant furieux et à bout de patience et une Oméga enceinte, qui avait semblé dévastée chaque fois qu'il lui apportait un de ces fichus plateaux.

Pour une raison qu'il ignorait, Shepherd avait relégué Claire au statut de pondeuse au lieu de celui de partenaire. Jules l'avait accepté et fait son travail. Mais, moins d'une semaine plus tard, le lieutenant avait ouvert la porte et trouvé mademoiselle O'Donnell recroquevillée sur le sol, altérée, piégée dans une cellule envahie par l'odeur que Jules avait si souvent sentie dans les quartiers de son commandant : le parfum épicé des sécrétions de Svana. L'Oméga, qui aurait dû être dans son nid, se terrait aussi loin du lit qu'elle le pouvait, si immobile qu'on aurait dit un cadavre. C'était pour cette seule raison qu'il lui avait répondu quand elle lui avait demandé son nom.

En l'examinant de plus près, Jules avait pu constater la lèvre éclatée et la décoloration autour de son cou. Il avait d'ailleurs reconnu son regard quand Shepherd s'était approché d'elle à l'entrée de la Crypte ; il avait lu avec précision chaque nuance de son expression. L'Oméga était anéantie. Elle n'était pas seulement terrifiée, mais également apathique et suicidaire, et ce en dépit du déni de Shepherd à ce sujet.

Et c'était là la source du problème. Jules était certain que son hypothèse était correcte : Shepherd s'était accouplé avec sa compagne de longue date sous les yeux de Claire. Et le Bêta était au courant de leur habitude de partager des Omégas en chaleur.

Claire avait mal réagi à ce que la visite de la femelle Alpha avait inspiré en elle.

Les dégâts étaient irréparables dans le délai imparti. Le déni de Shepherd et la nature vindicative de Svana avaient fait leur petit effet. Si ce que Jules soupçonnait s'avérait, mademoiselle O'Donnell avait maintenant une bonne raison de détester son partenaire, une raison qui dépassait ses craintes quant à sa situation et son incapacité à comprendre ses motivations. Mais c'était surtout le fait que Shepherd exigeait que l'Oméga reprenne son rôle de partenaire qui compliquait la situation.

Il serait presque plus commode que la petite Oméga périsse ; toute cette situation était problématique. Malheureusement, elle portait en elle ce qui deviendrait l'héritier de Shepherd.

Claire était importante, à présent.

* * *

Le sol dur était inconfortable et lui faisait mal à la hanche. Mais il y avait aussi l'odeur de sécurité…

d'un Bêta si familier. Ils étaient enlacés sous son manteau, comme enveloppés dans un cocon d'insecte trop mûr.

Elle entrouvrit un œil et vit Corday en train de l'observer, son expression contrôlée indéchiffrable.

— Je savais que tu aiderais Nona si elle prononçait mon nom, reconnut Claire.

Corday posa ses lèvres sur son front et la serra plus fort.

— Elle m'a raconté ce que tu as fait. Tu as menacé de te faire sauter la cervelle, Claire.

Oui, elle avait pointé une arme sur sa tempe… et elle avait été terrifiée.

— Je sais.

Il pouvait lui aussi se montrer agressif si c'était ce qu'elle voulait. Sans la lâcher, il approcha son visage jusqu'à ce que leurs nez se touchent.

— Claire, je t'en prie.

Elle détourna les yeux et mâchonna distraitement sa lèvre.

— Je ne suis pas désolée d'avoir libéré ces femmes.

— Je ne veux pas que tu le sois ! murmura Corday d'un ton pressant pour que les Omégas ne puissent pas les entendre. Ce que je veux, c'est que tu me fasses confiance. Tu n'as pas à te battre toute seule.

C'était pourtant le cas… Corday et le sénateur Kantor avaient été très clairs sur leur position.

— Je ne vais pas attaquer Shepherd ou son armée de porcs. Les Omégas sont libres, c'est fini.

— Je ne te crois pas.

Rompue, Claire soupira.

— Je te donne ma parole que je n'attaquerai pas Shepherd. Ce serait futile.

— Regarde-moi, insista Corday, déterminé. Jure-le-moi.

— Je te jure que je ne l'attaquerai pas, promit-elle en soutenant son regard.

Le Bêta sembla satisfait.

— Depuis combien de temps n'as-tu pas mangé ?

— J'ai mangé chez toi.

Frustré, il la serra plus fort.

— C'était il y a trois jours, et tu as vomi juste après.

— J'avais des choses plus importantes à l'esprit que la nourriture.

— Claire, tu n'es pas surhumaine.

Non. Elle ne se sentait même pas tout à fait humaine. Elle se sentait plutôt déformée.

— Je mangerai, dit-elle en faisant craquer les os de sa nuque.

Les lèvres de Corday se retroussèrent légèrement.

— Bonne nouvelle, fit-il en la relevant pour la masser. Et, pendant que tu mangeras, tu me raconteras quels autres plans tordus tu as imaginés. Tu n'as plus besoin de me faire des cachotteries, Claire. Laisse-moi t'aider.

Ils avaient un public ; plusieurs paires d'yeux observaient leur échange de murmures. Corday partit piller les caisses de nourriture qu'il avait apportées. Un fruit et un paquet de complément protéiné à la main, il retourna près d'elle.

Plusieurs femmes s'étaient rapprochées de Claire.

Quelques-unes reniflèrent même l'Oméga aux cheveux noirs, puis reculèrent en vitesse, comme si elle pouvait les souiller. La rumeur se confirmait.

Si Claire les remarqua, elle ne réagit pas.

Corday comprit que Nona avait raison. Quoi qu'elle ait fait pour ces femmes, Claire ne resterait pas longtemps la bienvenue dans la meute.

— Rentre avec moi, Claire.

Claire dévisagea l'homme qui lui offrait une pomme comme s'il était devenu fou.

— Je ne peux pas te mettre dans cette position. Non.

— Alors je viendrai te voir tous les jours jusqu'à ce que tu changes d'avis, lui assura le Bêta en serrant ses doigts froids. Je veux prendre soin de toi. Quand tu retrouveras la raison, je te ramènerai à la maison.

En contemplant le feu, Claire marmonna :

— Quand le moment sera venu, je serai heureuse de rentrer à la maison.

Nona, restée silencieuse durant tout cet échange, toucha le bras de Claire dans un geste compréhensif.

Il était temps pour Corday de repartir. Claire se leva et lui fit un câlin d'adieu.

— À ta prochaine visite, n'oublie pas de m'amener du café, le taquina-t-elle.

Il gloussa.

Puis, soudain sérieuse, elle agrippa le tissu de son manteau.

— Et si tu es assez bête pour te faire attraper, je prendrai la Citadelle d'assaut pour te sauver.

— Très drôle, dit Corday en cessant de rire.

— Je ne plaisantais pas.

— Mais… Tu as déjà libéré les Omégas, contra Corday, frustré, en passant une main dans ses cheveux. Tu as déplacé des montagnes. Il est temps que tu te reposes.

— Nona ne me laisserait jamais faire, convint Claire. Maintenant, tu dois t'en aller, Bêta. Les mâles ne sont pas les bienvenus ici.

Corday ne voulait pas partir, mais il devait la laisser en paix. Il promit qu'il reviendrait.

Lorsque le Bêta eut disparu, Nona passa un bras autour des épaules de sa jeune amie.

— Il ne comprend pas, maugréa la vieille femme.

— Il n'a pas besoin de savoir, murmura l'Oméga brisée.

* * *

Ils n'étaient que quatre dans la pièce : Corday, la brigadière Dane, le sénateur Kantor et une étrangère. L'épuisement qui avait vieilli prématurément le sénateur depuis la chute du Dôme s'était envolé. Ravi, l'Alpha fit un geste vers la femme resplendissante aux cheveux bruns qui se tenait à ses côtés.

— Un nouveau membre est venu rejoindre la résistance. Nous avons réussi à entrer en contact avec ma nièce… Je vous présente Leslie Kantor.

Avec un doux sourire pour son oncle visiblement soulagé, la femelle Alpha tendit la main pour se présenter en bonne et due forme.

— C'est un plaisir de vous rencontrer, Corday.

Une étincelle pétillait dans les yeux du vieil homme, une étincelle perdue depuis longtemps qui se raviva lorsque Corday sourit et accepta la main tendue.

— Nous recevons si rarement de bonnes nouvelles. Bienvenue.

Pour rester au chaud, Leslie Kantor s'était emmitouflée dans des couches qui la dissimulaient presque complètement.

— Et j'espère avoir de quoi vous remonter le moral. Juste avant l'invasion de Shepherd, le Premier ministre Callas et moi nous sommes fiancés. Nos fiançailles n'étaient pas encore publiques, expliqua-t-elle avec un geste désinvolte de la main. Ces choses doivent suivre un certain protocole, être approuvées par le Sénat, etcétéra. En attendant, Callas s'était arrangé pour me fournir un accès de député. Comme c'était encore un secret, les hommes de Shepherd n'ont jamais su que je pouvais infiltrer leurs réseaux de communication.

— Bordel de merde…, souffla Corday, la mâchoire décrochée.

— C'est ça, fils, s'esclaffa le sénateur Kantor. Bordel de merde.

Cela changeait tout et donnait à la résistance une réelle chance.

— Savez-vous où il a caché la contagion ?

— Non, répondit Leslie en secouant la tête. La langue dans laquelle ils communiquent est difficile à comprendre. Mais ça ne veut pas dire que nous ne pouvons pas la traduire. J'ai juste besoin de temps.

C'était tout de même un immense progrès. Il commençait à comprendre la raison de la confidentialité de leur réunion : personne ne pouvait découvrir le secret de Leslie Kantor. Elle allait devoir rester cachée et ses découvertes allaient devoir être classifiées – ce que Corday leur expliqua :

— Personne ne peut être au courant. Si Shepherd en entend parler, il n'aura aucun mal à révoquer son accès.

— Très juste, convint le sénateur avant de donner à Corday ses instructions. Si elle reste ici, trop de personnes risquent de la voir. Nous ne pouvons pas encourager les questions. Je vous confie ma nièce, Corday.

L'honneur qui était accordé à l'exécuteur subalterne tombait vraiment au mauvais moment ; cependant, il n'avait aucun moyen de refuser une mission si importante. Claire avait besoin de lui, mais toute la population avait besoin des renseignements que Leslie pouvait leur apporter. Il était temps de leur annoncer la nouvelle.

— Monsieur, vous devriez savoir que les Omégas ont été libérées. Aujourd'hui, nous avons remporté deux victoires contre Shepherd.

Le sénateur sourit d'un air sincère.

— Je t'avais dit que je misais sur Claire.

— C'est vrai.

Tout était dit.

* * *

Jules fronçait les sourcils, ce qu'il faisait rarement, en écoutant la surveillance audio du quartier général de la pitoyable résistance de Thólos. La traque de Claire avait été interrompue lorsqu'était arrivé un rapport annonçant qu'une certaine femelle Alpha s'était présentée à la porte des rebelles.

Svana – alias Leslie Kantor – avait son propre rôle à jouer dans la chute de Thólos. Elle avait une mission spécifique qui n'était certainement pas de jouer les rebelles. Et si elle savait où la résistance se planquait depuis le début, pourquoi n'avait-elle pas transmis cette information à Shepherd ?

Jules se doutait de ce que cette garce traficotait.

Svana traquait Claire. Évidemment, elle devait être au courant de l'évasion de l'Oméga. C'était d'ailleurs pour cette raison qu'il avait fait suivre la femelle Alpha depuis que la partenaire de Shepherd avait disparu.

Et, à présent, elle les avait menés tout droit jusqu'à la résistance.

Svana était donc bête au point de croire que ses agissements passeraient inaperçus. Shepherd avait beau encenser sa bien-aimée, Jules ne considérait pas sa fourberie comme un signe d'intelligence. Oh, elle était utile et puissante, certes, et c'était pour cette seule raison que Jules n'avait pas orchestré d'accident fatal des années plus tôt.

Mais elle était dans le pétrin.

Au diable les plans et les promesses, Svana servait ses propres intérêts.

Jules ne lui faisait pas confiance et était prêt à prouver qu'elle devait être maîtrisée. Raison pour laquelle il choisit de faire une visite préventive au domicile d'un certain exécuteur Corday.

Il ne lui fut pas difficile de pénétrer dans l'immeuble. Il lui avait suffi de dénicher un rebelle terrifié et de quelques minutes de torture pour apprendre où se situait le logis de l'exécuteur Corday. Ensuite, il avait placé quelques diversions pour retarder le couple suspect qui cheminait à présent à travers la ville. Laissant l'exécuteur et Svana errer dans les rues dangereuses, Jules poussa la porte du triste petit appartement.

Dès sa première inspiration, le Bêta se figea. La pièce était saturée de l'odeur de mademoiselle O'Donnell – le canapé, le lit... il trouva même sa robe ensanglantée dans le bac à linge de la salle de bain.

Svana n'aurait pas pu le planifier, mais elle avait expédié Jules tout droit chez le Bêta qui avait abrité la partenaire de Shepherd.

L'Oméga n'était pas chez lui, mais l'exécuteur Corday avait accès à elle. La recapture de mademoiselle O'Donnell était désormais imminente.

Il plaça les microphones, et l'équipe de surveillance choisie par le bras-droit de Shepherd s'installa dans un immeuble non loin. Le travail fut vite fait. Il ne lui restait plus qu'à exposer personnellement la situation *complexe* à Shepherd.

Chapitre 5

Lorsqu'il pénétra dans l'antre de Shepherd, Jules put sentir l'agitation extrême de son commandant.

— J'ai retrouvé la trace de ta partenaire.

— Où ça ? demanda aussitôt Shepherd.

Le Bêta lui exposa son compte rendu, puis lui tendit un dossier sur le jeune exécuteur.

— Après la disparition de mademoiselle O'Donnell, j'ai fait suivre Svana par précaution. Aujourd'hui, *Leslie Kantor* a choisi d'entrer en contact avec la résistance – à son insu, elle nous a menés jusqu'à eux. Suite à leur réunion, un Bêta répondant au nom de l'exécuteur Samuel Corday a été chargé de sa protection. Je me suis personnellement rendu dans l'appartement du Bêta pour le mettre sur écoute avant qu'il ne rentre avec Svana sous sa tutelle.

« Mademoiselle O'Donnell n'était pas sur place, mais son odeur imprégnait les lieux. J'ai également trouvé les restes de la robe qu'elle portait quand elle a sauté de la terrasse. L'exécuteur Corday est le Bêta chez lequel elle s'est réfugiée avant d'attaquer la Crypte. Je suis certain qu'il sait où elle se trouve. Si nous parvenons à le suivre sur le réseau, il nous mènera tout droit à l'Oméga. »

Shepherd leva les yeux de la photo du beau mâle et laissa son regard peser sur son bras-droit.

— Tu peux confirmer que Svana a approché les rebelles de son propre chef ?

— Oui. La nièce du sénateur Kantor a offert de partager ses codes d'accès pour aider la résistance.

Et c'était, dans l'opinion de Jules, le principal problème.

Ses épaules raides et l'aura de danger dans l'air l'avertirent que l'Alpha n'était pas ravi par la nouvelle.

— Ah oui ?

— Svana doit avoir ses raisons propres d'agir de manière autonome.

Le menton levé, Jules ignora le silence réprobateur de son commandant face à ses accusations infondées et continua son rapport :

— Elle reconnaîtra l'odeur de mademoiselle O'Donnell dès qu'elle franchira le seuil du domicile de l'exécuteur Corday.

— Cela n'aura aucune importance. Nous allons récupérer Claire immédiatement.

Shepherd savait toujours quand Jules n'avait pas complètement terminé son laïus. C'était quelque chose de fuyant dans son regard dur, de figé dans les lignes autour de sa bouche. Il se tint droit et croisa ses bras épais sur son torse. Sa posture indiquait clairement que son subordonné avait intérêt à s'expliquer.

— Parle.

Jules se lança dans le même ton monotone et sincère :

— Même en mettant de côté la menace que représente Svana, Claire O'Donnell est prête à mourir, mon frère. De faim… d'une balle dans la tête… Elle trouvera un moyen si elle le veut.

Shepherd avança d'un pas et se retrouva à distance suffisante pour décapiter Jules d'un seul mouvement du poignet s'il le désirait. Pupilles dilatées, il menaça :

— Tu oses me dire ce qu'elle fera ou non ? Tu te permets beaucoup, dernièrement. Je pensais pourtant avoir été clair.

Le Bêta était loyal. Il était de son devoir de parler franchement :

— Tu es responsable de l'état actuel de Claire O'Donnell. Par ton infidélité transparente, tu as altéré le lien que tu as forgé quand tu as décidé de la marquer. Ce genre de haine ne disparaîtra pas simplement parce que tu la ramènes à toi de force.

La bête émergea. Un bras bombé de muscles plaqua le petit homme contre le mur.

— Tu ne sais pas de quoi tu parles ! rugit Shepherd en retenant Jules par la gorge.

Le souffle court, ses bottes loin au-dessus du sol, Jules parvint à grommeler, malgré l'emprise du géant :

— Tu as laissé Svana te manipuler et tu as déshonoré ta partenaire enceinte. C'est à cause de toi qu'elle est brisée, et tu dois reconnaître les conséquences de ce que tu as laissé faire. Je ne peux pas te la rendre telle qu'elle était avant.

Jules atterrit de l'autre côté de la pièce. Pour éviter de passer sa colère sur son second et lui briser les os, le géant enragé attaqua le mur à coups de poings. Des blocs de béton se détachèrent, ses articulations se déchirèrent et le sang coula. Mais l'emportement de Shepherd ne suffit pas à exorciser sa rage.

Lorsque le monstre haletant pivota vers le Bêta, le regard assassin, il le trouva debout, aussi loyal et immobile que toujours. Shepherd enfonça brutalement son doigt dans le torse de Jules.

— Je devrais te tuer.

Avant de répondre, Jules essuya le filet de sang qui coulait de sa bouche.

— Pour avoir dit la vérité, mon frère ?

Shepherd fit rouler ses épaules et, sur la défensive, gronda :

— J'ai fait ce que je devais faire et j'ai renvoyé ma partenaire de la pièce pour qu'elle n'ait pas à nous regarder alors que j'apaisais Svana.

— En choisissant d'*apaiser* ton amante, tu as détruit toute possibilité pour mademoiselle O'Donnell d'être ta partenaire volontaire, telle que tu sembles espérer qu'elle soit, expliqua le Bêta.

— Et tu penses que parce que tu as un jour eu une femme Oméga, ton opinion a de la valeur ?

Le visage de Shepherd était rouge, et son pouls battait violemment dans sa gorge.

— Ta seule solution pour avoir un ascendant sur l'Oméga est de lui donner ce qu'elle veut, rétorqua Jules.

Une minute passa, une minute durant laquelle Shepherd dut combattre tous les instincts qui lui soufflaient d'écrabouiller le Bêta pour avoir douté de lui.

— Explique-toi.

— Claire O'Donnell a le profil d'un martyr. Si tu lui offres de laisser les Omégas et ses *alliés* en paix, tu auras une monnaie d'échange – une influence que tu pourras exercer pour encourager son obéissance et le comportement que tu souhaites voir chez elle. Si tu l'abordes correctement, je suis sûr qu'elle acceptera de revenir de son plein gré, en échange de la vie de ses amis. Le suicide ne sera plus un risque, et cela donnera le temps à la grossesse de suivre son cours et peut-être d'adoucir sa haine envers toi.

Shepherd détestait ce qu'il entendait, mais il reconnaissait la sagesse derrière les paroles de son second.

— Autre chose ?

Pour une fois, l'amertume transparut dans l'intonation de Jules :

— Je n'avais pas seulement une femme. J'avais aussi deux fils.

Shepherd recula avec un soupçon de remords. Ignorant ses jointures en sang, l'Alpha enfila sa veste et sortit de la pièce.

— Je dirigerai la surveillance du Bêta personnellement.

Jules appela un subalterne par radio et lui demanda de nettoyer les dégâts et de réparer le mur. Comme d'habitude, il avait trois longueurs d'avance.

* * *

Conformément à ses instructions, Corday avait escorté Leslie Kantor jusqu'à son appartement. Le trajet avait été loin d'être facile. Il lui avait semblé que toutes les chaussées étaient soit bloquées soit surveillées par des disciples en patrouille. Ils avaient dû faire de nombreux détours et emprunter un itinéraire alternatif.

Ils revinrent sur leurs pas pendant des heures juste pour avancer de quelques rues. Que Leslie Kantor n'ait aucune notion d'autodéfense ne l'avait pas aidé. La femelle, quoique charmante, n'avait rien à faire dans la rue.

Corday avait du mal à croire qu'elle ait pu survivre si longtemps.

Il n'exprima pas son opinion, mais la femme dut la sentir. Lorsqu'ils eurent enfin atteint l'abri et la protection de son appartement, elle avoua :

— Je me suis réfugiée dans la résidence familiale dès la chute de la ville. Dans une pièce blindée secrète qui contenait assez de nourriture et d'eau pour que je n'aie pas besoin d'en sortir.

Si seulement tout le monde avait eu accès à un tel luxe. Corday jaugea la femme avant de demander :

— Vous étiez seule dans ce bunker ?

Yeux baissés, Leslie hocha la tête.

— Ça a dû être difficile.

— Je ne savais pas que mon père avait été pendu à la Citadelle. Je ne savais pas que ma mère pendait à ses côtés, dit-elle, les larmes coulant sur ses pommettes hautes. Je m'en voudrai toujours de ne pas avoir essayé de les sauver… J'aurais dû partir à la recherche de mon oncle plus tôt.

Corday mena la femme en pleurs jusqu'à son canapé élimé pour qu'elle puisse se remettre de ses émotions.

— Vos parents auraient préféré que vous restiez en sécurité.

Leslie soupira en se frottant les yeux.

— Je ferai tout ce qui est en mon pouvoir pour aider la résistance. Shepherd doit être arrêté.

Le Bêta acquiesça d'un sourire.

— Et nous l'arrêterons, mais nous ne pouvons pas agir tant que nous n'aurons pas localisé la contagion. Cela doit être notre priorité.

— Je ferai de mon mieux.

— Nous pouvons commencer dès ce soir.

— Bien sûr. Laissez-moi d'abord me débarbouiller.

Leslie baissa les yeux vers son beau manteau encrassé par le trajet, son écharpe et ses mitaines, et commença à enlever ses couches.

— L'odeur de votre partenaire me porte à croire que vous devriez avoir une tenue de rechange à me prêter.

Corday se leva et se dirigea vers la kitchenette.

— Je n'ai pas de partenaire.

— Oh, c'était juste une supposition, sourit Leslie, féminine et coquette. J'ai senti l'odeur d'une Oméga sur votre manteau… et dans cette pièce. Mais je vois que c'est un sujet qui fâche. Oubliez ce que j'ai dit.

— Non, ce n'est rien, répondit Corday en préparant de quoi manger, afin qu'ils puissent ensuite se mettre au travail. Claire dort parfois ici.

— Elle dort dans votre manteau ? demanda Leslie en se mordillant la lèvre, un pétillement dans les yeux.

Son charme fonctionna : Corday se dérida.

— Et parfois dans mon manteau, oui.

— Je me doutais que vous étiez du genre câlin.

Leslie posa un bras sur le dossier du canapé et regarda par-dessus son épaule, le chambrant comme s'ils étaient bons amis.

— Elle a de la chance d'avoir l'attention d'un homme qui se bat pour ce qu'il aime.

— Ce n'est pas vraiment ça, dit Corday en secouant la tête, le sourire peu enthousiaste. Elle ne pourrait pas, même si elle le voulait… et même si je le voulais. Mon amie est appariée à un étranger, un homme qui l'a maltraitée. Il ne peut être question d'une quelconque relation entre nous.

— Appariée ? répéta la femme d'un ton impassible, son expression calculatrice. C'est inconcevable !

Corday haussa tristement les épaules.

— Alors vous voyez ; ce n'est pas ce que vous imaginez.

Leslie secoua la tête, comme si elle n'en croyait pas ses oreilles.

— Cet *étranger*, il n'aurait pas pu la marquer contre son gré !

Corday apporta leurs assiettes et se laissa tomber à côté de son invitée.

— J'aurais préféré que ce ne soit pas le cas. C'est une fille absolument merveilleuse que j'apprécie beaucoup… même si elle est aussi exaspérante qu'elle est mignonne.

Leslie retrouva son sourire taquin.

— Comment est-elle, votre Oméga ?

Corday poussa un petit rire caustique.

— Têtue. Déterminée à être la résistance à elle seule.

— Une femme seule ne pourra jamais défier le pouvoir de Shepherd, objecta Leslie en tapotant sa cuisse.

— Je déteste devoir le reconnaître, mais elle s'en sort bien jusqu'ici. Elle a accompli plus que toute la résistance.

Leslie s'approcha, fascinée.

— Comment a-t-elle tenu tête à Shepherd ?

— En étant simplement Claire, répondit Corday, ne sachant que dire de plus.

La beauté assise à ses côtés sembla insatisfaite.

— Soyez prudent, Corday. Ne vous autorisez pas à avoir des sentiments pour elle. Si elle est appariée, comme vous le dites, elle ne pourra jamais s'attacher à vous.

— Ouais, bon… Elle n'est pas non plus très attachée à son partenaire. Il lui a simplifié la tâche en laissant une maniaque détériorer leur lien.

L'ironie fit ricaner Corday.

— En tous cas, on dirait bien qu'il a réveillé la bête. Ce monstre d'Alpha et son amante ont déchaîné une tempête.

— De quoi voulez-vous parler ? chuchota Leslie.

— Claire a libéré les Omégas prisonnières de la Crypte il y a deux nuits, répondit Corday avec fierté, tout sourire. Je commence à croire que l'enfoiré n'a aucune chance.

— Et la femme ? L'amante de Shepherd ?

Corday posa un regard méfiant sur son invitée, les sourcils froncés.

— Je n'ai jamais dit que c'était Shepherd.

Leslie cilla, la naïveté incarnée.

— Pas mot pour mot…

— Tout ce que je sais, c'est que cette femme s'est comportée comme une quelconque délinquante sexuelle, gronda Corday, les dents serrées, en attrapant son écran COM. On dirait bien que Shepherd et sa salope d'Alpha sont faits l'un pour l'autre. Une véritable union infernale.

* * *

Même en ayant relevé le col du blouson en cuir qu'elle avait volé à Maryanne, il lui semblait que le froid la traversait de part en part.

Le froid était la seule chose qu'elle pouvait sentir.

Les Omégas commençaient à se réveiller, et les bruissements de leurs mouvements étaient apaisants. Claire était heureuse de voir le groupe s'habituer à la liberté, même si c'était dans un dépotoir puant, et même si elle n'y était pas la bienvenue. Les femmes avaient gardé leurs distances, posé très peu de questions et été aussi rassurantes qu'elles le pouvaient.

Cela n'avait pourtant pas empêché les regards suspicieux. À leurs yeux, elle était contaminée.

Les Omégas n'auraient pas pu tomber plus juste.

Pas étonnant qu'elles se soient méfiées en apprenant que Claire avait été revendiquée par le pire monstre de tous.

Il n'y en avait qu'une qui était toujours dans son camp.

— Les disciples ont-ils découvert qui tu étais vraiment, Nona ? demanda Claire.

La vieille femme fronça les sourcils.

— Je ne pense pas. S'ils sont au courant, je ne les intéressais visiblement pas. Ils ne m'ont interrogée qu'à ton sujet.

— Je ne vois pas à quoi ça rime.

À en croire Nona, les disciples avaient rassemblé sur elle un dossier rempli d'informations aléatoires et inexactes. La plupart des femmes de ce groupe la connaissaient à peine et auraient sans doute déblatéré n'importe quoi pour plaire à Shepherd.

— Tu dois t'assurer que Corday ne l'apprenne pas, murmura Claire en posant ses yeux ternes sur le feu.

— Ce n'est pas comme s'il pouvait m'envoyer en prison, ma chérie, chuchota la femme en posant la tête de Claire sur ses genoux.

— Mais quand la ville sera libérée…

— Nous avons d'autres problèmes à régler pour l'instant.

Claire soupira.

— Je me demande ce qui est arrivé aux autres. Les Omégas qui ont été appariées ? Je n'ai vu personne d'autre. Je ne sais pas où elles sont. Je ne peux pas les aider.

Étaient-elles enfermées sous terre comme elle l'avait été ? Avaient-elles peur ?

— Shepherd m'a dit qu'elles s'étaient toutes habituées à leur nouvelle vie. Que tu étais la seule à avoir des difficultés, répondit Nona, aussi troublée par le sujet que l'était Claire. Savais-tu qu'il est venu me parler il y a un peu plus d'une semaine ? Ton partenaire prétendait que tu étais réservée et voulait que je lui dise comment mettre un terme à ta dépression.

En l'entendant, Claire pâlit, se plia en deux et vomit. Ce fut la fin de leur discussion sur Shepherd.

Nona était pour elle un soupçon de réconfort, mais Claire se sentait à la dérive – isolée de la compagnie des siens. Cela la poussa à se lever, à essuyer sa bouche et à quitter le sanctuaire des Omégas sans prononcer un autre mot.

Même s'il était évident qu'elle l'aurait voulu, la vieille femme ne fit rien pour la retenir.

Comme les deux jours précédents, Claire erra dans Thólos, tel un spectre, de l'aube au crépuscule.

Ses absences ne recevaient aucun commentaire, mais Nona l'accueillait toujours à son retour avec une portion de leurs rations, qu'elle forçait Claire à avaler. Ensuite, elle menait son amie aux cheveux noirs près du feu pour qu'elle se réchauffe et commençait à radoter, forçant Claire à communiquer, jusqu'à ce que l'Oméga épuisée ne puisse plus répondre.

Cela faisait deux nuits que Corday n'était pas revenu.

Si Claire l'avait remarqué, si elle était soulagée ou attristée, elle n'en laissait rien paraître.

Nona n'était même pas sûre que son amie voie le temps passer.

Claire était bien trop hors d'elle, trop détachée. Mais, lorsqu'elle marchait, la ville semblait s'ouvrir à elle – chaque détour menait à un nouveau paysage atroce. Les immeubles vides, les cadavres empilés dans la rue… Partout, la violence avait laissé ses marques, et des bandes de pillards erraient çà et là, comme s'il y avait encore des trésors à découvrir dans cette décrépitude.

C'était la réalité apparente.

À moitié consciente, Claire découvrit que ses pas l'avaient menée tout droit vers la Citadelle.

Les points noirs des disciples au loin la sortirent de sa stupeur. Elle recula si vite qu'elle glissa sur une plaque de verglas invisible. Le cœur dans la gorge, elle tomba dans un caniveau, puis crapahuta à l'aveugle jusqu'à se faufiler par la première porte sur son chemin.

Il lui fallut presque une heure pour sortir de sa panique et examiner les décombres du foyer d'un inconnu. C'est alors qu'elle comprit pourquoi chaque bourrasque d'air glacial emplissait la pièce de murmures.

Par terre, partout, du papier bruissait au vent. Les étagères étaient renversées, les livres sens dessus dessous.

Sous sa main étaient écrits les mots :

Celui qui ne connaît pas les maléfices de la guerre ne peut en apprécier les bénéfices.

Dégoûtée, Claire referma le livre usé et découvrit que c'était *L'Art de la guerre* de Sun Tzu.

Elle voulut le jeter et arracher chaque page de sa reliure, mais ses yeux ne purent s'empêcher d'être attirés par les pages écornées. Allongée sur la pile d'objets retournés d'un pauvre mort, elle lut jusqu'à ce qu'il fasse trop sombre pour continuer. Puis elle dormit, une nuit de plus sans Shepherd, complètement perdue et brisée à l'intérieur.

Lorsque le jour se leva et qu'elle se réveilla courbaturée, Claire abandonna son terrier de fortune et sortit par la porte comme si elle n'avait jamais été là. Ce ne fut qu'à son retour au havre des Omégas qu'elle réalisa que ses doigts sans vie agrippaient toujours l'œuvre de Sun Tzu, au point qu'ils avaient blanchi.

Elle fixa le livre comme s'il lui devait une explication sur sa présence ici.

— Qu'est-ce que c'est ? lui demanda Nona en s'approchant pour voir.

Le regard braqué sur le livre, le spectre aux yeux verts marmonna :

— Sun Tzu conseille de paraître faible quand on est fort et fort quand on est faible. Va chercher l'écran COM. Je veux que tu me fasses paraître forte, termina Claire en commençant à se déshabiller.

* * *

Dans l'immeuble situé en face de l'appartement générique de l'exécuteur Corday se trouvait un Alpha agité, sur le point de craquer. Shepherd était généralement fier de sa constance, de sa concentration et de son dévouement à son objectif mais, là, après l'attaque, les accusations et l'indignité, il n'était pas au mieux. Là où son lien le reliait à Claire, Shepherd ne ressentait qu'une pulsation discordante. Cette force qui le brûlait et volait sa concentration condamnait sa rage. Le lien lui avait souvent reproché ses agissements, ces derniers mois, et créait en lui un inconfort extrême. Il supportait cet inconfort, car il avait la certitude que le dénouement final exigeait de lui des actes considérés comme répréhensibles mais nécessaires pour sa partenaire.

Il tolérait la douleur de leur lien tout comme il avait appris à tolérer la douleur d'une infection Da'rin aussi étendue. Mais tolérer d'être défié ainsi par un subordonné, même si celui-ci était un homme qu'il respectait, n'était pas aussi facile.

Personne n'osait douter de lui. Il avait régné sur la Crypte et renversé le gouvernement écœurant du Dôme, et contrôlait à présent toute une population de marionnettes. Ses disciples reconnaissaient et s'inclinaient devant une telle grandeur, et nul frêle Bêta n'avait le droit de lui dicter ce qui était le mieux… comme s'il partageait sa sagesse… comme si ce que Shepherd exigeait était impossible !

Les insinuations de son bras-droit revenaient en boucle dans sa tête, et l'Alpha en disséquait chaque mot, cherchant la faille dans son argument… résolu à prouver qu'il avait raison et que Jules avait tort.

Shepherd récupérerait sa Claire selon ses propres conditions. Tout redeviendrait tel que la nature l'avait voulu. Que Jules et ses *conséquences* aillent au diable !

Mais il y avait aussi un message à lire entre les lignes, une liste d'allégations pour lesquelles Jules allait devoir être puni.

« Infidélité… »

« Tu as laissé Svana te manipuler *et tu as* déshonoré *ta partenaire enceinte… »*

Cette infraction au code avait un coût et méritait un châtiment. Jules avait déduit que Shepherd était corruptible et que Svana tirait les ficelles. L'audace de son bras-droit était indicible.

Mais, bien qu'il soit conscient de la fureur frémissante de son commandant, le Bêta aux yeux bleus se tenait, vigilant, à ses côtés.

Ravalant sa rage amère, ne désirant pas paraître autrement que parfaitement calme, Shepherd continua sa surveillance et contint ses grognements au maximum. Il s'occuperait de Jules et de ses manquements lorsqu'il aurait récupéré Claire. Puisqu'il était l'Alpha – l'artisan du lien –, Shepherd prouverait au Bêta inférieur que son Oméga pouvait rester au pied sans négociations ou corruptions inutiles. C'était l'ordre naturel des choses.

Ils trouveraient Claire, et elle se soumettrait à lui. Avec le temps, elle en viendrait à l'aimer.

Malgré tout, le lien lui murmurait que sa partenaire voulait mourir, qu'elle trouverait bientôt un moyen. Et cette possibilité semait l'infime graine de doute qui fissurait ses convictions.

Avec le recul, Shepherd devait reconnaître qu'il aurait dû câliner Claire après sa crise, toutes ces semaines plus tôt. Mais il avait voulu que sa partenaire comprenne pourquoi elle s'était effondrée. Il avait voulu qu'elle avoue qu'elle le désirait, qu'elle réagissait à sa présence et que les choses s'étaient améliorées. Shepherd l'avait laissée en paix pour qu'elle réfléchisse à cette importante perspective et ressente la perte du partenaire dont elle avait besoin ; pour qu'elle accepte ses sentiments innés, véritables.

Pour qu'elle soit sage et l'adore.

Shepherd devait pourtant avouer que ses tentatives de la conditionner, puis son rejet, avaient dû faire ressembler son accouplement avec Svana à une punition délibérée.

Ce que Claire avait dû ressentir quand leurs ébats avaient commencé… La déchéance n'aurait pas pu être pire.

Et l'état de sa petite ne s'était pas amélioré avec le temps. Ni son évasion si son succès n'avaient entamé sa terrible affliction ; Shepherd pouvait la sentir émaner de ses pores comme un poison bouillonnant sans fin. Claire avait dépassé le stade du désespoir. C'était quelque chose dont il avait été témoin d'innombrables fois en prison : une cessation de l'esprit. Mais l'Oméga avait parlé ; ses yeux avaient lancé des éclairs lorsqu'elle lui avait tenu tête devant la Crypte. Un progrès notable comparé à la silhouette creuse qui avait vécu d'air dans son antre.

Et c'était le Bêta qui était en train de sourire à Svana qui l'avait ranimée. C'était dans les bras de Corday que Claire s'était réfugiée, sa nourriture qu'elle avait acceptée. L'homme que sa partenaire préférait à lui.

Shepherd délibérait sur un tel affront, frustré de voir Svana jouer la grande dame – toucher Corday et flirter avec lui tout en lui soutirant sans subtilité des informations.

À quel jeu jouait-elle ?

Svana avait de nombreux atouts, mais elle avait tendance à ignorer les menus détails. C'était pour cette raison que Shepherd était sûr qu'elle n'avait pas la moindre idée qu'il la surveillait, que l'appartement de l'exécuteur était sur écoute… et que les disciples pouvaient entendre tout ce que disait leur reine aspirante.

Tandis que la conversation se prolongeait entre Corday et la femelle Alpha, Shepherd ne put ignorer la raideur affichée par son bras-droit. Jules trouvait cette situation de mauvais goût.

Svana n'avait aucune raison valable de s'impliquer et de dissiper leurs efforts. Sa seule tâche était de cacher la contagion et de la propager lorsque leur exode aurait commencé. Si elle se faisait capturer ou même tuer à cause de ses manigances, l'apothéose de leur insurrection, de leur grande vengeance, échouerait.

Le pire, c'était que chaque minute passée à s'occuper de *Leslie Kantor* était une minute de plus où l'exécuteur ne les menait pas à Claire.

Son ingérence était extrêmement décevante.

Le déplaisir de Svana lorsqu'elle avait découvert qu'il la trompait avait été reconnu, géré et résolu. Shepherd avait payé le prix pour Claire et par-là même réduit à néant l'affection croissante de l'Oméga – une note bien plus salée qu'il ne l'aurait imaginé. Alors qu'il baisait Svana dans le lit qu'il partageait avec l'Oméga, il avait vu son amante devenir de plus en plus excitée par l'odeur de sa partenaire, chose que Shepherd s'en était voulu d'avoir autorisée.

Pantelante, comblée lorsque Shepherd avait fini par jouir, Svana avait ensuite prétendu que leur accouplement était leur plus glorieux à ce jour. Comme toujours, il s'était assuré de nouer en dehors de sa chatte. Svana refusait de se retrouver piégée dans une position qui les laissait tous les deux vulnérables – c'était une règle sexuelle de longue date entre eux.

En éjaculant dans un râle, il avait donné à la femelle la réponse qu'elle attendait : « *Glorieux, ma bien-aimée.* »

Shepherd s'était retiré et allongé à ses côtés tandis qu'elle tapotait son torse massif. D'une voix satinée, Svana avait roucoulé son absolution : « *Je te pardonne.* »

Ces mots lui avaient paru injustes. Svana n'avait-elle pas forniqué et essayé de concevoir avec leur ennemi juré ? N'avait-elle pas elle-même idéalisé leur amour au-delà de la chair… l'encensant comme un lien spirituel, leur destinée ?

Shepherd avait remis le couvert deux fois, la première fois presque immédiatement, simplement pour empêcher Svana d'aborder le sujet, puis une deuxième fois pour l'épuiser. Il n'y avait plus eu de confidences sur l'oreiller. En fin de compte, elle n'avait fait aucune demande au sujet de Claire. Faisant comme si le fait qu'il lui avait caché l'existence de l'Oméga n'avait aucune importance, Svana s'était rhabillée et était sortie, ne laissant que son odeur musquée saturer l'air et se mêler à l'odeur plus sucrée de l'Oméga.

Non, son odeur n'était pas tout ce qu'elle avait laissé derrière elle. L'Oméga qui, à peine quelques jours plus tôt, avait enfin commencé à réagir et à se rapprocher de lui, était allongée, recroquevillée, sur le sol de la salle de bain. Tout ce qui les liait en ruines, tous ses efforts sapés.

Il n'avait pas revu Svana depuis, mais était à présent forcé d'écouter ses subtiles manipulations, alors qu'elle était assise à côté du Bêta tant détesté.

« C'était juste une supposition... J'ai senti l'odeur d'une Oméga sur votre manteau. »

En entendant son culot, Shepherd gronda si rageusement que Jules expulsa les autres disciples de la pièce.

« Ce n'est pas vraiment ça. Elle ne pourrait pas, même si elle le voulait... et même si je le voulais. »

Shepherd agrippa la table en bois, dont la surface commença à se déformer. Claire voulait-elle avoir des rapports sexuels avec ce mâle ?

« *Mon amie est appariée à un étranger, un homme qui l'a maltraitée. Il ne peut être question d'une quelconque relation entre nous.* »

Alors qu'il pensait que la situation ne pouvait pas empirer, comme par magie, ce fut le cas. La réaction d'horreur de Svana aux paroles de Corday était sincère. Shepherd pouvait voir son visage sur l'écran, la beauté de sa structure osseuse exotique perdre le masque de Leslie Kantor pour révéler celui de Svana.

« *Appariée ? C'est inconcevable !* »

Son dégoût était authentique.

Révolté, Shepherd fut forcé d'en conclure que Svana avait pensé qu'il gardait une femelle enfermée dans ses quartiers, une femelle qui ne lui appartenait pas de manière légitime. Le viol était indigne de lui, ce que Svana savait très bien, étant donné la triste histoire de sa mère. Et Shepherd n'enfreignait jamais son code. Jamais !

Vibrant d'indignation, Shepherd sentit l'énergie s'accumuler et atteindre un pic ; des années de colère menaçaient de se déverser en hurlement rageur, grave et sans fin. Une seule chose interrompit son emportement, une phrase qui le propulsa au-delà de l'explosion et tout droit dans un état de choc.

« *Tout ce que je sais, c'est que cette femme s'est comportée comme une quelconque délinquante sexuelle.* »

Le sang palpita sous son crâne. Était-ce là la description que Claire avait faite de Svana ? De lui ? Elle l'avait déjà traité de violeur, et il l'avait effectivement prise contre sa volonté… mais elle était sa partenaire, liée à lui. Claire était devenue plus enthousiaste lorsqu'elle avait réalisé qu'il prenait le temps de la satisfaire. Quand elle s'abandonnait au plaisir, l'Oméga savourait leurs accouplements. Même la toute première fois, il ne l'avait pas touchée sans son consentement. La seule fois où il avait eu recours au châtiment corporel, il ne lui avait pas fait mal. En la voyant pleurer si lamentablement par la suite, il n'avait pas pu se résoudre à recommencer, même si c'était son droit en tant qu'Alpha de corriger sa mauvaise conduite et d'établir la dominance. Il ne l'avait jamais violée. Ses hésitations avaient pour origine un malentendu quant à son rôle d'Oméga et sa crainte de l'Alpha qu'elle ne connaissait pas bien. Mais, au bout d'un certain temps, elle s'était laissé convaincre… il avait laborieusement fait fondre sa glace.

Il n'aurait pas déshonoré Claire ; Svana non plus. Sa bien-aimée n'avait pas touché Claire, il s'en était assuré !

Quoique, il avait surpris Svana en train de l'étrangler… L'Oméga était repoussée sur le lit, sa lèvre fendue et en sang.

Une toute nouvelle sensation s'empara de lui ; un genre de mal bouillonnant qui lui coupa le souffle. Sa perspective changea. Svana était venue dans son antre et avait attaqué une Oméga enceinte qui était à l'évidence sous sa protection… Mais elle ne l'aurait pas agressée sexuellement. Cela représentait tout ce contre quoi ils s'élevaient.

Mais Claire avait été terrorisée ; c'était même leur lien qui l'avait rappelé de la Citadelle pour venir apaiser sa partenaire.

Non ! Une telle chose était inconcevable. Sa bien-aimée ne se serait jamais avilie ainsi. Peut-être la réaction de Claire était-elle liée à la suggestion de Svana qu'elle les rejoigne dans leur intimité – la déclaration qui avait dégradé si brutalement le fil qui les reliait. Shepherd avait senti la réaction nuancée de Claire quand elle avait entendu ces mots, senti son dégoût faire palpiter le lien.

Elle l'avait regardé comme s'il était un monstre.

Trop occupé à séparer les deux femelles que tout opposait, bien trop déterminé à maintenir le statu quo, Shepherd n'avait pas fait attention au dessein qui sous-tendait l'échange. Comment ne l'avait-il pas vu ? Svana s'était attaquée à l'Oméga avec une telle perfection… Tous ses mots destinés à culpabiliser et humilier. En y repensant, le verbiage de Svana semblait si indigne d'elle, si terrible et calculateur.

Plus Shepherd y réfléchissait, plus il détestait ce qu'il voyait : il détestait Jules pour avoir osé faire moins que ce qu'il avait reçu l'ordre de faire. Il détestait le bel exécuteur Corday pour avoir osé éprouver de la tendresse pour son Oméga – pour avoir parlé comme s'il connaissait Claire de façon intime. Corday ne *pouvait pas* la connaître. Un Bêta primaire n'aurait jamais pu partager le lien qui exposait l'âme et la perfection de Claire à son partenaire Alpha.

Shepherd la *connaissait*. Chaque inspiration, la mélodie de sa vibration, sa pureté, sa lumière. Elles n'appartenaient qu'à lui.

Sa haine décupla et, pendant une fraction de seconde, il détesta Svana de lui avoir arraché Claire. Ce sentiment éphémère – éprouver autre chose que de l'admiration pour sa bien-aimée –, le dérouta. Machinalement, Shepherd posa les yeux sur l'autre personne dans la pièce, comme si son bras-droit pouvait détenir la réponse.

Celle-ci était gravée sur l'expression égale du petit homme. Aucune des paroles qui venaient d'être échangées n'avait surpris Jules.

Serein malgré la tempête qui rageait en lui, Shepherd se leva.

— Quand l'exécuteur dormira, va chercher Svana. Je veux m'entretenir avec elle en privé.

— Entendu, commandant.

— Quoi ? s'étonna Shepherd, les yeux plissés. Pas d'opinions déplacées ?

Jules répondit ouvertement, sans hésitation ni crainte des conséquences :

— Je n'ai partagé avec toi que des faits. Je ne t'ai jamais donné mon opinion.

— Mais rien ne t'en empêche, mon bon Jules. PARLE !

Le tranchant du regard fixe de son subordonné lui suffit.

— Choisis un Alpha de remplacement pour mademoiselle O'Donnell.

Shepherd se leva de sa chaise, et toutes les ondes de provocation et de violence qu'il retenait s'écoulèrent dans cette simple phrase :

— Je tuerai tous ceux qui oseront la toucher.

— Mais pas tou*tes*, rétorqua Jules sans se laisser démonter.

Chapitre 6

Les autres Omégas la croyaient sans doute folle, et peut-être l'était-elle. À ce stade, cela n'avait plus grande importance. Claire savait que son temps était compté, que sa présence commençait à irriter le groupe et que son comportement constituait une menace pour les Omégas.

Claire comprenait très bien ce qui était en train de se passer ; c'était la raison pour laquelle il était primordial qu'elle se dépêche.

Les commerces de la ville avaient été dépouillés de toutes leurs marchandises de *valeur*, mais elle n'eut aucun mal à trouver les objets « superflus » nécessaires à son stratagème. Depuis que Shepherd était au pouvoir, les écrans COM et réseaux de communication étaient hors de portée du citoyen moyen mais, tout comme le livre dans sa poche, le papier recelait encore du pouvoir.

Un tract marqué à son image lui rendait son regard ; imprimé encore et encore jusqu'à ce qu'elles se retrouvent à court de papier.

Nona avait eu le courage de se joindre à elle, de trouver les imprimantes et de faire les copies… Dans cette folie, la vieille femme ne l'avait jamais abandonnée, pas une fois. Elle avait même aidé Claire à créer ce qui allait la détruire aux yeux du monde.

Le sénateur Kantor l'avait avertie des conséquences si d'autres apprenaient ce qu'elle représentait pour Shepherd – des conséquences si la résistance mettait la main sur elle. Sa mise en garde s'était gravée dans sa mémoire et l'avait éloignée de plus en plus durant ses heures passées à errer en silence dans la ville.

Il n'y avait plus de héros pour défendre celle qui était autrefois Claire O'Donnell ; même les siens ne la considéraient utile qu'en tant que marchandise.

Ainsi soit-il. Si c'était ce qu'elle devait être, elle la leur ferait bouffer. Elle vendrait son corps et déciderait comment manipuler le produit jusqu'à ce qu'elle s'essouffle.

Claire n'était ni une meneuse d'hommes ni une grande oratrice. Elle était une Oméga qui aimait peindre et dessiner pour les enfants, qui avait cru un jour que son avenir était rempli de promesses. Aujourd'hui, elle savait qu'elle n'aurait jamais ni partenaire aimant ni enfants souriants. Dénaturée et abîmée, elle n'était qu'une statistique anonyme dans une ville cauchemardesque et indifférente. Enfin, plus maintenant. Elle n'avait plus rien à perdre et rien à cacher. Aussi Claire créa la voix qu'elle avait perdue, son dernier acte de résistance – elle leur exposerait sa terrible faiblesse dans l'espoir que celle-ci leur donne de la force.

Nona avait capturé la brutalité de l'image à la perfection.

Bien que le tract soit en noir et blanc, quelque chose dans ses grands yeux fixes et fascinants perçait jusqu'à l'âme. L'expression profonde de la souffrance, les sillons des larmes, l'air de défi, tout cela exprimé dans sa bouche sévère et l'entaille évidente sur sa lèvre inférieure. De profil, Claire observait le spectateur par-dessus son épaule, dévoilant sa marque de revendication à peine cicatrisée, meurtrie comme une fleur fanée. Son menton était haut, ses cheveux noirs rassemblés dans une main pour révéler les dégâts autour de sa gorge. Elle était complètement nue, exposant un sein rond au-dessus de côtes minces, son téton recouvert par le bras qui tenait ses cheveux. Le monde la verrait telle qu'elle était : captivante et divinement tragique.

Et, dans son écriture féminine, sa déclaration finale à Thólos :

Je suis Claire O'Donnell.

Je suis votre mère, votre sœur, votre fille.

Regardez-moi.

Je suis ce que vous vous êtes fait à vous-mêmes.

Shepherd m'a marquée contre mon gré. Je porte son enfant.

J'ai résisté.

J'ai résisté pour vous.

Chaque Thólossien qui laisse faire soutient le mal. Il n'y a aucune excuse. Défiez l'abus commis dans les rues, luttez contre le viol et la violence.

Claire fuit le dépotoir dès que l'obscurité l'enveloppa et fit la course avec son ombre telle une créature sauvage. Défiant son corps étrangement léthargique, elle vola de rue en rue, des liasses de tracts serrés contre sa poitrine.

Il lui fallut toutes les heures sombres de la nuit pour mener sa tâche à bien, et de nombreux allers-retours pour récupérer les piles de tracts que Nona lui tendait. Elle les déposa sur les toits des bâtiments, afin que les courants d'air glacés les fassent voler tel des débris dans les rues et pleuvoir sur les espaces publics où, dans quelques heures à peine, les citoyens se rassembleraient.

Son portrait serait comme un virus presque invisible tandis qu'il infectait le système de Shepherd et les recouvrait comme des feuilles mortes.

Son corps épuisé et sa vision brouillée, Claire lâcha enfin la dernière brassée de tracts depuis la plus haute chaussée qu'elle put atteindre. Lorsque ce fut fait, elle rampa tel un animal blessé dans le bâtiment le plus proche et s'effondra dans un coin sombre. Elle ignorait où elle était et s'en moquait royalement.

* * *

Il fut facile pour un homme bourré de talents comme Jules de se faufiler chez l'exécuteur endormi. Il en ressortit avec Svana. Grâce à l'écran qu'il tenait entre les mains, Shepherd avait pu voir que l'apparition de Jules l'avait prise par surprise. Lorsque son second avait recourbé le doigt vers elle, elle avait traversé la pièce avec son air de supériorité coutumier, la tête haute, comme l'aurait fait un membre de la famille royale – ce qu'elle était.

Shepherd la fit poireauter. Il entra d'abord dans l'appartement de Corday et le trouva banal, petit, pourvu des attributs typiques de la vie en ville. Le Bêta dormait dans son lit, son ronflement sonore facilitant la tâche au géant. L'exécuteur était complètement inconscient du fait que la terreur de Thólos avait traversé l'obscurité tel un démon pour se pencher sur lui.

L'odeur de Claire saturait la pièce. Elle se dégageait même du linge de lit, ce qui frustra

Shepherd à l'extrême. Alors qu'il observait le beau Bêta, ses lèvres légèrement entrouvertes dans son sommeil, le prédateur enfoui en lui se réveilla. Le fauve se lécha les babines, prêt à égorger sa proie. Mais le géant devait garder le jeune exécuteur naïf en vie au moins jusqu'à ce que celui-ci le mène à Claire. Lorsque cette mission serait accomplie, il démembrerait lui-même Corday et se délecterait de chacun de ses cris. En dévisageant le Bêta, il pouvait déjà imaginer le plaisir tactile… sentir la chaleur du sang couler entre ses doigts.

Il recula avant de céder à la tentation d'exécuter sa punition avant l'heure. Il se força à ignorer les autres traces de Claire qui s'attardaient sur le lit : les longs cheveux noirs sur l'oreiller, les traces de son sang sur les draps.

Dans la salle de bain, Shepherd trouva la robe que Claire avait portée lorsqu'elle s'était enfuie. Elle était en lambeaux et tachée là où elle s'était blessée après sa chute périlleuse – une chute qui aurait pu la tuer.

Shepherd ignorait combien de temps il avait passé dans cet espace exigu et obscur, à agripper cette robe et à hésiter entre la déchiqueter et l'emporter avec lui. Mais il ne pouvait laisser aucune trace de son passage. Lorsqu'il la remit dans le bac à linge, il remarqua que la corbeille débordait d'emballages et de pansements usagés, et de boules de coton gorgées de sang – preuves que le Bêta avait soigné les blessures de l'Oméga.

Cela lui donna envie de comprimer sa gorge jusqu'à sentir ses vertèbres se disloquer.

L'air même de l'appartement l'écœurait.

L'odeur de Corday avait déjà imprégné sa partenaire une fois par le passé. Il ne doutait plus que c'étaient ses vêtements baignés de sueur qu'elle avait portés lorsque les Omégas la lui avaient livrée. Le pire était sans doute de sentir s'y mêler le musc de Svana, qui lui rappelait tout ce qui était survenu dans son antre, quand des semaines d'efforts dévoués pour briser la glace de son Oméga avaient été réduites à néant par un acte aussi rudimentaire que du sexe.

Inspecter les quartiers du Bêta n'avait fait qu'accroître sa fureur. Shepherd sut qu'il devait sortir avant que les effluves de son indignation s'échappent de son manteau au col relevé et soigneusement boutonné. Il se volatilisa comme un fantôme et, enfin, alla affronter l'objet de sa colère. Sa bien-aimée ne l'entendit pas entrer dans l'appartement qu'il avait choisi pour leur tête-à-tête.

Shepherd referma la porte et lui adressa un regard vide.

— Bonsoir, Svana.

— Dois-je te rappeler, Shepherd, que tu ne me convoques pas pour ensuite me laisser attendre ? lança-t-elle d'une voix intense, riche de leur passé commun, tout en ronronnant par-dessus son épaule.

Ignorant le manque de subtilité dans sa réprimande, Shepherd fit un pas vers elle.

— Comme tu es belle, ce soir.

— Ne suis-je pas belle tous les soirs ? minauda-t-elle, ses babines se retroussant comme celles d'un chat en train de laper du lait.

— L'exécuteur Corday est une rencontre chanceuse, dit-il en posant sa main chaude sur l'épaule de la femelle. Puis-je savoir depuis quand exactement tu as infiltré la résistance ?

Les mains de Svana s'enroulaient déjà autour de son cou, posées sur la partie visible de sa chair, afin que rien ne les sépare.

— Mon amour, n'es-tu pas heureux de voir avec quelle facilité ils me font confiance ? Je peux les contrôler… les induire en erreur.

Le corps de Svana était si familier sous ses mains.

— Seuls toi et moi pouvons nous mettre en travers de notre succès, murmura Shepherd.

D'un seul coup, les yeux bleus sensuels de Svana se plissèrent et se firent perçants.

— Ça ne te ressemble pas de dire une telle chose, surtout en faisant allusion à moi.

— Ton arrivée dans la résistance n'a été ni discutée ni autorisée, siffla-t-il.

Elle se dégagea aussitôt de ses caresses réconfortantes.

— Je ne suis pas un enfant qu'on réprimande, Shepherd. N'oublie pas à qui tu t'adresses.

Contempler Svana dans la pénombre, le croissant de lune éclairant son visage parfait, ne lui apporta aucun réconfort. Au contraire, il sentait son énervement croître à mesure qu'elle refusait de parler ouvertement de Claire. Pensait-elle qu'il n'était pas au courant ? Qu'elle pouvait continuer à lui cacher des choses ? Refuser de reconnaître ses agissements ? Cela ne lui allait pas du tout.

— Ces faux-fuyants sont indignes de toi, Svana. Parlons ouvertement du sujet et finissons-en.

Sa posture, avec sa silhouette découpée par les lumières de la ville, sa voix suave… tout n'était qu'une mise en scène pour le séduire.

— Se pourrait-il que je t'aie contrarié ?

Shepherd posa ses grandes mains sur les revers de son épais manteau et les serra avant de répondre :

— Les disciples ont entendu chaque mot de ta conversation avec l'exécuteur, et pas un seul ne concernait notre mission. Qu'essaies-tu d'accomplir par ton petit jeu ? Tu risques de trahir ton identité et ta mission en traquant l'odeur de ma partenaire.

— *Partenaire* ! cracha-t-elle, révoltée. Quand j'ai entendu parler de ton petit jouet, j'ai pensé que c'était une toquade passagère pour combler les heures que tu passais sans moi. Apprendre qu'elle était enceinte était déjà hallucinant, mais j'ai encore du mal à croire ce que cet idiot de Bêta m'a divulgué. Tu t'es *apparié* avec une créature si inférieure ?!

— Tu as pris de nombreux amants pour satisfaire ton corps. J'ai choisi de n'en avoir qu'une. Je ne pouvais pas légitimement garder Claire sans la marquer. En faire ma partenaire me permet de garder le contrôle sur elle et de respecter les voies divines.

Shepherd inspira avec colère, puis fit un pas vers Svana.

— Et je te prierais de prendre garde qui tu montres du doigt. C'est *toi* qui as essayé de concevoir un héritier avec le Premier ministre Callas !

Il était rare que Svana affiche sa surprise, mais il vit une ombre passer sur son visage.

Shepherd n'attendit pas qu'elle se défende.

— Tu pensais vraiment que je ne découvrirais pas ta tentative de concevoir ? J'ai senti les effets des hormones sur ton corps. Ce n'est pas passé inaperçu chez mes disciples non plus.

— C'était nécessaire, Shepherd, lança-t-elle à brûle-pourpoint, serrant sa chemise dans ses poings. Ses gènes abritaient un trésor qui ne pouvait pas périr : l'immunité, la résistance à la maladie. Pourquoi le gaspiller ? Quelle meilleure vengeance que de placer l'héritier du Premier ministre Callas à la tête de notre peuple ?

Shepherd glissa ses doigts dans les cheveux de Svana et observa ses mèches brunes.

— Je vois. Tu aurais donc préféré porter la progéniture de l'homme responsable de la corruption de Thólos. Celui qui a jeté ma mère dans la Crypte. Je n'aurais jamais élevé l'enfant de ce monstre comme le mien. Ce qui serait sorti de toi n'aurait jamais régné.

Les traits de Svana se déformèrent pour exprimer son dégoût.

— Alors tu as réagi en fécondant une faiblarde par dépit ? Je suis à la fois flattée et déçue par ta jalousie, mon amour.

Il cacha sa colère derrière une expression étrangement placide.

— Ce n'est pas toi qui disais que notre amour transcendait le plan physique ? Mon désir pour une partenaire physique ne devrait compter pour rien à tes yeux.

Svana fit le tour de Shepherd dans le noir, planifiant sa prochaine manœuvre. Comme frappée par une révélation, elle lui lança un regard enfiévré et aguicheur, puis se lécha la lèvre inférieure.

— Il n'est pas trop tard, si tu veux que nous concevions. Pense à la grandeur de notre pouvoir combiné. Nous pourrions trouver les compléments nécessaires et essayer dès maintenant.

— Tu as beau être splendide, les chances qu'un mâle Alpha féconde une femelle Alpha sont très minces – porter l'enfant à terme encore plus.

Posant ses pattes sur ses épaules, Shepherd lui expliqua ce qui n'était pas négociable :

— Claire portera ma descendance et sera ma partenaire, et tu règneras à mes côtés lorsque Thólos sera en ruines et que mon armée aura délivré le Dôme Greth de ceux qui ont usurpé le droit au trône de ta famille.

— L'Oméga ne conviendra jamais à la tâche. Une créature impure n'est pas digne d'un tel honneur !

Excédé qu'elle continue à remettre en question sa décision, Shepherd siffla :

— Claire était chaste, son corps pur et réceptif. J'étais son premier. C'est un des nombreux exemples qui prouvent que Thólos ne l'a pas souillée.

Svana éclata de rire.

— Une Oméga de son âge… Non, mon cher, une telle chose n'est pas possible. Elle t'a dupé.

— À travers notre lien, elle ne peut rien me cacher. J'ai une foi absolue dans sa chasteté et sa fidélité.

— *Fidélité*. Je vois… Tu remets en cause mon comportement.

Svana comprenait à présent son raisonnement. Se plaquant une expression chagrinée sur le visage, elle demanda :

— Essaies-tu de me blesser ?

— Non, ma bien-aimée.

Shepherd posa son front contre le sien, cherchant à apaiser le torrent de sa colère avant qu'il ne l'emporte.

Son corps délié s'adoucit contre le sien, se conforma à sa force, chercha à l'amadouer.

— Si tu veux avoir une protégée, alors je m'attends à ce que tu la partages avec moi.

Cette idée lui noua l'estomac. C'était mal, et il le savait.

— Je suis certain que, étant donné les présentations, elle serait peu disposée à s'accoupler avec toi si je le lui demandais. C'est impossible.

— Il ne faudra pas longtemps à l'Oméga pour apprendre sa place…, renifla Svana avec dérision. Et sa place est inférieure à la mienne. Même si elle a rejeté mon premier contact, tu es son Alpha ; son opinion importe peu. Elle n'est qu'un réceptacle physique pour tes besoins.

Ce fut comme l'étincelle qui mit le feu aux poudres. L'accusation de Corday, « délinquante sexuelle », brisa les derniers vestiges de calme de Shepherd. Et cela lui coûta une partie de son âme de l'accuser :

— Ton premier contact ? Tu lui as fait des attouchements et elle a résisté. C'est pour ça que tu l'as frappée…

— Elle a refusé d'écarter les jambes pour me laisser goûter…, rétorqua Svana en haussant les épaules, impassible. Je voulais simplement confirmer l'odeur de sa grossesse – ce que j'ai fait.

Un élancement de violence faillit lui faire perdre son sang-froid. Il trembla et sentit la dague du lien se tortiller monstrueusement dans sa poitrine. La femelle Alpha avait osé toucher sa partenaire de façon inappropriée ! Svana avait blessé Claire parce qu'elle s'était défendue et avait refusé d'ouvrir son corps à une autre personne que lui. Shepherd cligna des yeux en résistant à la tentation de lui briser la nuque.

— C'est inacceptable, Svana ! Non seulement tu as attaqué sans raison une femme faible et enceinte, mais un tel comportement est tellement contraire à ta nature que je me demande si tu ne t'es pas perdue. Comment peux-tu considérer ceci comme approprié ?

Elle plissa les yeux et montra les dents.

— Tu la gardes pour la baiser. Ce qui est à toi a toujours été à moi.

— Nous sommes appariés. Je l'ai revendiquée !

Son rugissement était paradoxalement si contenu qu'il leur parut étrange de voir la fenêtre vibrer sous l'effet d'une force invisible.

— Et puis tu m'as baisée sans te poser de questions et juste sous son nez, prouvant qu'elle n'est rien d'autre qu'un pauvre substitut. Parce que c'est moi que tu adores. Cette Oméga maigrichonne n'est qu'une distraction, et tu la crois plus importante qu'elle ne l'est parce que tu l'as bêtement marquée dans un moment de faiblesse, rétorqua Svana.

Elle s'interrompit un instant avant d'émettre un profond ronronnement.

— Je comprends maintenant que je t'ai négligé. Cette situation sera rectifiée. À partir de maintenant, je subviendrai à tes besoins physiques. Il n'y a pas de place pour l'animosité entre nous.

Shepherd cilla, mâchoires contractées, et baissa les yeux. Sa bien-aimée avait tendu la main vers sa braguette. Ses doigts élégants libérèrent sa queue flasque. Svana commença à le masturber, mais ce fut la colère qui fit battre son sang et le fit se dresser entre ses doigts, la fureur qui lui soutira un grognement animal grave. Il se raccrocha à cette sensation pour échapper à la réalisation intolérable de ce que sa bien-aimée avait fait.

Tout en faisant des cercles du pouce sur son gland, elle roucoula et braqua sur lui un regard affamé. Absorbé par la poigne qui savait exactement comment lui procurer du plaisir, Shepherd lui arracha son pantalon en ruant, désespéré de rediriger tant de mal dans quelque chose de bon.

L'appartement qu'ils occupaient était un foutoir, le matelas entaché contre lequel il la plaqua aussi répugnant que le lien qui pourrissait dans sa poitrine. Tout en soutenant le regard de Svana, il saisit son manche dans son poing, l'orienta vers la fente de l'Alpha et s'enfonça dans sa chatte avec une violence implacable.

La victoire immédiate qu'il lut dans ses yeux étincelants l'horrifia. Tournant son attention vers la fenêtre sombre qui donnait sur la ville qu'il avait conquise, il empoigna ses cuisses avant de la pilonner vite et fort, comme il l'avait fait la dernière fois dans le nid de son Oméga, pour lui sauver la vie.

Et, comme la dernière fois, Shepherd éprouva moins de satisfaction à pomper la femelle qui n'était pas aussi menue et dont la chatte moins étroite ne trairait pas sa semence en jouissant, ne savourerait pas jusqu'à la dernière goutte de son essence. Il n'entendit pas de voix musicale soupirer son prénom comme si c'était le mot le plus merveilleux au monde. Les femelles Alphas ne réagissaient pas comme ça : elles étaient faites pour s'accoupler avec des Omégas, pour être dominantes... et elles ne mouillaient que rarement.

Shepherd ne ressentit aucune connexion bourdonnante, aucune extase mentale, uniquement du sexe agressif, violent… et cela le rongea. Svana faisait de son mieux, poussait ses appels et ses trilles, écartait grand les cuisses pour exhiber la beauté de son corps. Cela ne lui suffisait pas. Au lieu de s'apaiser, sa fureur abjecte se déforma, l'empoisonna, et Shepherd commença à sentir une immoralité déconcertante s'accroître à chaque coup de reins.

Il fit l'impensable et retourna Svana pour la monter par derrière, afin de ne plus la voir. Sa bien-aimée poussa un cri, inclina les hanches face à sa brutalité et sembla apprécier qu'il la malmène. Pour l'empêcher de tourner la tête vers lui, Shepherd empoigna ses cheveux et remarqua immédiatement la différence : ils n'étaient pas noirs et soyeux, mais bruns et rêches. Son grognement ne provoqua aucun écoulement d'humidité pour baigner sa queue et embaumer l'air.

La femme qu'il baisait n'était pas sa partenaire.

Même les yeux fermés, même en pensant à une autre, il ne voyait que Svana… changée, visiblement souillée par ce qu'elle avait fait, par ce qu'il savait et ne pouvait pas oublier. Lorsqu'elle jouit, titillant son clitoris avec des petites chiquenaudes de ses doigts, Shepherd ne put continuer un instant de plus. Il se retira et recouvrit sa queue déjà ramollie.

Svana se retourna pour le regarder, bouche bée.

— Mon cher… Tout redeviendra comme avant. Viens, laisse-moi te soulager. Je sais ce dont tu as besoin.

Couchée sur le lit, elle essayait déjà de baisser sa braguette pour le prendre en bouche.

Il repoussa sa main et continua à se rhabiller.

— Non, Svana, refusa Shepherd en sentant comme un film impur sur sa peau, partout où ses mains l'avaient caressé. C'était mal de te prendre maintenant. Ton évaluation était correcte, nous avons dépassé la réalité physique. Je ne profanerai plus nos corps en essayant de m'accoupler avec toi. Les choses ont changé, et nous devons tous deux l'accepter.

Svana se dressa devant lui, comme si elle exigeait qu'il entende raison :

— Tu ne peux pas préférer une autre à moi, l'accusa-t-elle d'une voix qui se fêla. Surtout une femme qui te tient tête, qui préfère le joli Bêta qui dort en bas.

Shepherd baissa le menton vers son torse ; le sillon qui se creusa entre ses sourcils lui donna un air sinistre.

— Claire est bornée et interprète mal mes intentions. Le simple fait qu'elle exècre ce que j'ai fait aux siens prouve sa valeur.

— Je suis celle qui t'aime, l'implora la beauté. Ne vois-tu pas qu'elle te *déteste* ? Elle t'a fui… L'Oméga n'aimera *jamais* un homme marqué qui sort de la Crypte. Tu la dégoûtes.

Le tiraillement sec du lien fracturé de Shepherd était d'accord.

— Mais elle m'appartient toujours. Elle porte mon héritier et est sous ma protection, dit-il en se redressant de toute sa taille et en faisant craquer ses os. Tu ne la toucheras plus, Svana. Tu m'as compris ?

— Tu reviendras me voir en pleurant quand tout ce que tu as créé imprudemment s'effondrera, l'avertit Svana en hochant la tête, les yeux dans le vague, comme si elle pouvait prédire l'avenir. Et je t'aime à tel point que je te donnerai le réconfort que tu ne mérites pas.

Shepherd ne put tolérer un autre moment de sa malveillance. Vu ce qu'il avait entendu, les mensonges qui se déversaient d'entre ses lèvres, il était douloureusement évident que Svana n'avait jamais eu l'intention de le laisser garder son dû. Elle s'était attendue à ce qu'il se débarrasse de l'Oméga. Ce qu'il avait fait ne lui avait pas du tout plu – et, tel le monstre que Claire s'imaginait qu'il était, il était resté les bras croisés et avait laissé Svana profaner sa partenaire… avait même sciemment participé à son humiliation.

Il ferma les yeux et entendit les paroles de Jules résonner pour ce qui lui sembla la centième fois sans son esprit : « *Tu as laissé Svana te manipuler et tu as déshonoré ta partenaire enceinte. »*

Shepherd avait toléré les liaisons de sa bien-aimée, même si la révélation l'avait abasourdi. Il avait même continué à chérir Svana malgré son infamie avec Callas. Mais elle ne lui accordait pas le même respect. Ses attentes étaient contradictoires, immatures.

Chaque mot qu'elle avait prononcé lors de leur affrontement après l'histoire du Premier ministre Callas avait été soigneusement choisi pour éloigner le blâme, pour justifier ses propres actions. Il comprenait à présent : elle ne s'était jamais attendue à ce qu'il cherche à s'épanouir sexuellement avec une autre.

Sa bien-aimée ne l'avait pas apprécié à sa juste valeur et avait considéré sa dévotion comme acquise, négligeable.

Cette révélation avait un côté si tranchant. Après tout, c'étaient les actions de Svana qui avaient entraîné sa réaction… mais ses besoins à lui étaient apparemment considérés comme inférieurs aux siens.

Svana n'avait jamais été particulièrement concernée par les sentiments de Shepherd à ce sujet. Et, à présent, elle se tenait face à lui et lui mentait ouvertement.

Sa foi ébranlée, Shepherd hocha tristement la tête. L'adolescente qui avait grimpé sur lui quand elle avait éprouvé ses premiers besoins de s'accoupler, celle qui avait juré d'être toujours à lui, n'était plus la femme qu'il ne pouvait même pas regarder.

Il sortit dans un silence dégoûté.

De retour dans sa chambre, il prit une douche si chaude que sa peau brûla. Malgré cette douleur purificatrice, il se sentait toujours aussi souillé après ce qu'il avait fait. La désapprobation du lien, cette piqûre lancinante, était même une pénitence bienvenue pour s'être accouplé d'une manière qui les déshonorait tous. Habitué à la souffrance, il savoura le châtiment, comme c'était le cas chaque fois qu'il avait sciemment fait du mal à Claire pour son propre bien.

Quelqu'un frappa à la porte. Un de ses lieutenants entra et lui tendit une chose bien plus troublante que tout ce qu'il avait pu voir durant ces dernières vingt-quatre heures éreintantes.

Shepherd tenait un misérable bout de papier à la main, incapable de détourner le regard de la photo de Claire.

Malgré la tristesse qui dévorait son expression, malgré l'inclinaison arrogante de son menton et le jugement dans ses yeux, elle était magnifique. Mais ce furent les meurtrissures autour de sa gorge, la lèvre éclatée – les blessures infligées par Svana quand elle lui avait forcé la main –, qui retinrent toute son attention.

Regardez-moi. Je suis ce que vous vous êtes fait à vous-mêmes.

— Commandant, commença le disciple. Ils volent partout dans Thólos. Les patrouilles rapportent qu'elles en ont découvert éparpillés à six endroits jusqu'ici. Les citoyens qui faisaient la file pour leurs rations les ont vus.

La colère en suspens et les longues heures de rage empoisonnée s'envolèrent lorsque Shepherd comprit ce que cet acte pouvait signifier. Ses yeux d'argent parcoururent le tract, absorbèrent chaque courbe de son corps nu, qui n'était destiné qu'à ses yeux… lurent ses mots… et ne purent se détourner de sa douleur incompréhensible.

Il ne voulait rien tant que la serrer dans ses bras, toucher sa peau, faire tout ce qui était nécessaire pour effacer cette expression de son visage.

Shepherd m'a marquée contre mon gré. Je porte son enfant.

Son message au monde, l'expression de son esprit – c'était la rébellion suprême. La mort venait à elle, et elle allait se sacrifier au nom des citoyens de cette ville afin de leur montrer à tous ce qu'ils étaient devenus. Sa petite Oméga, si sotte et si brave.

Ne me forcez pas à lui tenir tête seule.

Claire ne trouverait aucun sanctuaire après ça. Elle ne survivrait pas pour voir se propager la consomption rouge. S'il ne la retrouvait pas en premier, le peuple de Thólos la massacrerait, la déchiquèterait comme des chiens se disputant un os.

L'exécuteur Corday ayant été coincé avec Svana et sous surveillance toute la soirée, il ne devait pas être au courant de ce qu'avait fait l'Oméga. Si le Bêta tenait un tant soit peu à elle, il comprendrait lui aussi ce que signifiait ce tract. Comptant sur le fait que, dès qu'il le verrait, il se précipiterait impulsivement pour retrouver Claire, Shepherd attrapa son manteau et organisa une équipe pour s'assurer que le Bêta tombe sur ce tract dès qu'il franchirait sa porte.

Le colosse s'adressa à ses soldats, résolu et invincible, l'esprit aussi immobile qu'une rivière gelée.

— Une équipe doit garder Svana à l'œil. Si elle essaie d'interférer ou de quitter le domicile de l'exécuteur, je vous autorise à l'intercepter et à la détenir.

— Entendu, monsieur.

Nul homme ne posa de questions.

* * *

Comment une femelle seule pouvait-elle semer autant la pagaille ? Corday se sentit furieux en contemplant l'image provocatrice, une grimace aux lèvres. Au début, il n'avait vu qu'un bout de papier

194

trempé par terre ; la boue le faisait ressembler à un déchet. Puis il avait vu les yeux.

Nue, elle le regardait, marquée et abîmée, mais si sacrément fière. Sans oublier son message… son satané message ! Qu'est-ce qui lui était encore passé par la tête ?

Alors qu'il se rendait jusqu'à elle, Corday croisa des passants qui avaient leur propre exemplaire et se murmuraient le nom « Claire ».

Il traversa la ville le plus prudemment possible, jusqu'à ce que les chemins de traverse des sphères intermédiaires s'étendent à ses pieds. Le tract chiffonné dans son poing, plus que furieux, il trouva l'usine de traitement des déchets fermée, désolée et apparemment déserte, telle que les Omégas voulaient qu'elle soit. Mais un œil attentif pouvait voir, à l'entrée du vide-ordure, une sentinelle monter la garde, armée d'un des fusils automatiques acquis lors de leur évasion. La voie lui fut ouverte et il entra en trombe, traversant les pièces pour trouver Claire et lui faire entendre raison.

— Corday est entré en contact avec les Omégas. Pas de visuel sur O'Donnell.

Shepherd et une équipe de vingt hommes entouraient déjà le repaire que Claire avait déniché pour sa meute. On n'y voyait pas grand-chose à l'intérieur. Mais, depuis leur perchoir invisible sur le bâtiment d'en face, Jules et lui pouvaient voir des femelles se déplacer dans la semi-obscurité… Cependant, tout comme l'exécuteur Bêta qui balayait l'intérieur des yeux, ils ne virent aucun signe des cheveux de jais de Claire parmi le troupeau.

Chapitre 7

Nona attendait le jeune exécuteur et avança vers lui pour le saluer.

— Quand vous n'êtes pas revenu, j'ai craint que vous n'ayez été tué. Claire m'a assuré que ce n'était pas le cas. Elle a dit qu'elle pouvait sentir que vous étiez en vie.

Il n'avait pas pu s'éclipser avant, car son travail avec Leslie lui prenait presque tout son temps. Il avait passé trois jours à plancher sur la traduction du langage écrit des disciples. Chaque heure, ils en apprenaient plus, mais c'était au détriment du temps qu'il aurait dû passer avec Claire. S'il avait été plus présent, il aurait pu empêcher sa folie.

— Vous savez ce qu'elle a fait ?

— Oui, répondit Nona en hochant la tête, un sourire las aux lèvres.

Corday leva le tract froissé.

— Comment avez-vous pu la laisser faire ça, Nona ?

— Il est impossible de l'arrêter, à présent, répondit-elle en serrant son bras, voulant que le garçon voie ce qui lui pendait sous le nez. Il est impossible d'arrêter ce qui va suivre.

Corday inclina la tête, forcé d'accepter l'inéluctable.

— Vous avez raison. Claire a déchaîné une tempête de problèmes avec cette merde.

— Corday…

Le Bêta ne voulait pas se disputer avec la vieille femme. Il voulait se disputer avec Claire.

— Au moins, dites-moi qu'elle est ici.

— Elle est avec le garçon.

— Quel garçon ? siffla Corday, les yeux plissés.

— Le garçon mort.

— Ah…

— Elle l'a enterré dans le compost à l'arrière.

Quand Corday fit mine de s'éloigner, Nona le rattrapa par le bras et l'arrêta pour le mettre en garde.

— Elle vient seulement de rentrer. Elle est épuisée. N'en attendez pas trop de sa part.

Ne voulant pas perdre plus de temps, le Bêta retint sa langue et traversa le groupe d'Omégas, qui ne semblaient pas ravies de le revoir. Il ouvrit une porte blindée, le soleil l'aveugla et il la vit, tête baissée vers un tas de terre fraîchement retourné.

* * *

L'angle du bâtiment cachait Claire à sa vue et força Shepherd à quitter son perchoir pour se déplacer comme une ombre sur le toit. Et puis il la vit enfin, immobile comme une statue, moins de dix mètres plus loin, les yeux braqués sur un monticule de terre enneigé. Captivé, Shepherd poussa un soupir en regardant le Bêta l'approcher.

Elle ne semblait pas l'avoir senti venir.

— Qu'est-ce que c'est que ça ? demanda l'exécuteur en brandissant le tract sous ses yeux.

L'Oméga dégagea les cheveux de son visage et se frotta le crâne comme s'il était douloureux.

— Une photo de moi nue.

— Tu trouves ça drôle ? cracha Corday en s'efforçant de ne pas hausser le ton. Est-ce que tu réalises ce que tu as fait, Claire ? Tout le monde saura. Il n'y aura plus aucune sécurité dans l'anonymat. JAMAIS !

Elle n'avait pas besoin de l'anonymat, mais bien que Corday recule.

— Tu marches sur mon garçon.

Après un bref soupir, Corday redescendit du monticule et l'attira vers lui. Il la serra trop fort et chercha ses mots.

— Ton message… il va te coûter la vie. Tu seras harcelée jusqu'au jour de ta mort.

L'Oméga se dégagea, renifla et essuya ses larmes du revers de la main.

— Je sais ce que j'ai fait. Je sais que tu ne peux pas comprendre, que nos plans ne coïncident pas, mais je ne peux pas attendre que la résistance arrête de traîner les pieds. Il n'y a pas de héros, Corday. Pas de sauveur. Thólos est devenue un enfer, et je ne peux même pas faire porter le chapeau à Shepherd. Ce qui s'est produit ici, nous l'avons fait nous-mêmes. Si les citoyens ne reconnaissent pas ce que leur indifférence et leur inaction face au tyran leur ont coûté, ils mourront tous.

Corday passa ses mains sur son visage pour calmer sa frustration.

— Tu essaies d'inspirer une révolution, maintenant ? Tu m'as promis que tu n'attaquerais pas l'armée de Shepherd.

Claire baissa ses mains pour qu'il puisse la voir. Elle avait le teint blafard, l'air épuisé et des cernes noirs sous les yeux.

— Ce n'est pas une attaque contre Shepherd. C'est une attaque sur la conscience. Une attaque sur le peuple de Thólos.

Pourquoi ne comprenait-elle pas ?

— Mais ils vont te détester…

— Et je m'en moque, dit Claire en reculant et en s'échauffant. Je t'ai dit qu'il ne restait rien pour moi ici. Tu ne comprends pas ? C'est tout ce que je peux donner, donc laisse-moi faire et arrête d'être si égoïste, bordel !

Corday glissa une mèche rebelle derrière l'oreille de Claire en répondant :

— Survivre n'est pas égoïste. Les ennemis de ce salaud prendront un malin plaisir à te tuer. C'est du suicide.

— Je sais, lança Claire d'une voix égale, plate, comme si c'était l'évidence même.

— As-tu perdu l'esprit ?

— Regarde-moi, Corday, dit-elle en léchant ses lèvres gercées. Je suis à bout. Je vomis tout ce que je mange. Le sommeil ne m'apporte aucune paix… Je suis déjà en train de dépérir.

— Tu ne dépéris pas, tu es en train de te suicider ! cria le Bêta en secouant ses épaules, comme s'il pouvait la faire revenir à la raison. Si tu te reposais un peu… Si tu rentrais à la maison avec moi, je pourrais prendre soin de toi.

— Non.

— À part pour Nona, les Omégas tolèrent à peine ta présence ici. Ce n'est qu'une question de temps avant qu'elles te fichent dehors. Pourquoi refuses-tu d'entendre raison ?

Ne voyait-elle pas qu'il pouvait s'occuper d'elle et la chérir ?

— *JE* CHOISIS COMMENT VIVRE MA VIE ! PAS TOI, PAS SHEPHERD, PAS LE SÉNATEUR KANTOR ET ENCORE MOINS LES FICHUS CITOYENS DE THÓLOS. TU M'ENTENDS, BÊTA ?

Il ne lui avait jamais vu un regard si enflammé.

— Tu es bouleversée.

Claire lança les mains en l'air.

— Bien sûr que je suis bouleversée ! Je ne veux faire qu'une chose : hurler. Quand je pense que tout ce que je peux offrir à Thólos est une photo de moi nue sur un tract, ça me tue. Comment OSES-TU me reprocher de faire quelque chose tant que je le peux encore ? Ta précieuse résistance ne fait RIEN !

— Claire, dit-il en essayant de la serrer, d'apaiser ce qui la faisait trembler et pleurer. S'il te plaît…

— Je ne peux pas être ce que tu veux que je sois, sanglota-t-elle contre son torse. Je ne peux même plus être moi-même.

— Je suis désolé, murmura Corday, le cœur lourd en la voyant si affligée. Ne pleure pas. Je ronronnerai pour toi, et tu pourras te reposer. OK ? Je n'aurais pas dû crier.

Il entonna la vibration grave pendant que Claire, misérable, pleurait comme une enfant. Corday la serra dans ses bras, caressa ses cheveux et se mit à parler à tort et à travers.

— On va rentrer à l'intérieur, on va manger et tu ne seras pas malade… Je resterai pour que tu puisses dormir.

Il dut la porter, et elle le laissa faire, se raccrochant à son cou comme si elle craignait qu'il ne disparaisse si elle le lâchait.

Au loin, Shepherd dut combattre les instincts qui lui disaient de se précipiter et d'arracher à cet homme celle qu'il réconfortait et qui lui appartenait. Il sentit à peine la main de Jules se refermer sur son avant-bras, lui rappelant sans rien dire de rester tranquille et de mesurer les conséquences. Parce qu'il était à présent clair que son bras-droit avait raison. Même s'il la récupérait, elle ne survivrait pas dans cet état.

Claire avait perdu la volonté de vivre.

* * *

Pendant toute la journée, Shepherd observa ses va-et-vient dans l'usine d'incinération nauséabonde. Corday ne s'était pas trompé. Les Omégas évitaient Claire comme la peste. Dans son coin, elle paraissait complètement indifférente, comme si elle prenait volontairement ses distances. À part la plus vieille, toutes ses amies s'étaient retournées contre l'instigatrice de leur liberté.

Imaginant déjà une longue rangée de femmes pendues, se balançant au gré du vent, exposées à la vue de tous ceux qui avaient renié sa partenaire, Shepherd observa chaque regard méfiant posé sur Claire et se prit à détester ces femelles qui ignoraient la fille souffrante aux cheveux noirs.

Elles étaient indignes d'elle, toutes sans exception, tout comme cette ville mensongère et malfaisante.

Le Bêta prit soin d'elle, la fit manger et retint même ses cheveux vingt minutes plus tard, lorsqu'elle régurgita le tout. Il la nourrit de nouveau et persuada la femme chétive de boire de l'eau. Durant tout ce temps, il la tint entre ses cuisses, son dos appuyé contre son torse, comme une enfant ou une amante. La deuxième portion sembla passer mieux et, quelques minutes plus tard, Claire s'endormit et se mit à ronfler sur son épaule.

Il ne put entendre l'échange entre Nona French et l'exécuteur, parce que celui-ci avait les lèvres pressées contre les cheveux de Claire. Le Bêta finit par s'allonger, et la vieille femme couvrit le couple avec le long manteau de l'homme.

La nuit tomba, et Claire cria dans son sommeil. Quand Corday posa ses yeux horrifiés sur le visage empli de compassion de Nona, Shepherd se concentra sur la bouche de l'exécuteur et vit ses lèvres articuler les mots : « *Elle vient d'appeler Shepherd.* »

La déception absolue qu'il lut sur le visage de son ennemi lui apporta un mince sourire. Le Bêta avait beau la tenir dans ses bras, leur lien avait beau être abîmé, les pensées de l'Oméga étaient tournées vers son partenaire légitime. Un signe des Dieux, un rappel pour tous que Claire lui appartenait.

* * *

Lorsqu'elle se réveilla, Claire avait les traits moins tirés.

— Je me sens mieux, merci.

D'une voix si basse qu'aucun des disciples qui les espionnaient ne put les entendre, Corday approcha ses lèvres de l'oreille de Claire et murmura :

— Claire, ce sera bientôt fini. On a accès à leurs communications, maintenant. Alors tiens bon. Tiens bon jusqu'à ce que je puisse le tuer. Je te jure que je le ferai.

Faisant de son mieux pour dissimuler son mal-être, Claire hocha la tête et l'embrassa sur la joue.

— J'ai énormément de foi en toi, Corday. Tu es merveilleux.

— Et tu seras libre.

— Oui, dit-elle, les yeux doux.

De ses doigts agiles, elle ôta lentement l'alliance de sa mère. Sous leur couverture de fortune, elle attrapa la main de Corday et glissa l'anneau à son petit doigt.

— Qu'est-ce que tu fais ?

— Je veux que tu le gardes pour moi, répondit Claire en souriant à son gage. Un rappel pour que tu n'oublies pas que je te soutiens.

— Je ne peux pas le garder, refusa-t-il, car son geste le mettait mal à l'aise.

— Je ne fais que te le prêter, le corrigea-t-elle en serrant sa main. Tu devras me le rendre quand Thólos sera libérée.

Il la serra et sentit son cœur s'envoler.

— Claire. J'ai foi en toi aussi.

— Tu es mon héros, tu sais ?

Parce qu'il rêvait de l'embrasser, Corday fut tenté de glisser ses doigts dans ses cheveux et d'attirer ses lèvres vers les siennes. Mais ce n'était pas ce qu'ils étaient ; elle ne pouvait pas être avec lui…

Du moins, pas encore.

— Allez, dit Claire timidement, brisant l'instant. Tu dois sortir d'ici avant le lever du soleil. Si je ne sens pas que tu es en sécurité, je m'inquiéterai.

Elle désentortilla leurs membres et se dégagea de son étreinte. Corday ne serait pas autorisé à s'attarder. Claire le pressait de s'en aller avant que le jour rende son trajet dangereux. Il était évident qu'il ne voulait pas partir, mais elle semblait aller beaucoup mieux. Ses yeux étaient plus animés, et un sourire planait sur ses lèvres.

Le Bêta battit en retraite. Dès qu'il fut suffisamment loin sur la chaussée pour ne pas l'entendre, Claire se plia en deux à côté du vide-ordure et vida en silence son estomac sur le sol couvert de givre.

Corday ne l'entendit pas vomir et ne se rendit même pas compte que des disciples l'avaient complètement encerclé dès qu'il s'était éloigné de sa vue. Le Bêta releva son col pour garder son cou au chaud et marcha d'un bon pas, les mains enfoncées dans ses poches, le sourire aux lèvres.

Shepherd laissa Corday aux mains de l'équipe de Jules, son attention tournée vers son Oméga malade et le changement qui s'opéra en elle dès que le garçon fut parti. Son faux sourire se volatilisa, et elle s'éloigna du groupe et de leurs feux pour s'isoler. C'était comme si elle était invisiblement attirée plus près de l'endroit où Shepherd se cachait dans les ombres.

Il aurait presque pu tendre le bras et la toucher.

Une fois assise confortablement, Claire sortit un livre écorné de sa poche et s'allongea pour le lire. Shepherd haussa un sourcil. Sa petite partenaire lisait un livre qu'il connaissait par cœur : *L'Art de la guerre*. C'était étrangement attachant. Il imaginait déjà leurs futures conversations à ce sujet.

Quel était son passage préféré ?

Claire lut pendant que la majorité des femmes dormaient ; elle avait lu ce livre tous les jours depuis qu'elle l'avait trouvé et elle laissa ses yeux s'attarder sur les extraits qu'elle avait mémorisés. Parfois, elle imaginait que c'était comme lire un fragment de l'âme de Shepherd. Elle pouvait y reconnaître sa mentalité et ses tactiques, et cherchait en vain à comprendre... Elle était tellement absorbée par ses pensées qu'elle ne vit même pas Nona remuer.

La vieille femme prépara du café soluble et en apporta à Claire.

— Quelle sagesse as-tu à m'enseigner aujourd'hui ? demanda Nona en glissant une tasse fumante dans les mains de la jeune femme.

Claire jeta le livre par terre, le maltraitant comme elle le faisait toujours quand elle en avait fini.

— D'après Sun Tzu, il ne faut que peu de force pour réaliser beaucoup... Mais je choisis de l'interpréter comme ça : emmerder un groupe de femmes est une très mauvaise idée.

La vieille Oméga gloussa tout bas en regardant Claire siroter son café et faire la grimace.

Nona caressa ses cheveux noirs pour les ramener en arrière.

— Je sais que tu as toujours préféré le cappuccino, mais c'est le mieux que je puisse faire, la taquina-t-elle.

Les yeux baissés vers l'abject breuvage dilué, Claire lança, sur le ton de la plaisanterie :

— J'ai de nombreuses raisons de détester Shepherd mais, la première, c'est que je n'ai pas bu une seule tasse de bon café depuis que j'ai dû fuir mon appartement... Le salaud !

Son amie pouffa tout bas.

Claire but une autre gorgée de l'eau brune bouillante. Nona à ses côtés, elle resta assise, immobile, dans sa misère, ses yeux injectés de sang brillant de détermination. Elle ne savait pas quelle en était la cause, mais sa mélancolie était en train de se dissiper. Ce qui la remplaçait était bien plus douloureux.

Elle était altérée... son indifférence écrasante en guerre contre un sentiment de vide insupportable.

Elle aurait dû se sentir victorieuse, mais ce n'était pas le cas. Elle aurait dû se sentir fière ; elle avait pratiquement oublié avoir jamais ressenti une telle émotion.

Nona lui parlait de tout et de rien, du lever du soleil qui approchait, pendant que Claire buvait son café sans goût comme un robot. Lorsqu'elle eut fini le breuvage, elle posa la tasse de côté.

L'heure était venue.

Claire se leva et s'éloigna, abandonnant son amie sans un dernier adieu.

Elle irait voir le ciel et le lever du soleil, seule. Mais ils ne l'émouvraient pas. Le ciel avait perdu de sa magie.

La vieille femme la regarda partir. En voyant disparaître ses cheveux noirs, elle sut que Claire avait fait son choix.

Dehors, il faisait glacial, plus glacial chaque jour. Claire enveloppa ses bras autour de son corps et s'éloigna en titubant du havre des Omégas. Sa marche vers la mort n'avait eu aucune direction particulière, mais elle se retrouva bientôt debout au bord du réservoir d'eau de Thólos. La surface était gelée, couverte de neige aussi vierge et incolore qu'elle se sentait à l'intérieur. Mais, si elle plissait les yeux, elle pouvait traverser la surface et voir un monde aquatique où tout était épuré.

Elle glissa une mèche derrière son oreille et attendit en frissonnant que la couverture nuageuse qui nimbait le Dôme se mette à briller. Lorsque le ciel prit une teinte rosée, Claire sentit que si elle laissait cette vue lui apporter le moindre plaisir, la douleur prendrait aussitôt sa place. La seule manière de continuer était en ne ressentant rien, à jamais. Aussi elle fit un pas en avant, puis un autre et, seule dans la lueur maussade de l'aurore, Claire s'avança sur la glace.

Elle n'avait pas hésité ; son travail était terminé. Elle avait accompli sa mission et donné tout ce qu'elle pouvait donner. Elle avait mérité d'être libérée de sa prison. L'air était glacial contre son visage, l'odeur du froid évidente, ce qui apaisa les larmes salées qui lui brûlaient les joues.

À peine eut-elle fait quelques pas que la glace commença à se craqueler. Les dix pas suivants furent accueillis par un silence trompeur. Claire choisit de combler le vide en murmurant au vent la prière des Omégas :

— Bien-aimée Déesse des Omégas, Sainte Mère qui nourrit et protège, je te remercie pour la vie que tu m'as accordée.

Ce ne fut que lorsqu'elle eut atteint le milieu du réservoir que le craquement tant anticipé résonna dans l'air gelé – la menace écrasante de la mort imminente.

— Je suis à ton image. Je suis ta plus grande joie. Tu me tiens dans tes bras. Veille sur le monde...

— *Ne bouge pas, ma petite.*

Sa première pensée lorsqu'elle entendit la voix autoritaire fut qu'elle aurait dû se douter qu'il serait là. Le diable était venu assister à sa dernière heure. Il n'aurait pas pu en être autrement.

Ses yeux quittèrent l'horizon et se posèrent sur le motif fracturé qui s'était dessiné sous les bottes qu'elle avait volées. Claire inspira lentement, sentit l'inspiration dilater sa poitrine, puis regarda par-dessus son épaule.

— La ville est frappée d'horreur et je n'ai plus rien à donner. Tu as gagné, Shepherd.

— Tu t'obstines à ne pas comprendre, dit-il d'une voix pressante, rauque, insistante… et nerveuse. Svana t'aurait tuée si je n'avais pas…

Claire sentit sa bouche former un mince sourire.

— Au moins, je sais maintenant ce qui t'a fait tel que tu es. Ce n'est pas seulement ta vie passée dans la Crypte. C'est elle qui t'a entortillé.

Shepherd tendit la main, les yeux écarquillés et fixes.

— C'était la seule manière de l'apaiser et de pouvoir te garder.

Une expression de pitié – et c'était bien de la pitié qu'elle ressentait – traversa le visage de Claire.

— Tu mens comme si tu le croyais vraiment. Ton choix n'était pas la seule manière ; c'est ce que *tu* as choisi. Tu as choisi de faire cette chose horrible… de faire toutes ces choses horribles… pour elle.

Les lèvres de Shepherd tremblèrent, et il parut confus. Lorsqu'il reprit la parole, c'était presque comme si les mots lui étaient inconnus.

— Si je te présentais mes excuses, cela ferait-il la moindre différence ?

— Non.

— Alors voici ce que je t'offre, dit-il en tendant davantage la main. Si tu me reviens, je te donnerai ce que tu veux. Je laisserai les Omégas en paix et je m'assurerai que personne ne vienne les déranger. Tu as ma parole.

Claire fredonna, les yeux de nouveau posés sur la glace crevassée sous ses pieds.

— Svana ne s'approchera plus de toi, et je ne la toucherai plus jamais de cette manière, réessaya-t-il, déterminé.

Claire l'ignora.

Exaspéré, il coassa :

— Je te laisserai même voir ton satané ciel.

— Mon ciel…, articula-t-elle, comme si l'idée même du ciel n'avait plus aucun sens.

— Je prendrai soin de toi.

Des larmes jaillirent de ses yeux et dévalèrent ses joues.

— On dirait presque que tu le penses vraiment… Très drôle, dit-elle d'une voix triste.

Shepherd dut faire un effort monumental pour prononcer son dernier encouragement.

— J'épargnerai le Bêta, l'exécuteur Corday, dont la mort serait autrement très lente et douloureuse.

Le moment critique était arrivé. Le voile qui avait couvert ses yeux verts se dissipa, et ses lèvres douces formèrent une fente mince. Claire l'écoutait attentivement.

— Je t'offre d'épargner la vie de quarante-deux personnes, ma petite, déclara Shepherd – la voix de la raison.

Son ronronnement s'amplifia, comme pour montrer sa sincérité.

Claire regarda sa paume large retournée, les lignes et les callosités. Elle pensa à Corday, à sa promesse de libérer la ville… à tout ce qu'il lui avait murmuré dans l'obscurité. Elle pensa au bébé pour lequel elle n'éprouvait que de l'indifférence et posa une main sur son ventre.

— C'est ça, ma petite, pense à notre bébé.

Elle n'autoriserait jamais le malfaisant Shepherd ou cette femme horrible à avoir l'enfant, mais elle pouvait faire gagner du temps à Corday. S'il échouait, elle pourrait toujours sacrifier sa vie et celle qui grandissait en elle avant qu'elle ne naisse ; elle pouvait le faire et elle le ferait. Elle pivota légèrement les pieds, un tout petit mouvement pour pouvoir faire face au géant, et la glace se craquela davantage. Elle se tenait toujours au-dessus de l'abysse qui aurait dû être sa tombe.

Shepherd savait qu'elle accepterait, qu'elle se soumettrait à lui pour sauver toutes les vies qu'il avait mentionnées. Claire pouvait déjà le sentir à travers un lien qui n'aurait jamais dû exister ; un ardillon brûlant qui empêchait ses poumons de se dilater complètement. Elle retint son souffle et serra le cuir de sa veste juste au-dessus de son cœur.

— Je veux une vie supplémentaire.

— Laquelle ?

Malgré l'invasion entêtante du vermisseau dans sa poitrine, Claire sourit avec mépris à l'Alpha.

— Je ne te le dirai que si tu me donnes ta parole explicite qu'il ne lui sera *jamais* fait aucun mal.

— Et si j'accepte, tu consentiras à me revenir et à vivre à mes côtés en tant que ma partenaire ?

C'était ce qu'il voulait, elle le voyait bien. À travers leur lien, Shepherd pouvait la sentir un peu plus chaque seconde, et il ne lui cacha pas son rictus cupide et malicieux.

Lorsqu'elle sentit son plaisir, elle plongea son regard dans celui d'un rapace et y vit toute son exaltation désespérée.

— Oui.

— Alors tu as ma parole, opina Shepherd en serrant le poing.

— Maryanne Cauley.

Il y eut un éclair de reconnaissance, un léger plissement de ses yeux. L'Alpha hocha la tête en comprenant – la traîtresse insaisissable… Maryanne Cauley, la prisonnière qui lui avait autrefois juré son allégeance en échange d'un refuge dans la Crypte, était celle qui avait aidé Claire à libérer les Omégas.

Claire fit un pas vers sa totale humiliation et maudit les Dieux lorsque sa progression vers Shepherd ne brisa pas la glace, ne l'attira pas dans les profondeurs glaciales. Elle glissa ses doigts froids entre les siens, sans lui rendre son sourire quand la main du diable enveloppa la sienne. Shepherd toucha son visage, et elle eut un mouvement de recul instinctif lorsque sa paume brûlante caressa sa joue.

Son pouce épais essuya la rivière de larmes. Il savait qu'elle souffrait du fardeau que leur lien, en train de se frayer un chemin à travers sa résistance, faisait peser sur sa poitrine.

Intense, surexcité, il la prit contre lui, ne voulant pas perdre une seconde de plus avant de la ramener à sa place. La main sur le cœur, Claire continua à lutter contre sa revendication, se débattant pour maintenir le sentiment de vide éternel qui l'avait guidée sur la glace. Elle ne voulait plus être Claire, et l'oubli était devenu son armure. S'il n'y avait pas de Claire, il n'y avait pas de souffrance. Le néant était sa fierté… Puis elle se souvint qu'elle n'avait aucune fierté. Elle l'avait perdue le jour où elle avait commencé à tenir à l'homme qui la serrait à présent dans ses bras.

Comme s'il connaissait ses pensées, il la serra un peu plus fort contre son torse.

— Quarante-trois vies, Claire, exulta-t-il.

Ses yeux se fermèrent lorsqu'il prononça son prénom. Elle se remémora avec angoisse la seule autre fois où il l'avait prononcé, juste avant de la congédier pour baiser sa bien-aimée, et cela acheva de la détruire. Elle avait perdu la guerre – *Claire* éprouvait quelque chose : la douleur et le chagrin qu'elle avait été incapable de ressentir ce jour-là –, et tout vola en éclats.

* * *

Son ramassage avait été organisé avec une précision militaire. En ronronnant tout haut dans un triomphe arrogant, Shepherd était en train de porter sa récompense à travers les couloirs souterrains menant à son antre.

Quelle perte d'énergie inutile. Le ronronnement ne faisait rien pour apaiser Claire. Elle avait oublié jusqu'au souvenir de ce qu'était le réconfort quand le vermisseau avait recommencé à s'enfouir en elle. Chaque respiration était douloureuse, corrompue et haïe.

Le bruit du verrou, la finalité de cet instant… Elle n'enregistra rien de tout cela, trop accaparée par sa lutte pour ne pas montrer ce qu'elle ressentait – pour ne pas lui donner le plaisir de reconnaître qu'il avait de nouveau le pouvoir de la blesser. Mais il n'arrêtait pas de la toucher. Il décolla même ses doigts de sa poitrine pour pouvoir frotter sa paume chaude à l'endroit où elle souffrait si manifestement.

Shepherd encouragea son effondrement, parce qu'il savait ce qui était en train de déchirer ses entrailles.

— Nous recommencerons à zéro, roucoula-t-il, ses grandes mains lui arrachant les couches de ses vêtements comme il lui avait arraché sa liberté. Ma petite partenaire.

Ses yeux verts s'ouvrirent d'un coup, remplis d'indignation et de toute la fureur véhémente qu'elle aurait dû proférer des semaines plus tôt.

— Partenaire ? PARTENAIRE ? Tu n'es rien pour moi ! Un monstre fourbe que j'exècre. Tu es dépravé ; tu me dégoûtes ! Ce que tu as fait est impardonnable. JE TE HAIS !

Alors qu'elle hurlait et le martelait avec ses poings, il continua à la caresser et à la calmer.

Claire tempêta contre lui, un torrent d'infamies résonnant entre les murs gris, jusqu'à ce que ses cris se muent en sanglots déchirants. Elle pleura si fort qu'elle avait peine à respirer. Elle le supplia de la tuer, le maudit de l'avoir tentée et détournée de la glace. Sa seule réponse à ses lamentations fut de l'allonger sur le doux matelas. Ces grandes mains étaient partout, traçant les égratignures et les points de suture sur son genou, explorant chaque meurtrissure, jusqu'à ce qu'il inspecte à coups de caresses possessives le contour de sa marque de revendication encore enflammée.

La laisse cancéreuse qui lui faisait souffrir le martyr ne semblait pas avoir de fin. Le lien se tortillait comme un alligator révolté et déchirait ses organes. Les yeux clos, elle essaya de repousser les sensations, puis sentit des lèvres se poser sur sa poitrine, à l'endroit qui était si corrompu. Claire commença à se débattre en hurlant comme une banshee. Elle ne put rien faire lorsqu'il la pénétra et poussa un grondement de gorge en sentant sa chaleur étroite gainer sa queue. Shepherd suça ses tétons, fit courir ses dents sur sa gorge, essaya d'embrasser sa bouche tout en léchant ses larmes et en l'immobilisant pour qu'elle cesse de se tortiller.

Les grognements assourdissants de la bête, qui étouffaient ses hurlements poignants, étaient ceux d'un homme assoiffé qui étanchait enfin sa soif. Chaque déhanchement de sa queue dans son tunnel étroit et soyeux élevait Shepherd plus près de ce paradis inaccessible : la liberté. Elle était de nouveau à lui, piégée et liée, et il la prendrait comme il l'entendait – même si elle le détestait, même si elle était l'esclave de leur lien. Parce qu'il avait besoin d'elle.

Son grondement grave la fit se tortiller et mouiller, la fit crier d'horreur et de haine, et il gémit dans sa bouche en sentant l'odeur de ses sécrétions. Prenant ce dont il avait besoin, il la chevaucha doucement, écarta ses jambes pour voir sa longueur la pénétrer encore et encore. Il se déhancha et caressa son bourgeon, vola ce qu'il exigeait d'elle, et la vague de plaisir souffla les dernières résistances de la femelle. Claire atteignit un orgasme bouleversant et inconfortable qui la fit se cambrer et s'étouffer.

Il l'enfonça avec hargne dans le matelas, noua aussi profondément qu'il le pouvait et, partageant sa jouissance, la remplit de sa chaleur, de son essence.

— Je t'aime, ma petite, gronda-t-il en haletant contre son oreille.

Cela n'amoindrit pas son chagrin. Cela ne fit que l'accroître.

Claire gémit tandis que Shepherd éjaculait, noué en elle, en jurant qu'il ne la relâcherait plus jamais.

Chapitre 8

Shepherd l'avait blessée dans sa ferveur, dans son besoin de s'accoupler pendant que leur lien se reformait… pour assurer qu'elle ne puisse y échapper. Il y avait un peu de sang entre ses cuisses, car elle avait été sèche et avait résisté agressivement lorsqu'il l'avait pénétrée. Même sa bouche était gonflée après ses baisers malvenus. Des bleus étaient en train de se former autour de ses poignets et à l'intérieur de ses cuisses.

Shepherd se délectait de chacune des griffures enflammées qui défiguraient sa propre peau, son rappel que sa partenaire était de nouveau sienne – chaque blessure était comme un trophée, un testament de ce qu'ils partageaient.

Sa petite s'était bien battue, mais s'était tue au fil des heures, même si elle n'était pas complètement calmée. Dans sa poitrine, le fil était à bout, et cela lui était douloureux. Shepherd la serrait fort pour la soulager, sa paume chaude posée là où elle avait labouré sa peau. Les larmes s'étaient taries et elle était à présent en transe, luttant contre le sommeil, et pourtant visiblement épuisée.

Il ne cessa de ronronner pour elle. Même si Claire lui tournait le dos, Shepherd la caressa et la calma, lui autorisant ce petit acte de défi. Il voulait qu'elle mange et qu'elle boive, mais il étouffa son insatisfaction grandissante face à l'état de son corps pour la laisser se détendre après cette lutte intérieure, pour la laisser croire qu'elle pouvait se reposer à son gré un instant.

Ne souhaitant pas la quitter, il ordonna qu'on lui amène une trousse de premiers secours et recouvrit la nudité de Claire. Il la serra d'une main de fer et laissa Jules poser ce dont il avait besoin sur la petite table à côté du lit. Lorsque la porte fut verrouillée, elle refusait toujours de le regarder. Cela n'avait aucune importance.

Shepherd avait vu sa réaction à la nourriture et était certain qu'elle ne la garderait pas alors qu'elle était si bouleversée. Il attrapa son bras pour lui administrer une intraveineuse. Quand l'aiguille perça la veine, Claire resta docile. Pendant que l'intraveineuse se vidait, il tamponna ses blessures avec des serviettes douces, les traita et les pansa. Il grogna en examinant les points de suture et ses pieds, dont l'état le rendait furieux. La bête les enveloppa dans des bandes de tissu doux.

Lorsqu'il eut terminé ses soins, il la reprit dans ses bras.

— Je te bâtirai un nouveau monde, ma petite – un royaume digne de toi et de notre fils.

Il lui murmura ses idéaux tordus en passant ses doigts dans ses nœuds. Shepherd radota encore et encore, lui expliquant tout ce qu'il accomplirait, la légende qu'il deviendrait, qu'il ferait tout pour elle.

Même dans cet état d'entendement vague, Claire n'avait jamais entendu Shepherd parler tant pour en dire si peu.

Allongée sur le ventre, dos à lui, elle écouta les chimères d'un fou jusqu'à ce qu'elle ne puisse plus le supporter une minute de plus. Elle roula sur le côté, interrompant son démêlage de cheveux, et rétorqua avec la même insubordination passionnée, la même charité déplacée qui refusait de disparaître malgré tout ce qui lui était arrivé :

— Ne m'utilise pas comme excuse pour justifier tes actes horribles. Je ne coopérerai pas !

En entendant sa voix plaintive et enrouée, il sourit d'un air lugubre. Sa main se posa sur son ventre, et Shepherd tapota l'endroit où leur enfant grandissait.

— Le simple fait que je t'ai récupérée prouve que les Dieux sont de mon côté.

Claire avait pleuré toutes les larmes de son corps, et sa poitrine n'abritait plus qu'un amas de vase pourrissante.

— Tu m'as récupérée parce que je préférais épargner quarante-trois vies plutôt que me sacrifier.

— Là, là, souffla-t-il contre sa poitrine, avant d'embrasser l'endroit où leur lien s'épanouissait. Tu es en train de guérir, et tes idées noires se dissiperont avec le temps.

Elle n'était pas en train de guérir, mais de dépérir.

— Nous recommencerons à zéro, répéta-t-il avec assurance, un pétillement dans les yeux.

Claire retroussa les lèvres pour énumérer ses péchés.

— Tu m'as marquée de force, tu m'as droguée et tu m'as fécondée, puis tu as baisé ta folle d'Alpha *bien-aimée* dans mon nid…

Inutile de continuer. La douleur déferla de nouveau en elle, et Claire se rendit compte qu'elle s'était trompée : elle avait encore des larmes.

— Je le reconnais, Shepherd. Je ne suis ici que pour te servir de jouet. Je suis une esclave, un animal de compagnie. Je me suis vendue pour les sauver.

La tempête de fureur qui embrasa ses yeux était prévisible. Ce qu'elle trouva plus surprenant fut l'éclair de regret qui l'accompagnait. Il cessa de frotter sa poitrine et posa la main sur son sein. Il commença à faire rouler et pincer son téton jusqu'à ce que le bourgeon rose pâle s'assombrisse et s'allonge sous ses doigts.

Il n'hésiterait pas à la baiser, qu'importe que l'idée déplaise à Claire. C'était sa solution pour la faire taire, sa réaction chaque fois qu'elle résistait ou le contrariait.

Immobile, épuisée après des heures passées à s'agiter, elle resta inerte… prête à ce qu'il en finisse avec elle.

Le deuxième téton reçut le même traitement sous le regard calculateur de Shepherd. Un pouce traça le contour de ses lèvres et s'enfonça dans sa bouche pour taquiner le plat de sa langue. Il poussa son grognement de rut, l'arôme des sécrétions de Claire embauma l'air et, de sa main libre, l'homme commença à exciter sa chatte, ses doigts lubrifiés par sa mouille épaisse.

Shepherd pressa son torse contre la poitrine de sa femelle et poussa un deuxième grognement en l'observant attentivement.

Elle ferma les yeux et choisit de l'ignorer.

— Dans la Crypte, j'ai connu ma mère si peu de temps que je peux à peine me remémorer son visage, murmura Shepherd. Elle est morte des suites des abus de tous ces hommes.

Un doigt lubrifié s'enfonça dans son anus en cul-de-poule, et Claire sursauta. Shepherd fit lentement pression contre son rectum. Elle retint son souffle en sentant la crampe d'inconfort qui suivit l'étirement de son tunnel. Ses yeux écarquillés trahirent sa détresse. Claire empoigna la main outrancière, sa plainte étouffée par le pouce qui titillait toujours sa langue.

Elle se figea lorsqu'elle réalisa qu'il ne bougeait pas, n'essayait même pas de s'enfoncer davantage. Claire l'observa attentivement.

— Puisque les femmes ne survivaient jamais longtemps dans ce trou, les prisonniers prenaient leur pied avec d'autres hommes de cette manière, expliqua-t-il en passant la barrière de son sphincter. Ou en utilisant la bouche d'un autre. Les fauves hurlaient dans le noir en assouvissant leurs besoins sur les faibles, les nabots. Les cris, les suppliques des suppliciés – et même les gémissements de ceux qui y prenaient du plaisir –, voilà la mélopée qui m'a bercée toutes les nuits.

Les sensations que le frétillement de son doigt lui procurait étaient gênantes. Claire essaya de se libérer en se tortillant, mais il pesait sur elle de tout son poids. Shepherd grogna de nouveau, jusqu'à ce que sa mouille s'écoule et pénètre son rectum.

Elle geignit.

— J'étais plus petit que tu ne l'es aujourd'hui la première fois que j'ai été acculé. J'étais dos au mur, et un homme au visage couvert de lésions a sorti son membre et l'a pointé vers ma gorge. Ce qu'il ignorait, ce que tous ignoraient, c'était que ma mère s'était prostituée en échange d'un couteau. Je l'ai poignardé. C'est durant cette altercation que j'ai écopé de la cicatrice sur mes lèvres. Pendant tes chaleurs, tu m'as dit que tu la trouvais belle.

Était-ce vrai ?

Il ronronna, comme une offrande apaisante, en enfonçant davantage son doigt dans son anus. Il savait que l'étirement n'était pas le bienvenu, mais il l'utilisait pour la forcer à écouter chacun de ses mots.

— En signe d'avertissement, j'ai pendu son cadavre à la porte de ma cellule, sa queue dans sa bouche. Il n'a été que le premier, car j'étais entouré de monstres au cœur de pierre. À mesure que je grandissais et forcissais, les faibles m'offraient leur bouche et leur corps en échange de ma protection contre ces raclures qui les harcelaient. Je les trouvais répugnants, lamentables, indignes de moi. J'en ai tué plusieurs, juste pour assurer que tous comprennent ma position sur le sujet.

Il parlait tout en faisant des petits cercles avec son pouce autour de la langue de Claire.

— Un jour, une créature de lumière m'a trouvé dans l'obscurité, une jeune femme avec un couteau à elle. Il était déjà couvert de sang.

Svana.

— Elle avait entendu parler de moi et avait rampé dans les enfers pour me chercher. Elle m'a donné les moyens de régner sans rien demander en retour. Ses visites étaient fréquentes, son affection divine. Comme moi, sa mère avait été tuée sous ses yeux. Comme moi, son avenir lui avait été arraché.

« Son esprit, les choses qu'elle connaissait, dépassaient tout ce que j'avais appris. Elle a offert de partager sa sagesse, m'a apporté des livres et a apprécié à sa juste valeur le monstre que les autres détenus craignaient. Cet ange m'a même apporté le dossier de ma mère, continua Shepherd en poussant du nez contre sa joue. Dans le dossier de cette personne disparue se trouvait une photo. Avant que la Crypte ait fait pourrir ses dents, ma mère Bêta avait été très belle, comme toi. J'avais horreur d'entendre ses cris. »

Claire posa une main sur son flanc massif et sentit sa douleur palpiter contre elle.

— Je n'ai pas pu la sauver et, à ce jour, je ne saurais dire lequel des démons croupissant dans ce cul-de-basse-fosse était mon père.

Claire ne voulait pas laisser son histoire l'émouvoir, mais elle était si misérable qu'elle ne pouvait s'empêcher de ressentir de la pitié.

— Je n'étais pas le seul innocent emprisonné dans l'obscurité par la corruption à la surface. Comme ma mère, plus de la moitié des hommes envoyés au bagne étaient relativement innocents, quoique gênants pour le pouvoir en place. J'ai appris leurs secrets… des choses que tu ne pourrais imaginer. Si seulement tu savais l'infection qui corrompt les cœurs de cette ville, ma petite, si tu pouvais lire les histoires gravées dans la pierre à nos pieds…

Pourquoi lui racontait-il tout cela ? Elle commença à se débattre, puis tressaillit quand le doigt enfoncé en elle continua son chemin, l'étirant jusqu'à ce qu'elle se tienne tranquille.

— Ouvre les yeux, ma petite, lança-t-il dans un grondement guttural, menaçant. Je veux que tu me regardes quand je te parle.

Elle ne voulait pas le regarder et se sentait violée par ce doigt démesuré et par le pouce qui taquinait sa langue. Sursautant brusquement lorsque son gland la pénétra, elle croisa son regard.

— Ces hommes, cette société pourrie – dans ta bonté, tu ne vois pas leurs défauts. Je pourrais te raconter des choses qui t'empêcheraient de dormir la nuit. Tous les hommes et toutes les femmes qui pendent de la Citadelle ont participé ou ont volontairement ignoré des atrocités. Comme l'incarcération de ma mère.

« Et, oui, Svana est devenue mon amante il y a des années. Je pensais qu'elle était aussi l'équivalent de ma partenaire. J'ai appris que j'avais tort. C'est une femme déterminée, puissante, mais tu es la partenaire que les Dieux m'ont destinée. Si tu avais été jetée dans la Crypte, si je t'avais sentie ne serait-ce qu'une fois, j'aurais tué tous ceux qui auraient essayé de t'approcher. Je t'aurais revendiquée et ramenée dans ma cellule, jetée sur mon lit de camp et baisée à la vue de tous les prisonniers… pour qu'ils sachent tous que tu étais à *moi*. Comprends-tu ? »

Une déclaration aussi barbare ne méritait aucune réponse.

Shepherd la renifla et grogna. Son doigt toujours plongé dans son anus, il enfonça sa queue dans son tunnel trempé et prêt. Elle poussa un petit cri étouffé par son pouce quand il commença à ruer en elle. Ce n'était pas tendre, mais de la fornication pure et simple… pourtant étrangement satisfaisante. Le sentiment de trop-plein, sa manière de la toucher partout, de tortiller son doigt importun… Elle jouit étonnamment vite et sentit le nœud faire pression contre son tunnel frémissant lorsqu'il retira son doigt de son rectum.

Claire hurla quand l'orgasme se mua en vibration dissonante qui la rongea jusqu'à l'os.

Lorsqu'il éjacula en elle, chaque salve fut accompagnée par un rugissement. Shepherd blottit son visage contre son épaule, ses lèvres contre sa gorge, son torse contre sa poitrine, à l'endroit où ils étaient liés. Le fil chantonna, brûla, palpita, la combla et la consuma.

Le pouce quitta enfin sa bouche. Shepherd fut ravi lorsqu'il frotta son nœud en elle et que sa petite jouit de nouveau.

Écrasée sous son poids, son Oméga gémit, ferma les yeux et s'endormit dans les bras serrés d'un homme qui, si les circonstances avaient été autres, aurait pu être bon.

* * *

— Que voulez-vous dire par « elle n'est pas là » ? tonna Corday.

— Ce que je veux dire, exécuteur Corday, c'est qu'elle n'est pas *ici*, soupira Nona avec lassitude. Claire s'est absentée il y a plusieurs jours et n'est pas revenue.

Les yeux plissés, l'esprit en ébullition, Corday sentit l'inquiétude lui nouer l'estomac. À en croire le regard de Nona, la vieille femme était elle aussi inquiète, mais le cachait mieux que lui.

Comme si elle essayait d'offrir une explication au jeune homme, Nona lança :

— Je pense qu'elle a simplement décidé de partir.

— Pour retrouver Shepherd ? lâcha-t-il, les traits déformés par la colère. Claire ne ferait jamais ça.

— Elle avait le moral au plus bas, exécuteur. Ce que j'essaie de vous dire, c'est qu'elle est plus que probablement *partie*.

— Vous vous trompez, cracha-t-il.

Ce n'était pas possible. Il avait parlé à Claire à peine trois jours plus tôt. L'Oméga lui avait donné la bague… Elle lui avait fait une promesse.

— Ces femmes l'ont chassée ?

— Non, mais ce n'était qu'une question de jours avant que ça n'arrive. Elle en était consciente.

Le Bêta agité regarda la vieille femme comme si elle était stupide.

— Donc elle s'est réfugiée ailleurs.

— Peut-être, dit Nona évasivement, se demandant s'il ne valait pas mieux donner au jeune homme un espoir auquel se raccrocher.

— Quand est-elle *partie*, exactement ?

— Le matin après votre dernière visite.

Corday lança les mains en l'air et gronda en direction du plafond.

— Bon sang, Claire !

Nona l'attrapa par l'épaule, la serra à travers son manteau et l'éloigna des Omégas qui s'étaient regroupées non loin.

— Asseyez-vous ! ordonna Nona en le fusillant du regard.

Le Bêta obéit pour la forme.

— Claire ne voulait pas que je vous dise qui j'étais vraiment, mais je vais vous le dire quand même, parce que vous êtes un Bêta et que je sais que vous tenez à elle, mais aussi que vous ne comprenez rien.

Nona le força à se calmer avant de se lancer :

— Quand j'avais seize ans, j'ai été enlevée de chez moi et enfermée pendant des jours avant d'être vendue comme du bétail et achetée par un homme appelé David Aller. J'ai été marquée de force lors de mes chaleurs suivantes par un inconnu deux fois plus âgé que moi.

« Une fois appariée, il m'a révélée au public, et ma famille a dû accepter ce qui ne pouvait être changé, même si je les ai suppliés de m'aider. Je n'avais aucun défenseur ; je n'étais plus qu'une Oméga marquée sans aucun droit. Quand je me suis enfuie la première fois, il ne m'a fallu que deux semaines avant de perdre le sens de la réalité. J'ai été retrouvée en train d'errer dans les rues, déboussolée. L'exécuteur m'a ramenée à David comme si j'étais un animal égaré.

« Il m'a battue ; une pratique courante pour corriger les Omégas renégates. Les passages à tabac n'ont fait qu'empirer, et je me suis enfuie de nouveau quelques mois plus tard. C'était toujours la même histoire : celle du lien indéfectible qui m'unissait à un homme que je détestais et qui me contrôlait. J'ai tout essayé, tous les recours possibles, mais le cauchemar n'en finissait pas. Dix ans ont passé avant que je parvienne à l'empoisonner et à acquérir une nouvelle identité. Je rêve toujours de lui. Parfois, je pense même l'entendre… alors que David est mort depuis près de quarante ans. »

Bouche bée, Corday dévisagea la douce vieille femme qui lui révélait son histoire.

— Le marquage est sans issue, sans espoir, sans alternative. Claire n'a aucun recours. L'un d'entre eux devra mourir si elle veut avoir ne serait-ce qu'un semblant de liberté. Tuer Shepherd aurait pu la sauver, mais son heure était venue et elle le savait. Elle ne voulait pas vous inquiéter, parce qu'elle savait que vous éprouviez de l'affection pour elle.

— Claire est plus forte que vous.

— Je suis d'accord, convint Nona.

— Elle m'a dit elle-même que le lien était brisé. Pourquoi n'écoutez-vous jamais ce qu'elle dit ? Pourquoi présumez-vous toujours ?

Nona attrapa la main du garçon et fit tourner l'alliance autour de son doigt.

— Corday. Claire est partie. Elle vous a donné cette bague pour que vous ne l'oubliiez pas. Elle avait de l'affection pour vous aussi.

— Elle m'a juré qu'elle survivrait ! s'impatienta l'homme avec véhémence. J'ai choisi de croire qu'elle avait un plan. Nous avons tous vu de quoi elle était capable. J'ai foi en Claire.

— J'aime Claire comme si elle était ma fille. Je sais qu'elle était souffrante et ce qu'elle a sacrifié pour nous, mais j'espère que vous avez raison. Cela dit, si c'est le cas, alors elle est retournée volontairement auprès de Shepherd.

Tout en grinçant des dents et en la foudroyant du regard, Corday gronda :

— Elle ne serait jamais retournée auprès de lui.

— Je suis d'accord.

Frustré, Corday tourna les talons et sortit. Cette vieille femme le rendait dingue.

* * *

Une grande main chaude repoussa gentiment les mèches rebelles de son visage, ce qui tira Claire de son profond sommeil. Le ronronnement bas l'encourageait à se réveiller. À l'inclinaison du matelas, elle se douta que Shepherd était assis au bord du lit.

Ce fut l'odeur qui la fit obtempérer. L'arôme du café torréfié et du sucre. Entrouvrant ses cils encroûtés de sel, elle posa les yeux sur la table de chevet. Dessus se trouvait un cappuccino, dans une tasse blanche posée sur une soucoupe. Il avait été préparé par quelqu'un qui savait dessiner dans la mousse.

Pas la peine d'être un génie pour comprendre qu'il l'avait épiée dans l'entrepôt. Shepherd avait entendu sa conversation avec Nona et avait réagi en fonction.

— Ne me dis pas que tu as enlevé une barista, grogna Claire d'une voix ensommeillée.

Elle s'étira vers l'avant pour renifler la tasse.

— Le chef que j'ai enlevé il y a des mois pour préparer tes repas avait besoin de compagnie.

Claire hésita ; Shepherd venait-il de faire une blague ? Elle fit la moue et adressa un regard noir à l'homme qui caressait son dos étiré. Au regard qu'il lui rendit, elle comprit que la brute était très sérieuse.

Il ramassa la soucoupe pour la lui tendre et utilisa son autre main pour la relever et l'adosser aux oreillers. Assise avec la tasse dans sa main, elle but une petite gorgée et soupira. Elle ne fut pas étonnée quand Shepherd rejeta ses longs cheveux derrière son épaule pour exhiber ses seins.

— Le café te plaît ?

Shepherd ne l'avait encore jamais réveillée pour autre chose que du sexe, et certainement pas pour un café au lit. Claire ne lui faisait aucunement confiance.

— Je ne vais pas te remercier.

Mais elle but une autre gorgée, qui la fit fondre… Elle détestait reconnaître que le breuvage était divin.

Bien qu'il n'ait pas changé d'expression, Claire fut certaine qu'il était satisfait de sa réaction à son offrande.

Le coude posé sur le genou, Shepherd la regarda savourer son café.

— Maryanne Cauley est dans la Citadelle en ce moment-même, lança-t-il.

Tasse et soucoupe s'entrechoquèrent, et toute sa félicité s'évapora.

— Tu m'as promis que tu ne lui ferais aucun mal !

— Et je ne l'ai pas touchée, rétorqua Shepherd, un sourcil haussé. Mais je ne peux rien promettre si elle est venue ici pour t'enlever.

— Étant donné la façon dont tu m'as récupérée, ça m'étonnerait que quiconque sache que je suis ici, cracha Claire agressivement. Je t'ai suivi de mon plein gré pour respecter ma part du marché, et je n'essaierai pas de fuir tant que tu respecteras la tienne.

Il se mit à ronronner et à caresser sa chevelure.

— C'est tout ce que je voulais entendre.

— Est-ce que je pourrais lui parler ? finit par demander Claire sans le regarder.

Bien sûr que Shepherd allait s'opposer à sa requête, il savait qu'elle le savait. Il lui reprit sa tasse vide et sa soucoupe en poussant un profond soupir.

— Je ne désire pas argumenter avec toi.

— Alors tu ferais aussi bien de retourner torturer Thólos, et moi de rester assise ici comme une bonne captive, à contempler les murs.

Shepherd s'approcha de Claire, qui recula et s'enfonça dans les oreillers.

— Quel est ton lien avec mademoiselle Cauley ? demanda-t-il en effleurant ses lèvres avec les siennes.

Si proche de lui, Claire se sentit… déchirée.

— Maryanne était ma meilleure amie quand nous étions enfants.

Il caressa son bras, comme pour récompenser sa bonne conduite.

— Je trouve ça difficile à croire. Cette femme est une voleuse et une putain.

— Comme toi, elle aussi était innocente autrefois…, rétorqua Claire en fronçant les sourcils. Même si, contrairement à toi, elle essaie apparemment de se racheter. C'est juste qu'elle ne sait pas trop comment s'y prendre.

— Tu détiens toute la bonté, et moi tout le pouvoir, ronronna Shepherd en déposant un baiser sur ses lèvres molles.

— Comme tu dis, répondit Claire d'une voix plate, en ignorant sa tentative de l'embrasser.

— As-tu mal… ici ? demanda-t-il en glissant les doigts sous la couverture pour effleurer son mont de Vénus.

D'une seconde à l'autre, il émettrait le grognement du rut, qui la forcerait à écarter les cuisses.

— Est-ce important ?

La main s'éloigna. Shepherd caressa ses lèvres boudeuses.

— Tu vas te reposer aujourd'hui. Je vais faire envoyer de la nourriture. Si j'apprends que tu n'as pas mangé, une des quarante-trois vies le paiera.

— Inutile de les menacer, dit Claire, refusant de jouer à son petit jeu. Je t'ai donné ma parole.

— À la bonne heure, ma petite, dit Shepherd d'un ton assuré en se levant du lit.

Il lui adressa un long regard tandis qu'elle se pelotonnait sous les couvertures pour se rendormir, puis sortit en silence et en éteignant derrière lui.

Lorsqu'elle se réveilla ensuite, de la nourriture l'attendait sur la table. Elle prit une douche et enfila une des robes féminines que Shepherd semblait vouloir qu'elle porte, puis regarda les œufs mimosa. Un chef était séquestré quelque part dans ce sous-sol juste pour lui préparer ses repas. Elle voulut lever les yeux au ciel face à ce geste étrange qu'elle avait longtemps ignoré, mais dont elle était consciente depuis le tout début. Les légumes en conserve et les produits carnés produits en masse s'étaient transformés en cuisine fine une semaine ou presque après son arrivée. Cette confirmation n'aurait rien dû changer, mais cela la dérangeait qu'il l'ait mentionné. Maintenant, elle était forcée de faire quelque chose.

Ce qui la contrariait le plus, c'était que le chef en question était probablement plus en sécurité ici qu'à la surface. Claire soupçonnait même qu'il ou elle venait du manoir du Premier ministre. Shepherd était un homme méticuleux. Il n'aurait pas enlevé n'importe qui… mais une personne connue, une célébrité. Et il l'avait fait uniquement pour lui faire plaisir.

Claire mangea chaque bouchée de son assiette, même si la nourriture était trop riche et que son estomac se rebellerait forcément. Elle avala ensuite les vitamines et le verre de lait. Sans surprise, elle vomit le tout environ une demi-heure plus tard, mais elle n'aurait rien pu y faire.

Elle reprit ensuite ses va-et-vient habituels, sa seule forme d'exercice. Maintenant que son esprit était moins embrouillé, elle devait tirer certaines affaires au clair. Shepherd savait où se cachaient les Omégas, qui était Corday et le rôle qu'avait joué Maryanne – la femelle Alpha avait été le seul maillon de cette chaîne dont il ignorait l'existence avant qu'elle n'en ait parlé. La vraie question, maintenant que Shepherd l'avait retrouvée, était de savoir quel maillon il avait découvert en premier. Étant donné le timing de son apparition, il lui semblait que la réponse était Corday. Ce qui voulait dire que Shepherd pouvait à présent anéantir tous les efforts de la résistance.

Ainsi, ceux qui sont experts dans l'art de la guerre soumettent l'armée ennemie sans combat. – Sun Tzu.

Shepherd avait infiltré la résistance… mais cela n'avait dû se produire que très récemment. Autrement, il l'aurait retrouvée dès la première nuit de sa fugue.

Ses pieds nus interrompirent leurs pas traînants, et elle s'immobilisa en mâchouillant sa lèvre. Le grincement du verrou attira son attention. La porte s'ouvrit et Jules entra, un plateau dans les mains.

Comme le Bêta aux yeux bleus refusait de faire attention à elle, elle prit la parole :

— Bonjour, Jules.

Il échangea les plateaux et grogna :

— Vous avez drôlement bien réussi votre attaque sur la Crypte.

Surprise qu'il lui réponde, même s'il évitait son regard, elle grommela :

— Pas si bien que ça, si je suis de retour ici.

Le mâle ne répondit pas ; il se contenta de marcher vers la porte.

Le nom synonyme de Satan dans son esprit franchit ses lèvres :

— Svana. Cette femme vous ruinera tous… Vous le savez.

L'homme s'arrêta brusquement et pivota la tête juste assez pour qu'elle puisse voir son profil.

— Il serait sage que vous choisissiez vos sujets de conversation avec plus de retenue.

Claire renifla et observa le Bêta soudain immobile.

— Vous suivez une folle.

— Je suis Shepherd.

Claire sourit avec un soupçon de méchanceté avant de se moquer de l'homme :

— Et il l'aime. Votre argument n'est pas valide.

— C'est l'avenir qui compte, et pas votre opinion simpliste.

— J'en suis bien consciente, merci.

À hauteur de la porte, il lui lança, par-dessus son épaule :

— Ne mesurez pas votre valeur sur base d'une réussite mineure, mademoiselle O'Donnell.

— Vous avez raison. Je la mesure sur base de mes innombrables échecs.

— Vous luttez pour ce en quoi vous croyez mais, quand vous vous êtes sentie faiblir, votre réaction a été de quérir une mort insignifiante. La mienne est de passer les années qu'il me reste à vivre à servir une cause supérieure. Je verrai le monde transformé, amélioré. Vous et moi ne sommes pas si différents. J'ai simplement choisi d'être plus fort et de payer le prix pour ce changement.

Claire ignorait d'où sortaient ces mots et pourquoi ils semblaient si importants.

— Votre logique est corrompue. J'ai choisi de mourir avant de devenir comme vous, ce qui me rend plus forte que vous.

L'homme lui fit face une dernière fois. Ses yeux saisissants étaient troublants.

— Cela ne vous rend pas plus forte. Cela fait de vous une lâche.

Claire eut l'impression qu'il l'avait frappée. Son explosion n'avait déchaîné qu'une brise murmurante… car il y avait une trace de vérité indéniable dans les paroles de Jules.

Il n'y avait rien d'autre à dire, et l'homme lui tourna le dos comme si elle n'était rien. La porte se referma dans un bruit sourd. Elle resta plantée là pendant une éternité, engourdie, à regarder le métal. Elle finit par se diriger vers le plateau, mâcha et avala sans faire attention à ce qu'elle mangeait, et ne le remarqua même pas lorsqu'elle ne fut pas malade.

Elle repensa à ce livre idiot, *L'Art de la guerre* de Sun Tzu, et à tout ce qu'il avait accompli. Claire se souvint : *Et c'est pourquoi ceux qui sont experts dans l'art militaire font venir l'ennemi sur le champ de bataille et ne s'y laissent pas amener par lui.*

C'était ce que Jules venait de lui démontrer.

Alors, comment pouvait-elle déplacer une montagne ? Ses mots n'avaient aucun poids aux yeux de Shepherd, leurs disputes finissaient toujours en ébats… En revanche, ses actions l'avaient affecté plus d'une fois. À l'occasion, elle l'avait distrait de son plan. Le monstre avait même dit qu'il l'aimait, à sa manière tordue. Cela lui donnait une certaine influence sur lui, et elle devait à présent apprendre comment la manier.

Ses yeux verts se posèrent sur la peinture de coquelicots toujours posée contre le mur – un projet abrutissant qui avait rendu sa cellule plus tolérable. Le fichu lien dans sa poitrine palpita. Elle avait besoin de susciter une réaction, aussi petite soit-elle. Il lui fallait un endroit par où commencer.

Distraitement, elle prépara ses peintures, son esprit envahi par une image, une vérité nue. Elle n'avait pas besoin de beaucoup de couleurs : le monde n'était que nuances de gris sous un ciel plombé.

Chapitre 9

Alors qu'elle était toujours plongée dans son travail, les charnières de la porte se mirent à siffler. Claire ignora l'entrée et l'approche du géant, même quand il posa sa grande main sur la table, juste à côté de sa peinture.

La bête se pencha et poussa un grognement grave, mécontent.

— Jette-la.

Claire était concentrée sur les dernières touches ; à petits coups de pinceau, elle exagéra les fissures dans le Dôme.

— Pourquoi ?

Elle avait peint son dernier matin de liberté, la mort qui lui avait été arrachée sur la glace.

Son implication était brutale et terrible.

Il approcha ses lèvres de son oreille, et son souffle fit voleter ses cheveux.

— As-tu peint ça pour me contrarier, ma petite ?

— Non, répondit-elle en plongeant la pointe du pinceau dans le pot de peinture noire.

Elle sentit sa main rassembler ses cheveux, puis tirer délicatement sa tête en arrière, l'éloignant de son projet. Shepherd ne lui faisait pas mal, il se contentait de redresser l'Oméga pour qu'elle croise ses yeux plissés.

— Tu vas peindre autre chose, dit-il sévèrement en étudiant son expression.

— Je l'aime bien, pourtant, déclara Claire, les sourcils froncés, en posant le pinceau sur la table.

— Et *moi,* je n'apprécie pas ce qu'il insinue.

Il lâcha ses cheveux pour lui arracher la toile offensante et contempler avec amertume l'illustration de ses derniers instants de liberté… Claire avait modifié le cours de l'histoire et représenté la glace crevassée, un trou béant à ses pieds – suggérant qu'elle avait trouvé la mort.

— D'accord, le défia Claire. Alors je vais te peindre, toi.

Shepherd renifla en froissant le papier humide dans ses mains. Lorsqu'il eut fait une boulette de la peinture, il la lança dans la poubelle et, voyant que Claire soutenait toujours son regard de manière provocatrice, s'installa lentement en face de sa partenaire.

Il n'avait ôté ni son manteau ni son armure, et était exactement tel que Claire l'avait vu lorsqu'elle était entrée dans la Citadelle pour la première fois : intimidant et furieux.

Ce jour-là, le vague état onirique provoqué par ses chaleurs l'avait rendu attirant à ses yeux. Mais, en observant Shepherd aujourd'hui, sa vision déformée par la colère, le dégoût et leur lien rétabli... sa perspective avait complètement changé. Claire tendit la main vers une nouvelle feuille de papier et analysa objectivement l'objet de ses cauchemars, les marques Da'rin qui remontaient le long de son cou et sa collection de cicatrices.

L'argenté de ses yeux ne flancha pas, mais son regard se fit plus sévère lorsque Claire plissa les yeux et se pencha vers lui. Puis elle tourna son attention vers le papier et, comme par magie, les contours de son visage commencèrent à apparaître.

Toutes les quelques secondes, son regard inquisiteur se posait sur l'Alpha immobile, courait sur les traits qu'elle était en train de travailler, puis se reposait sur le papier. Le contour de sa mâchoire, puis ses cheveux coupés à ras, furent capturés en nuances de noir. Plongée dans son travail, Claire commença à esquisser la bouche, barrée de la cicatrice qu'elle avait apparemment trouvée belle. Si elles n'avaient pas été ainsi défigurées, Claire aurait même reconnu que ses lèvres auraient pu être alléchantes – leur rondeur presque fascinante. Maintenant qu'elle y regardait de plus près, elle vit que son nez n'était pas droit. Il y avait de petites déviations par endroits, là où il avait été brisé et remis en place plus d'une fois.

De minuscules cicatrices parsemaient ses cheveux rasés, à la naissance de ses cheveux et sur son front.

Son portrait était presque terminé, et seul un trait avait été omis. Claire inspira profondément et se força à plonger ses yeux dans ceux de Shepherd. Leur couleur argentée lui était si familière qu'elle aurait pu les peindre mille fois de mémoire, mais chaque portrait aurait dépeint un regard intimidant, impressionnant. Or, à cet instant, ses yeux brillaient presque de satisfaction ; l'agression et la concentration du prédateur étaient contenues.

Il lui fallut une éternité pour coucher une telle expression sur le papier. Elle essaya et réessaya, mais ses interprétations n'étaient jamais justes.

Comment pouvait-on capturer un tel regard ?

— Tu es tourmentée, commenta Shepherd, mécontent de la voir fusiller son portrait du regard.

Elle retenta de capturer son expression.

— Je n'arrive pas à saisir tes yeux.

Lentement, il tendit la main et prit le pinceau de ses mains tachées de peinture. Il tourna le portrait avant de demander :

— Est-ce ainsi que tu me vois ?

Quelle question étrange… Bien sûr qu'elle le voyait ainsi, raison pour laquelle elle l'avait peint de cette manière.

— Je suis plus douée pour peindre les paysages.

— Tu m'as changé, dit-il d'une voix étrange.

— Le regard n'est pas juste.

Elle rassembla ses fournitures, se leva et contourna la table pour aller nettoyer ses pinceaux. Une grande main l'arrêta dans son élan et l'attira vers lui. Il lui prit ses peintures et les reposa sur la table avant de passer son bras autour de sa taille.

Shepherd leva les yeux vers la femme aux cheveux noirs qui l'avait peint.

Éloignant ses mains pour ne pas salir son manteau, elle resta debout, mal à l'aise. Elle ne comprenait pas pourquoi il la contemplait avec une telle expression. Elle n'avait rien fait pour adoucir son portrait : chaque cicatrice, chaque marque, chaque aspect de lui était représenté sur le papier.

Shepherd la fit asseoir sur ses genoux.

L'observant comme on observe un serpent, Claire s'assit avec raideur. Il commença à toucher son visage, à glisser ses doigts dans ses cheveux, et ses lèvres – ces lèvres pleines qu'elle avait si parfaitement peintes –, se posèrent sur les siennes.

Son baiser, quoique langoureux, était insistant, même lorsqu'elle se plaignit contre sa bouche :

— Je vais te salir.

— Alors salis-moi, murmura-t-il en souriant, ses lèvres taquinant les siennes.

Une langue chaude darda dans sa bouche. Shepherd la serra avec force… mais elle ne lui rendit pas son baiser.

Du bout des lèvres, il traça le contour de sa mâchoire, goûta sa gorge, mordilla son oreille, et ce sans quitter des yeux le portrait posé sur la table.

— Embrasse-moi, ma petite, ronronna-t-il contre sa peau.

— Non.

Le monstre rit tout bas et reprit possession de sa bouche avec ferveur, cambrant son corps jusqu'à ce que son dos heurte la table. Claire se retrouva couchée sur ses peintures et les sentit imprégner sa robe. Shepherd s'en moquait ; tout ce qu'il désirait, c'était dévorer son corps.

Il déchira le tissu, et sa robe s'ouvrit par le milieu.

— Les peintures ! s'écria Claire en essayant de se dégager, ne voulant pas les gaspiller.

— Ne sont rien comparées à ceci.

L'homme batailla avec sa braguette et, en grondant, enfouit son nez entre ses seins.

Ses lèvres se refermèrent sur un téton, qu'il lécha d'un coup de langue avant de descendre vers son pubis. Il l'attaqua et goûta un endroit qu'il n'avait pas savouré depuis qu'il l'avait récupérée. Claire essaya de le repousser et couina en donnant des coups de pied, mais Shepherd tint bon.

Redressée sur ses coudes, abasourdie, Claire tortilla ses hanches pour essayer d'échapper à un acte si intime. Il observa chacune de ses expressions sans cesser de darder sa langue dans sa chatte et libéra sa queue de son pantalon.

Lorsque les jambes de Claire se mirent à trembler, que son souffle ne fut plus qu'un halètement étouffé, il la lapa et sembla savoir exactement où poser sa langue pour qu'elle jouisse. Au moment de l'orgasme, son visage prit un air douloureux. Un cri bref et incohérent franchit ses lèvres lorsque la pelote de plaisir intense que l'homme avait tricotée en elle explosa. En réaction, Shepherd gronda, darda sa langue encore plus profondément et se masturba vigoureusement sous la table.

Les gémissements de Claire se firent enragés. Dans son poing, Shepherd serra le nœud qui était en train de se former pendant que sa semence éclaboussait le sol. L'odeur du sperme imprégna l'air, et il embrassa tendrement l'intérieur des cuisses de Claire, roucoulant à son goût délicieux.

Elle se laissa retomber sur la table et regarda d'un air vide le plafond gris qu'elle connaissait par cœur. Elle essaya d'ignorer le fait que ses cuisses étaient posées sur les épaules de l'Alpha, qu'il était en train de la lécher et que, une fois encore, il connaissait comme sa poche les réactions de son corps. Svana n'avait-elle pas affirmé qu'ils s'étaient partagé d'autres Omégas ?

Cette pensée fit brûler sa poitrine et lui inspira une douleur physique instantanée.

— Qu'est-ce qui ne va pas, ma petite ? demanda Shepherd en retirant sa langue de sa fente. Je ne t'ai pas montée. Tu ne devrais pas avoir mal.

— Je n'ai pas mal, répondit Claire machinalement.

Il sema d'autres baisers doux sur l'intérieur de ses cuisses et ronronna férocement.

— Je remplacerai tes peintures, promit-il. Inutile d'être si bouleversée.

Pour gagner la guerre, elle allait devoir mener la bataille. Elle ferma les yeux et se persuada qu'elle pouvait y arriver.

— Il ne s'agit pas des peintures. Je pensais aux Omégas.

— Elles sont en sécurité, comme je l'ai promis. Mes hommes les surveillent de loin.

Il goûta de nouveau son sexe, satisfait de la voir se cambrer au moindre baiser posé sur son bourgeon ferme.

— Pas ces Omégas-là, rétorqua Claire en poussant un cri. Celles que tu as partagées avec Svana.

Shepherd se figea et hésita avant de parler.

— Pourquoi pensais-tu à elles ?

Claire se força à ouvrir les yeux, leva la tête et vit que Shepherd l'observait attentivement.

— Je me demandais si elles avaient eu peur ou s'étaient senties honteuses.

— Elles étaient consentantes, répondit-il en grognant chaque mot.

— J'ai l'impression que tu ne comprends pas le sens de ce mot. Les chaleurs embrouillent l'esprit, expliqua-t-elle, bien placée pour le savoir. Leur avez-vous parlé avant ou après ?

— Non.

Alors elles étaient probablement mortes.

— Ça me rend triste.

Ses grandes mains accompagnant un ronronnement presque hésitant, Shepherd la caressa du genou à la hanche.

— Ne sois pas triste, ma petite.

Claire s'allongea, les yeux rivés au plafond.

— Je ne me rappelle pas comment être heureuse.

* * *

Lorsque Corday revint, Leslie était assise sur son canapé, occupée sur l'écran COM.

Ses lèvres étaient pincées et elle était visiblement contrariée.

— Un autre rendez-vous avec votre Claire ?

— Non, répondit Corday en ôtant son manteau, dos à la femelle Alpha.

— Mais son odeur vous accompagne, dit Leslie en s'approchant, le ton plus léger. Comment va l'Oméga ?

Les yeux fatigués, les traits tirés, déçu, Corday s'apprêta sans enthousiasme à répondre à Leslie.

— Claire a…

Quelqu'un frappa à la porte ; ce n'étaient pas les grattements timides de Claire, mais un coup arrogant. Pistolet à la main, Corday fit signe à Leslie de reculer.

Le minuscule judas lui révéla une inconnue.

— Je vous entends respirer de l'autre côté du battant, exécuteur. Ouvrez ou je tournerai la poignée de la porte que j'ai déjà forcée, annonça Maryanne en souriant. J'essayais juste de me montrer polie.

Corday attrapa la poignée et découvrit que la porte était effectivement déverrouillée. Il l'entrouvrit juste assez pour pointer l'arme vers le visage de la femme.

Celle-ci renifla et balaya sa menace insignifiante d'un geste de la main.

— Je vous ai vu en train de rôder autour du tas d'ordures des Omégas. Ta-da ! c'étaient *bien* des relents d'exécuteur que j'ai sentis sur elle quand elle est venue me voir. Maintenant que je la sens sur vous, je vois que j'avais raison, comme d'habitude. Laissez-moi entrer, je veux parler à Claire.

— Elle n'est pas là, siffla Corday, les dents serrées.

— Mon cul ! cracha la femme en examinant l'appartement par-dessus l'épaule de Corday.

— Vous avez trois secondes pour me dire qui vous êtes avant que je vous tire dessus.

— Oh, bouclez-là, mon mignon, dit la blonde en le repoussant. Je suis venue voir mon amie.

— Claire O'Donnell n'est pas votre amie.

Mais Corday éprouva néanmoins une lueur d'espoir ; peut-être étaient-elles vraiment amies… Il pouvait sentir des traces de l'Oméga sur les vêtements de l'étrangère.

Il referma la porte et la vit balayer son domicile des yeux, puis froncer les sourcils lorsqu'elle ne vit aucun signe de Claire.

Maryanne lâcha la brassée de vêtements par terre.

— Elle les a laissés chez moi. Surtout, ne me remerciez pas de vous les avoir ramenés.

Elle s'enfonça dans l'appartement, ses yeux brun chocolat se posant aussitôt sur la belle Alpha debout dans un coin, en train de la surveiller de ses yeux perçants.

— Mais qu'est-ce qu'on a là ?

— C'est ma petite amie, Monica, répondit Corday en passant une main dans ses cheveux.

— Bien essayé, exécuteur, lança la blonde en levant les yeux au ciel. Mais tous ceux qui se tiennent au courant des ragots savent que Leslie Kantor pleure feu le Premier ministre Callas.

Maryanne sourit avec méchanceté en regardant la brune, puis la taquina :

— J'ai couché avec lui deux fois pour m'éviter la prison. Il était d'un nul ! Vous l'avez échappé belle quand il a refusé votre demande en mariage.

— Qui êtes-vous ? s'enquit Leslie en se renfrognant.

Maryanne ignora la nièce pourrie gâtée du sénateur Kantor et reposa son attention sur Corday.

— Je vous ai senti dans son appartement et sur ses vêtements, et son odeur imprègne cette pièce, gronda-t-elle. Pourtant, elle n'est ni ici ni avec ses Omégas… Alors où est Claire ?

— Qu'est-ce que vous savez au sujet des Omégas ? demanda Corday en montrant les dents.

— Qui a choisi ce dépotoir pour leur nouvel abri douillet, à votre avis ? Claire ? lança Maryanne en levant les yeux au ciel quand l'homme lui jeta un regard mauvais. Que la Déesse nous vienne en aide ! Vous pensiez vraiment qu'elle les avait libérées toute seule ?

Les femelles Alphas agressives et les mâles Bêtas dominants n'étaient pas faits pour s'entendre. L'air était saturé de tension et de méfiance.

Mais Maryanne n'avait pas fait tout ce chemin pour rien.

— Je veux parler à cette folle furieuse. Je vais vous le demander une dernière fois, *exécuteur Corday*. Eh oui, je sais qui vous êtes. Alors, où est Claire ?

— Claire a disparu, OK ? siffla Corday, lèvres retroussées, épaules tendues. Je ne sais pas où elle est.

L'espace d'un instant, Maryanne parut inquiète et l'étudia comme si sa réplique cachait autre chose. S'il disait vrai, alors cela ne laissait malheureusement que deux possibilités.

— Je vous crois, dit-elle. Alors elle est probablement morte… Ou Shepherd a remis la patte sur elle.

Et voilà la raison pour laquelle Corday se sentait si misérable.

— Je ne pense pas qu'elle soit avec Shepherd…

Si Shepherd l'avait récupérée, alors le tyran aurait su où le trouver. Les Omégas auraient déjà disparu et l'accès de Leslie à leurs réseaux de communication aurait déjà été coupé.

— Ouais, pas faux, fit Maryanne d'un air pensif, cachant ses doutes derrière un sourire suffisant. Si c'était le cas, vous et moi prendrions déjà de la Citadelle. Sauf si, bien sûr, elle nous a échangés, sa meute d'Omégas bien-aimée et nous, contre son obéissance. L'abrutie est assez bête pour y croire, vous savez ?

— Elle ne serait pas retournée auprès de lui.

C'était impossible. Tout en Corday lui assurait le contraire. Il avait vu ce que le monstre lui avait fait… ce qu'elle avait subi. Il caressa la bague autour de son petit doigt et s'approcha de la porte. Il l'ouvrit pour que son *invitée* comprenne l'allusion.

Avant de sortir, Maryanne se retourna une dernière fois vers l'exécuteur.

— Je la connais mieux que personne. Je sais aussi qu'elle voulait mourir… Raison pour laquelle je vais prier pour qu'elle ait fait le pas, plutôt que l'alternative plus horrible. Merci pour *rien*, exécuteur Corday.

Il lui claqua la porte au nez.

Corday se tourna vers Leslie et trouva la femme d'habitude directe anormalement muette.

L'avertissement de l'étrangère le troublait.

— Si Shepherd est en possession de Claire, si elle a passé un genre de marché pour nous épargner, alors il doit être au courant pour vous, Leslie. Si tout ceci est vrai, alors tous les renseignements que vous nous avez révélés sont compromis… inutiles.

Leslie semblait prête à briser quelque chose.

Chapitre 10

Claire dormait d'un sommeil agité à côté de lui. Il lui avait fallu faire beaucoup d'efforts pour la mettre à l'aise. À son retour, Shepherd l'avait trouvée en train de vomir, recroquevillée dans la salle de bain. Au bout d'heures de caresses et un bouillon clair, ses grognements tourmentés s'étaient enfin mués en ronflements. Claire endormie, le lien palpita de manière plus harmonieuse et Shepherd put travailler à ses côtés.

Les rapports sur les mouvements de l'exécuteur Corday étaient loin d'être satisfaisants. Svana était toujours planquée dans son appartement et Maryanne Cauley, cette emmerdeuse, était passée voir Claire.

Les intentions cachées de ces deux femmes n'étaient pas claires. Svana jouait avec la résistance ; pour quel motif, Shepherd l'ignorait, mais il savait qu'elle avait une idée derrière la tête.

Durant leurs nombreuses années de relation, il n'y avait jamais eu de secrets ou de ligne de démarcation entre eux. Ordonner à Jules de ne pas relâcher sa surveillance avait été… difficile. Analyser ses mobiles comme il avait étudié ceux des sénateurs, épié leurs familles, leur travail, pendant toutes ces années, perturbait beaucoup Shepherd.

Cette femme n'était plus la révolutionnaire qu'il avait aimée avec chaque fibre de son être. Le pire, c'était qu'il ignorait où elle avait caché la contagion. Il avait perquisitionné tous les endroits habituels, mais était revenu les mains vides. Et cela le mettait mal à l'aise.

Svana voulait lui rappeler qu'elle détenait le pouvoir. Papillonner autour du Bêta alors qu'elle savait qu'il l'épiait était sa manière peu subtile de lui rappeler qu'elle était aux commandes.

Elle usait de ses manigances avec la résistance. Leslie Kantor voulait que les rebelles la considèrent comme précieuse, et ce même si elle devait pour cela leur fournir des fragments d'information qui risquaient d'affaiblir le pouvoir de Shepherd.

Svana se moquait de lui.

Pourquoi ?

Au fond, il devait y avoir autre chose que son ressentiment envers Claire.

Jusqu'ici, seule Maryanne Cauley semblait lui avoir mis des bâtons dans les roues.

« *...quand il a refusé votre demande en mariage.* »

Comment une femme comme Maryanne pouvait-elle être en possession de renseignements dont même Shepherd n'avait jamais entendu parler ? Et pourquoi Svana s'était-elle retenue de briser la nuque de la blonde ?

Et, surtout, comment se pouvait-il que Svana n'ait pas remarqué le regard de suspicion que l'exécuteur lui avait lancé lorsqu'il avait entendu cette accusation ?

« Complexes » n'était pas le terme adéquat pour décrire les sentiments qui s'enchevêtraient dans ce problème. En son for intérieur, Shepherd aurait voulu continuer à se fier à Svana comme il l'avait toujours fait. Quant à la petite Oméga aux cheveux de jais blottie contre son flanc… Un seul regard sur elle, et Shepherd se sentait perdu.

Il ne pourrait jamais faire confiance à Svana à proximité de Claire. Ce fait le chagrinait.

Et c'était en substance la raison pour laquelle Svana restait auprès de l'exécuteur. Elle savait que la loyauté indéfectible de Shepherd avait été ébranlée et elle le narguait en encourageant un nouveau champion. Elle touchait le Bêta dès que l'occasion s'en présentait, était toujours belle et charmeuse avec lui.

Essayait-elle de séduire Corday pour ensuite faire étalage de sa conquête ?

De toute sa vie, jamais Shepherd n'avait jonglé avec tant de questions sans réponses. Les solutions avaient toujours été évidentes, son parcours inaltérable.

Il savait à présent qu'il allait devoir modifier son plan de manière substantielle. Il allait devoir trouver la contagion et s'assurer de la cacher hors de portée de Svana. Lorsqu'il lui aurait arraché son plus grand atout, il pourrait raisonner avec sa bien-aimée, peut-être même lui trouver un mâle Oméga afin qu'elle aussi soit initiée.

Leur partenariat et leur riche histoire n'avaient pas à être anéantis par la dévotion naturelle qu'il portait à une partenaire Oméga si gratifiante.

Rassuré, Shepherd relut le dernier rapport. Quelque chose l'intrigua dans la transcription. Comme Claire le lui avait dit, Maryanne Cauley, une sous-fifre qu'il avait autrefois considérée comme sans importance, semblait être *attachée* à sa partenaire.

D'après son expérience, Maryanne Cauley était facile à contrôler, une créature uniquement mue par l'instinct de survie. Shepherd pourrait de nouveau l'utiliser pour améliorer le plan de Jules et gagner plus que l'obéissance de Claire. Elle pourrait se révéler être un instrument précieux, et il savait que la femelle Alpha égoïste serait disposée pour le bon prix.

Alors qu'il élaborait son stratagème, Claire se retourna dans son sommeil. Distraitement, Shepherd se mit à ronronner et à tracer les rides entre les sourcils de l'Oméga jusqu'à ce qu'elles disparaissent.

Avant de pouvoir tout arranger, il allait devoir remédier à une série de problèmes. L'Oméga ne montrait aucun des signes d'affection qu'elle avait affichés avant leur récente… complication. Pendant ses heures éveillées, elle ne passait pas son temps à nicher comme avant. Il devait à tout prix encourager les habitudes d'une Oméga enceinte, mais elle ne se touchait plus le ventre comme elle aurait dû – elle ne faisait jamais attention à l'enfant qu'il avait placé dans son ventre, même s'il était la source de ses nausées presque continuelles. Ce n'était que dans son sommeil qu'il lui arrivait de poser une main sur son bébé et, même ainsi, elle semblait… troublée.

Claire était également extrêmement réticente à ce qu'il la touche. Pourtant, quand il prenait l'initiative sexuelle, elle était très réactive.

Ils étaient de retour à la case départ.

Shepherd la maintenait dans un état orgasmique presque continu et la prenait si souvent que ses pupilles restaient à moitié dilatées, comme au début des chaleurs. Il était nécessaire qu'elle continue de récupérer, que leur lien reste frais et incontesté, qu'il la soulage. Mais, bien qu'elle soit avide de plaisir, elle ne murmurait ni ne scandait plus son nom, ne semblait s'impliquer qu'à moitié.

Une fuite hors de la réalité.

Lorsque la femme endormie se fut calmée, Shepherd retourna aux derniers rapports. Il ne restait que huit semaines avant que les transports emmènent ceux qui s'étaient ralliés à sa cause assiéger le Dôme Greth, avant que sa nouvelle vie commence. Le sang et le titre de Svana feraient d'elle la reine sauveuse d'un peuple qui, d'après leurs informations, était sévèrement opprimé. La transition se ferait sans heurt ou presque. Bien sûr, il y aurait des révoltes et des affrontements durant les premières semaines, le temps que le régime usurpateur soit décimé. Mais Shepherd avait en réserve des disciples de valeur pour porter son étendard, et le gouvernement de Greth était loin d'imaginer le cauchemar qui s'abattrait bientôt sur lui.

Le meilleur dans tout ça, c'était que pendant que Shepherd prospérait et apportait à Claire toutes les choses qui la rendraient heureuse, il ne resterait que des cadavres pourrissants dans cet endroit qu'il détestait de tout son cœur.

Les derniers survivants de Thólos succomberaient tous à la peste.

Shepherd sourit en triturant une mèche de cheveux noirs. Il se sentait épanoui, en parfaite harmonie avec l'univers… jusqu'à ce qu'il l'entende crier.

Cela n'avait été qu'un petit bruit dans le noir, une voix teintée de peur… un appel au secours.

Il bougea machinalement et s'empressa de la prendre dans ses bras.

— Je suis là, ma petite.

Shepherd sut qu'elle n'était pas complètement réveillée quand, au lieu de se raidir à son toucher, elle empoigna le tissu de sa chemise et l'attira vers elle, le pressant de l'envelopper dans sa chaleur et sa force.

Claire déglutit, le souffle court, en essayant d'oublier les cris des détenus et les images des hommes qui faisaient la queue pour la blesser dans son rêve. Un énième horrible cauchemar de la Crypte de l'enfance de Shepherd ; une prison remplie de démons et qui engendrait des monstres. Maryanne l'avait même prévenue que certains d'entre eux rôdaient toujours dans ses tréfonds.

Shepherd dégagea les cheveux de son visage et essaya de la calmer.

— Tu laisses tes ruminations affecter ton sommeil.

Claire relâcha aussitôt sa prise sur le monstre qui lui inspirait ses cauchemars.

— Je vais bien.

— Tu n'aurais pas appelé ton partenaire si tu n'avais pas eu peur.

Shepherd les fit rouler sur le matelas et la serra contre son torse. Claire pourrait dormir sur lui, comme elle l'avait fait avant les complications des dernières semaines. Dans cette position, ses vibrations l'apaiseraient bien plus, et la haine s'envolerait de son regard, remplacée par une expression vague et satisfaite.

— Quelle heure est-il ?

— Un peu après seize heures, répondit Shepherd sans la laisser bouger.

Bon sang, elle était encore tellement épuisée malgré ses longues heures de repos. Trop fatiguée pour protester quand les bras épais l'enlacèrent et la caressèrent, elle éprouva néanmoins de la culpabilité à se sentir rassurée.

— Je déteste les heures passées ici-bas, se plaignit-elle. Tout tourne à l'envers.

— Si tu avais dormi pendant la nuit au lieu de lutter contre le repos dont tu avais besoin, tu aurais déjà retrouvé un rythme régulier.

Claire poussa un grognement irrité en entendant son sermon. C'était sa faute si elle n'arrivait pas à dormir, sa faute si son esprit était *déséquilibré*, sa faute si elle avait fait un cauchemar, sa faute si elle pouvait de nouveau ressentir et que tout ce qu'elle ressentait était horrible…

— Je veux sortir, marmonna Claire contre le tissu de sa chemise.

Était-ce pour l'agacer, pour le tester ou parce qu'elle en avait besoin ?

Son ronronnement cessa.

Un silence s'étira entre eux ; leur mécontentement mutuel était palpable. Elle tambourina avec ses doigts sur son torse pour lui faire comprendre qu'elle attendait une réponse – et qu'il n'y avait qu'une seule bonne réponse.

— Tu vas d'abord manger et te laver, gronda-t-il, irrité. Quand nous nous serons accouplés... je t'emmènerai voir ton ciel.

Quel romantisme !

— Je veux manger des frites avec de la mayonnaise, continua Claire, d'humeur à faire la difficile.

— Non, refusa-t-il en passant ses doigts dans ses cheveux.

— Et un milk-shake au chocolat.

— Non.

Shepherd caressa sa colonne vertébrale. Il espérait qu'elle se rendormirait et oublierait sa demande de voir le ciel.

— Des framboises, beaucoup de framboises.

— Ça, tu peux en avoir.

Sachant qu'il essayait de la distraire pour qu'elle oublie sa demande, et sentant qu'il était sur le point d'atteindre son objectif, Claire commença à se tortiller et à s'étirer comme un chat en faisant craquer sa colonne vertébrale. Il fit tout pour l'empêcher de se lever et de s'échapper. Avec un seul bras en travers de son corps – un bras qui pesait une tonne –, il l'immobilisa et commença à peloter ses fesses. Elle finit par le mordre et par prendre la poudre d'escampette.

Shepherd trouva son petit manège amusant.

Elle entra dans la salle de bain en ignorant l'éclat de rire du géant allongé sur le lit. Une longue douche prise complètement seule lui permit d'effacer les derniers vestiges de son cauchemar. Ce n'était pas la première fois qu'elle rêvait qu'elle était enfermée dans une cellule, la partie supérieure de son corps enfoncée dans un lit de camp puant pendant qu'un diable la prenait sauvagement. Derrière les barreaux, une foule d'Alphas les regardait et attendait. Leurs visages se déformaient, et ils grondaient et jappaient, tendaient les mains à travers les barreaux en métal, s'étiraient de manière inhumaine jusqu'à presque la toucher.

Claire ne voulait plus penser ni à la Crypte ni à toutes les choses qui y étaient enfermées, mais les résurgences du rêve semblaient s'accrocher à sa mémoire comme une tache tenace que même le jet d'eau brûlant ne pouvait rincer.

Elle ferma le robinet, peigna ses cheveux devant le miroir embué et eut l'impression que le reflet flou de la femme était celui d'un fantôme.

Elle éteignit la lumière, retourna dans la pièce principale de sa cage et vit que Shepherd avait créé le jour en allumant toutes les lampes. Lorsqu'elle se fut habillée, il la laissa pour aller lui chercher à manger. Les éclaboussures de peinture avaient été nettoyées des jours plus tôt, ainsi que le sperme qui collait au sol, mais le portrait était resté sur la table. Elle ne savait pas trop pour quelle raison il l'avait laissé là. Elle avait essayé de l'ignorer comme elle ignorait le modèle qui l'avait inspiré, mais il lui semblait que le regard imparfait la surveillait toujours.

Lorsqu'elle réétudia le portrait, le visage balafré d'un homme qui en avait blessé tellement d'autres, elle ne put comprendre ce qui semblait avoir fait tant plaisir à Shepherd en le voyant. Elle avait peut-être mal interprété sa réaction – l'Alpha n'était que superposition de demi-vérités et n'hésitait pas à l'embobiner si cela lui permettait d'atteindre son objectif. Mais quelque chose dans leur lien, de son côté du fil, avait été immensément satisfait par ce qu'elle avait fait.

Claire avait voulu susciter une réaction, elle l'avait eue. Mais elle ignorait ce que celle-ci voulait dire ou comment l'utiliser.

Absorbée par les yeux imparfaits, elle inventoria les erreurs dans sa représentation. Ils n'étaient pas assez durs ; l'argenté ne retenait pas un maelström d'émotions tordues. Shepherd ressemblait simplement à un homme. À quoi ressemblerait-elle si quelqu'un la peignait ? Verrait-elle l'image fantomatique et floue du miroir, ou quelqu'un de tout autre ? Son regard était-il infecté par ce que recelait celui de Shepherd ?

Combien de temps lui faudrait-il pour cesser de se soucier des quarante-trois vies qu'il menaçait de sacrifier, ou des millions de Thólossiens qu'elle devait découvrir comment sauver ? Pourquoi n'avait-elle pas simplement piétiné la glace pour la lézarder au point qu'ils auraient tous deux été happés par les profondeurs ?

Elle commençait tout juste à perdre ses moyens quand le verrou glissa, l'avertissant du retour de Shepherd. Claire chassa ses larmes et se rassit droite, prête à ce qui l'attendait.

Shepherd entra avec un plateau qu'il posa devant elle avant d'observer les yeux bouffis de la femme qui se tenait droite comme un i.

Lorsqu'elle vit ce qu'il lui avait apporté, Claire se mit à renifler. Elle tendit la main vers un quartier de pomme-de-terre frit et fumant, le trempa dans la mayonnaise, puis dans le milk-shake au chocolat. Elle sentit les larmes couler en le mettant dans sa bouche.

— C'est délicieux, reconnut-elle pitoyablement.

— Nous n'avons pas de framboises en réserve, mais nous en aurons bientôt, expliqua Shepherd en supposant qu'elle avait, enfin, des genres d'envies de grossesse.

Sans cesser de pleurnicher et de renifler, Claire versa le milk-shake au chocolat sur ses frites et touilla le tout. Les sourcils froncés, elle dévora ce qui, aux yeux de Shepherd, paraissait résolument dégoûtant comme si c'était un don du ciel. Le temps qu'elle termine ce qui devait être le repas le plus malsain sur la planète, elle avait cessé de se lamenter et se sentait beaucoup mieux.

Claire s'essuya la bouche et regarda l'homme qui l'avait observée manger. Il était évident que Shepherd attendait ses remerciements – il avait fait quelque chose de gentil pour elle, quelque chose de concret et qu'elle avait demandé spécifiquement. Pendant des mois, elle avait fait attention de n'utiliser que le strict nécessaire dans ses affaires et n'avait fait aucune demande à part celle de la liberté…

simplement pour qu'il comprenne qu'elle refusait son *hospitalité*. Mais, aujourd'hui, elle avait ouvertement proclamé son désir pour ce repas, et il le lui avait livré, même s'il était évident qu'il ne pensait pas que ce soit très sain pour elle. Dans son langage étrange, c'était presque comme s'il lui faisait comprendre qu'ils commençaient sur de nouvelles bases et qu'il était prêt à faire de réels efforts.

Les yeux baissés vers le mélange de restes fondus dans son assiette, Claire inspira profondément avant de souffler :

— Merci.

Shepherd écarta le plateau avant de poser sa grande main sur son visage et de le lever. Du pouce, il essuya une tache de chocolat oubliée.

— De rien, répondit-il, ravi.

Elle ne voulait pas croiser ces yeux impossibles, mais le mâle la tenait sous sa coupe. Claire se sentit perdue en pensant au nombre de morts qui lui étaient imputées, aux choses horrifiantes qu'il avait faites et qu'elle espérait ne jamais savoir. Pourquoi l'histoire tragique de Shepherd devait-elle hanter son sommeil ? Que lui était-il arrivé pour qu'il se transforme en messager de l'apocalypse de Thólos ?

Pourquoi diable ressassait-elle toutes ces choses ?

Shepherd lui accorda le temps dont elle avait besoin et vit son expression déroutée lorsqu'elle avoua :

— J'ai rêvé que j'étais piégée dans ta Crypte et que les prisonniers essayaient de m'attraper à travers les barreaux… pendant que j'étais violée comme tu l'as décrit.

— Ce n'était qu'un rêve, ronronna-t-il en caressant sa joue, le coude posé sur la table. Tu es en sécurité ici et tu ne connaîtras jamais les horreurs de la Crypte.

Elle renifla, perdue dans le vif-argent de ces satanés yeux changeants.

— Comment est-ce ?

— Sombre. Froid, répondit Shepherd, ne sachant pas trop jusqu'où aller. Les prisonniers se nourrissent des moisissures qui couvrent les murs. Il n'y a pas d'égouts. Dans les tunnels, il est facile de se perdre… de nombreux détenus disparaissent. Quand j'étais enfant, un homme m'a raconté que ces tunnels s'étendaient sous tout le continent Austral. Ils s'enfoncent encore et encore ; on marche et on marche, et il n'y a jamais d'issue. On retrouve parfois les ossements de ceux qui sont devenus fous à force de chercher une sortie et sont morts de soif ou de faim.

— Je n'aime pas ressentir de la pitié pour toi, souffla Claire, les yeux emplis de chagrin.

À sa manière de la disséquer avec son regard fixe, elle eut l'impression qu'il savait déjà tout ce qu'elle venait d'avouer.

— Ma petite, ta compassion n'est que le reflet de ta nature – ne t'en veux pas d'en éprouver à mon égard.

Elle baissa les sourcils, et une ride creusa son front.

— Est-ce pour cela que tu me traites de lâche et de sotte ?

— Tu es quelque peu idiote, mais tu n'es pas lâche, sourit Shepherd. Seulement naïve. En vérité, tu es innocente.

Il avait tort. Déçue par sa réponse, elle se leva de sa chaise et baissa les bretelles de sa robe. Pressée d'en avoir terminé avec ses exigences pour pouvoir sortir de cette pièce, elle s'avança, nue et impassible, pour se dresser devant l'Alpha.

Il admira ses formes, mais ne la toucha pas.

Claire sentit la honte, la colère et la peur la ronger.

— Que vois-tu maintenant ? demanda-t-elle sèchement.

Lentement, Shepherd croisa son regard indigné.

— Ma partenaire, ronronna-t-il.

La vibration résonna dans la poitrine de Claire. Il lui fallut faire de gros efforts pour se reconcentrer et se rappeler que ce lien n'était pas le bienvenu. Elle l'observa, déroutée, voulant comprendre pourquoi il ne la touchait pas… Pourquoi ils n'étaient pas déjà en train de rouler sur le lit, sur la table, sur le sol.

Ce moment se transformait en quelque chose qu'elle n'avait pas envisagé.

Alors qu'elle s'apprêtait à tourner les talons et à s'éloigner, il poussa son grognement sonore, chargé d'espoir. Son corps réagit instinctivement, et elle sentit la petite crampe de plaisir.

À l'appel du rut, un flot copieux de cyprine épaisse ruissela le long de sa jambe. Shepherd observa l'écoulement, captivé.

Il se leva lentement et se débarrassa de sa chemise, puis du reste de ses vêtements, jusqu'à ce qu'il se retrouve nu devant elle. Son physique était grandiose, celui de l'Alpha personnifié, d'un homme qui utilisait cette force sans pitié. Claire dut tendre le cou pour se concentrer sur son visage et ces yeux tant détestés, plutôt que sur son corps marqué.

— Que vois-tu quand tu me regardes, ma petite ?

Un monstre, l'homme qui lui avait gâché la vie, le petit garçon élevé en enfer, dont la mère avait accompli des actes sans nom pour lui obtenir un couteau, un ancien détenu qui avait voué son amour à Svana, un homme à la foi tordue, le mâle qui avait trahi leur lien et l'avait fait souffrir, son geôlier, le père de la vie qui grandissait en elle, une créature en laquelle elle ne pouvait pas avoir confiance…

Claire inspira profondément et répondit la seule chose qu'elle pouvait répondre :

— Je vois l'Alpha qui m'a marquée.

— Et rien de plus ? l'amadoua Shepherd, essayant de lui soutirer les mots justes.

La vérité tant détestée fit palpiter le lien et lui déchira le cœur, mais Claire resta immobile, le visage de marbre.

— Je vois mon partenaire.

— Tu te débrouilles exceptionnellement bien, aujourd'hui, déclara l'Alpha, toujours immobile.

Et Claire comprit enfin. Shepherd voulait qu'elle prenne l'initiative de leurs ébats. Il repoussait ses limites et voulait voir ce qu'elle était prête à échanger pour obtenir ce qu'elle voulait.

— Je ne peux pas, murmura-t-elle sous cape.

— Tu peux, lui assura Shepherd, l'encourageant d'un hochement de tête.

Planant déjà à moitié, comme droguée par son odeur et par son appel, Claire savait qu'au fond, elle en avait envie. Elle avait envie qu'il la baise si fort qu'elle s'oublierait, que *Claire* disparaîtrait. Le sexe avait été son seul répit depuis qu'elle avait passé ce marché, la distraction son seul salut. De manière assez tordue, elle désirait presque l'arrivée d'un nouveau cycle de chaleur pour l'abrutir et couper court à ses pensées, jusqu'à ce qu'il ne reste que la satisfaction physique. Mais elle ne pouvait s'autoriser cette satisfaction si Shepherd ne le forçait pas. Prendre l'initiative au lit rendrait l'accouplement intolérable.

Elle serra les poings, regarda de côté et secoua vivement la tête.

— Je ne peux PAS !

Il poussa un deuxième grognement puissant, si sonore que c'était presque un rugissement, et sa chatte se contracta. Un nouvel écoulement de cette fichue mouille trempa sa jambe.

— Tu peux, insista Shepherd.

Elle savait combien ce serait facile, combien son étreinte serait faussement gratifiante. Forniquer avec une telle créature, l'entendre murmurer à son oreille… La décadence, le paroxysme du moment où son monde exploserait et que tout le mal serait oublié. N'avait-elle pas ressenti cette béatitude cent fois déjà ? Mais c'était à Shepherd de la lui infliger, et non à elle de la prendre. Si elle franchissait le pas fatidique et admettait qu'elle le désirait, cela la détruirait.

Elle s'effondra, ferma les yeux et posa son front contre le torse du mâle. Elle se contenta d'inspirer profondément. Cette odeur… la nature lui soufflait qu'elle lui appartenait, mais l'expérience lui avait appris que ce n'était pas le cas. Lentement, elle posa le bout de ses doigts sur ses abdominaux, les fit remonter et traça délicatement le contour de ses pectoraux, jusqu'à atteindre sa gorge.

Là, Claire se figea. Elle ne pouvait se vendre ni pour le ciel ni pour l'oubli.

— Que veux-tu de plus, Shepherd ? Baise-moi, putain ! gémit-elle, frustrée et désespérée.

Elle le sentit se pencher vers son oreille, puis la pression de ses lèvres balafrées.

— Je veux *tout*.

L'homme massif l'attira vers le lit. Claire fut retournée et plaquée sur le ventre, ses pieds balayant le sol. Une main ratissa sa colonne vertébrale presque trop fort, et un gland palpitant se positionna entre les plis de sa vulve. Le mâle ne s'y enfonça pas tout de suite, mais la fessa ; sa paume s'abattit sur son derrière rebondi et laissa une empreinte rouge et brûlante qui lui soutira un cri de surprise. Puis, d'un coup de reins, il l'empala avec toute sa longueur, et elle glapit.

— Tu es trempée, mais tu oses encore prétendre que ce n'est pas ce que tu veux ? Que je dois te forcer ? rugit-il en empoignant ses hanches.

Elle cambra le dos, comme une invitation instinctive. Brutalement, il la tira vers lui à chaque déhanchement. Claire geignit dans les draps et se laissa sombrer dans le délire qui lui permettrait de s'effacer et d'oublier.

Dès que l'esprit de Claire se fut libéré de ses pensées et sentiments insignifiants, Shepherd se retira et la retourna.

— Tu veux que je continue à te baiser ? lança-t-il.

Elle braqua les yeux sur l'épaisseur brillante et palpitante qui aurait dû s'enfouir en elle encore et encore et encore, et cracha :

— Oui !

Il resta là, pantelant, le regard de braise, son membre trempé par sa mouille… et ne fit rien.

Claire martela le matelas avec ses poings et leva vers lui des yeux furieux, à moitié dilatés. Elle gronda, sa version à elle du grognement de rut, et se jeta sur lui pour reprendre la seule chose qui pouvait soulager sa douleur. Voir son appétit inspira l'homme, qui manipulait la situation à son goût. Shepherd la prit dans ses bras et plongea sa queue lentement et profondément là où son désir palpitait, puis se délecta de voir Claire en redemander par suppliques silencieuses.

Comme s'il connaissait son petit jeu, Shepherd la maintint à la limite de l'insensibilité qu'elle recherchait. Il se déhanchait avec une maîtrise incontestable, décortiquait sa fuite de ce qu'ils étaient et de pourquoi il la baisait. Il forçait Claire à reconnaître *qui* lui offrait sa satisfaction charnelle, ce qu'elle ressentait et combien elle adorait ces sensations.

Sans la frénésie dont elle avait besoin, elle ne pouvait ni se noyer dans le néant ni se perdre elle-même. Claire était sûre qu'il lui refusait sciemment sa seule échappatoire en lui faisant l'amour alors qu'elle voulait uniquement baiser.

Shepherd sourit comme s'il était au septième ciel et lui murmura des mots doux pour la forcer à entendre sa voix. Il contrôla la cadence de chaque va-et-vient, entravant ses efforts pour se tortiller ou se déhancher. Elle ne pouvait échapper ni à son amant ni au plaisir qu'il lui procurait.

Chaque déhanchement tendre lui faisait comprendre l'ironie du sort : la seule chose qu'elle avait cherché à préserver lorsque Shepherd l'avait revendiquée avait été *Claire*, sa perception d'elle-même… jusqu'à ce qu'il la brise. À présent que son monde était devenu si lugubre, tout ce qu'elle voulait, c'était oublier cette identité et se laisser dépérir.

— Plus vite, souffla-t-elle dans un gémissement à rallonge.

— Non, ma petite, refusa Shepherd en se déhanchant lentement pour remplir sa chatte à petite dose, un plaisir évident dans la voix.

Il continua pendant des heures, jusqu'à ce qu'elle tremble et roucoule son plaisir. C'était comme ça qu'il l'avait prise pendant leurs premières semaines ensemble mais, à l'époque, sa détresse sous-jacente avait été tout autre. Aujourd'hui, elle n'avait plus peur de ce qu'il pouvait lui faire ; elle craignait bien plus son identité mutilée et de s'avouer ce qu'elle désirait : Shepherd.

Une main chaude la caressa de sa hanche à son sein, encore et encore, créant une ligne de fourmillements et se terminant par un pincement de son téton pointu, jusqu'à ce qu'elle en redemande et écarte davantage les jambes.

— Ouvre les yeux.

Combien de fois ne lui avait-il pas donné cet ordre ? Pourquoi devait-il la forcer à regarder ? Elle obéit, et le vert croisa l'argent. Elle vit sa propre paume caresser la joue rugueuse, puis le vit embrasser son pouce.

L'Oméga retint sa respiration avant de pousser un long soupir tremblant.

— Je ne peux pas… Je veux…

Le ronronnement qu'il entonna provenait des profondeurs du torse de l'Alpha. Il observait la moindre réaction de plaisir sur son visage.

— Laisse-toi aller, ma petite. Laisse faire. Cesse de lutter contre ce que nous sommes.

Il entrelaça leurs doigts, et ses muscles glissants de sueur couvrirent entièrement son corps menu. Chaque fois qu'il la pilonnait, il faisait des cercles avec son pubis contre son clitoris palpitant.

Les bruits qu'il soutira à l'Oméga firent se contracter ses bourses.

Elle scanda son nom en sentant la première vague de l'orgasme qui croissait depuis une heure, un nom qu'elle ne voulait pourtant plus jamais prononcer dans la passion.

Il n'y avait même pas un soupçon de brume dans son esprit quand elle sentit les larmes jaillir de ses yeux et sa chatte enserrer comme un poing le nœud grossissant. Claire jouit si complètement, en étant si intensément consciente de Shepherd. Ses entrailles aspirèrent chaque goutte de sa semence quand l'homme gronda d'extase.

Inerte, le fil vibrant dans sa poitrine, Claire ne savait plus quoi faire. Elle sentit la joue de Shepherd glisser sous sa paume, et l'Oméga se flétrit sur le matelas.

— C'était parfait, dit-il en embrassant ses lèvres molles et en poussant du nez contre sa joue. Ma petite Claire, tu es supérieure à tout ciel.

Son contentement vola en éclats. En poussant un grognement guttural et vicieux, l'Oméga menaça l'homme qui nouait toujours en elle :

— Ne m'appelle plus *jamais* par ce nom !

Chapitre 11

Le nœud les liait toujours, la queue du mâle déversait un jet continu de sperme, leurs doigts étaient entrelacés. Pourtant, la tendresse que l'Oméga avait affichée quand il l'avait fait jouir s'était évaporée. Son petit corps était courbaturé, ses hanches bougeaient juste assez pour communiquer son désir de rejeter son nœud, même s'il la piégeait.

Si Shepherd était fâché, il le cachait bien.

— Claire, répéta-t-il avec un calme trompeur, sans la quitter des yeux.

Sa rage croissante se teinta de dégoût, mais elle soutint son regard.

— Chaque fois que je t'entends prononcer ce nom, je sens les mains de ta *bien-aimée* Alpha autour de ma gorge, expliqua-t-elle d'un ton si calme qu'il glaçait le sang. Je sens ses doigts gratter mes entrailles. Je te vois, le monstre qui ose se dire mon partenaire, observer sans rien faire. Je t'entends donner l'ordre à *Claire* d'aller dans la salle de bain —

prénom que tu avais refusé de reconnaître jusqu'à ce moment d'illumination.

Shepherd devait profiter de cette opportunité pour lui faire entendre raison.

— Je n'ai pas vu ses attouchements ; je ne l'ai appris que plus tard. Et cela ne se reproduira plus *jamais*.

Claire écarquilla les yeux, incrédule face à son culot.

— Et tu crois que tout est pardonné ?

— Je suis conscient que tu nourris une grande colère envers moi – de la haine, même, pour ce que je t'ai fait, réessaya-t-il.

— Je te déteste, oui. Je la déteste. Mais, surtout, je me déteste moi-même.

— Explique-moi pourquoi tu te détestes, insista-t-il en enfonçant davantage son nœud en elle.

— Nous savons tous les deux pourquoi, répondit Claire en soutenant son regard, ses yeux lançant des éclairs.

Certes, il le savait, mais il voulait qu'elle le dise tout haut.

— Claire, je sais que tu t’en veux parce que tu as reconnu que tu avais de l’affection pour moi… avant que la situation t’ait fait souffrir.

— Situation ? s’esclaffa Claire méchamment, pas du tout impressionnée. Elle a un nom, figure-toi. Elle s’appelle Svana. Et ce que tu m’as fait a un nom aussi. Ça s’appelle une trahison.

En sentant d’anciens remords se mêler à sa consternation, Shepherd posa son front contre celui de l’Oméga.

— Tu as ma fidélité, à présent. Je t’ai donné ma parole. Nous pourrions nous satisfaire l’un de l’autre, si tu voulais bien oublier et réessayer.

Claire satura sa réponse de tout le dégoût qu’elle put rassembler :

— Tu es un homme intelligent doté de talents qui inspirent d’autres à te suivre dans le vice, Shepherd, mais ta compréhension des gens est si primaire. Tu prétends m’aimer, alors réponds-moi : si j’avais baisé Corday pendant que tu m’épiais dans l’entrepôt, aurais-tu été capable d’un jour l’oublier ?

Le corps de l’homme se rigidifia d’un coup.

— Non.

— Alors, tu vois, c’est impossible.

— Tu me pardonneras, insista-t-il, son regard chargé d’un tourbillon d’émotions.

— Pardonner ce que tu te bornes à appeler la *situation* qui m’a fait souffrir ? demanda-t-elle en haussant un sourcil.

Il savait ce qu’elle voulait entendre, aussi il lui donna satisfaction et reconnut ses torts.

— Je me suis accouplé avec Svana et je t’ai déshonorée, gronda-t-il comme une bête.

— Oui.

— Je l’ai fait pour te sauver la vie.

— Mensonges ! réfuta Claire en se cambrant pour s’éloigner de lui.

Ses grandes mains serrèrent tant ses doigts qu’elle eut mal.

— Je l’ai fait parce que je ne voulais pas la blesser. Elle est ma seule famille… J’étais inquiet qu’elle me sépare de toi. Je lui ai donné l’attention qu’elle était venue chercher pour la distraire, pour qu’elle ne te considère pas comme une menace.

Pendant tout ce temps, je ne pensais qu'à toi, reconnut-il presque désespérément.

— C'est répugnant.

Ne sachant pas comment répondre à ça, Shepherd resta coi. Tant que son nœud les liait toujours, il serra ses mains récalcitrantes, ronronna et poussa du nez, mais Claire avait perdu toute trace de douceur… En vérité, elle était la tristesse personnifiée.

Lorsqu'enfin son nœud se défit suffisamment, il se retira.

— Habille-toi, ordonna Shepherd en se levant avec une grâce qu'un homme de cette taille ne méritait pas. Je vais t'emmener voir ton ciel, maintenant.

Claire n'avait plus aucune envie de sortir. Tout ce qu'elle voulait, c'était dormir.

— Inutile de te donner cette peine. Je n'ai plus envie de le voir.

Lorsqu'elle fit mine de rouler sur le côté, Shepherd l'attrapa par le bras et la força à se lever.

— Enfile une robe sur le champ.

Après avoir nettoyé le torrent de sperme qui s'écoulait de son vagin, Claire récupéra sa robe par terre et la passa par-dessus sa tête. Le géant se rhabilla et revint vers elle, une couverture dans les mains, pour pouvoir la draper autour de ses épaules à la place d'un manteau. Toujours pas de chaussures.

— Donne-moi ta main, grogna-t-il.

Claire obéit, et sa patte immense se referma sur son poignet menu pour l'enfermer dans le bracelet en métal froid de menottes. Il referma le deuxième bracelet autour de son propre poignet.

— Pour que tu te tiennes tranquille, l'avertit Shepherd.

— Je ne prends pas quarante-trois vies à la légère, tu sais ?

— Tes récents efforts ne sont pas passés inaperçus, reconnut-il en la soulevant dans ses bras.

Lorsqu'elle fut confortablement installée contre son torse, ils sortirent de la pièce.

Shepherd emprunta un chemin qu'elle ne connaissait pas, qui se termina devant un ascenseur de service qui puait l'odeur de ses hommes. La porte se referma, la cage sursauta et la longue montée commença.

Il l'emmenait aux jardins des niveaux supérieurs, un endroit qu'elle n'avait visité qu'une fois l'an quand elle était petite fille. Du moins, c'était ce qu'elle avait cru. Mais la porte s'ouvrit sur un hall décoré avec faste. Les murs étaient agréablement aménagés, propres et ponctués de lampes douces en cristal. Il n'y avait aucune fenêtre et, lorsque Shepherd s'approcha d'une porte à l'aspect sinistre, Claire commença à penser que le mâle l'avait roulée.

Il allait de nouveau la punir.

Il pianota un code sur la console à côté de la porte, et le sifflement de décompression leur fit savoir qu'elle s'était ouverte. Shepherd donna dedans un coup d'épaule et l'emmena de l'autre côté. La porte blindée se referma avec un clic prononcé, fatidique.

Il posa Claire. Ses pieds s'enfoncèrent dans un tapis moelleux qui semblait sorti tout droit d'un livre d'images de l'ancien monde. Le papier peint était doré et les lambris étaient en vrai bois.

La pièce baignait dans une lumière éclatante.

Pressée d'atteindre la fenêtre, elle fit un pas en avant, son poignet toujours enchaîné à l'homme derrière elle.

— Nous ne sommes pas dehors, lança Claire, perplexe.

Shepherd la guida vers l'avant, son torse chaud contre son dos.

— Je n'ai jamais dit que tu pourrais sortir. Je pensais que j'avais simplement accepté de te laisser voir ton ciel.

Dans les faits, il avait raison. Claire savait qu'il serait vain d'argumenter.

L'intérieur de la petite pièce lui offrait une perspective comme elle n'en avait jamais vue dans une maison : une vitrine sur la vaste étendue de toundra accidentée. La fenêtre faisait partie intégrante du Dôme ; si elle posait la main sur le verre, elle toucherait la dernière chose entre elle et des centaines de kilomètres de neige – une chose interdite.

Néanmoins, Claire tendit la main, faisant fi des menottes inconfortables et du bras qui la suivit pour permettre son geste, et la posa sur le verre glacial. Depuis la pièce chauffée, elle put admirer la nature sauvage, enchaînée à l'Alpha qui s'assurait qu'elle se tiendrait tranquille.

À part le somptueux tapis et une chaise volumineuse, tout le mobilier avait été retiré de la pièce. La chaise était tournée vers la fenêtre, et l'homme s'y assit, puis posa Claire sur ses genoux. Comme les lumières étaient allumées, le regard perçant et la présence menaçante de Shepherd dans son dos se reflétaient dans la vitre.

— Des hommes ont été exécutés pour avoir touché le Dôme, se risqua Claire en croisant son regard dans son reflet.

— Ou encore jetés dans la Crypte pour avoir osé regarder dehors, ajouta Shepherd.

Pourquoi auraient-ils voulu regarder ? Il n'y avait que de la neige à l'extérieur. Pourtant, Claire se sentait absorbée par la vue : tout ce blanc, ces montagnes distantes et la glace qui faisait saillie. Le paysage qui entourait le Dôme était magnifique.

Le corps de Shepherd était chaud, son ronronnement doux et continu, la recette parfaite pour qu'elle puisse l'ignorer, se détendre et se saturer d'autre chose que ses habituels quatre murs de béton.

L'homme ne gâcha pas son réconfort en parlant ou en lançant des ordres, et Claire lui en fut reconnaissante. Il était plongé dans ses pensées et admirait le soleil couchant, son Oméga retenue en otage sur ses genoux.

Le soir tomba, l'éclat de la lune étincela sur la neige, et Claire sombra dans un sommeil sans rêve – le premier depuis des semaines.

Toute la nuit passa jusqu'à ce qu'une lueur envahisse et fasse rougeoyer l'intérieur de ses paupières. Elle se réveilla devant un spectacle de toute beauté. C'était presque comme si Thólos n'existait pas. Face à une telle féerie, elle pouvait rester assise et faire comme si. Elle pouvait oublier que l'homme qui la câlinait était malfaisant jusqu'au bout des ongles.

Mais la vérité ne pouvait être longtemps ignorée. Bien qu'elle soit au chaud et en sécurité, les siens se réveillaient sans vivres, sans électricité, sans rien pour se réchauffer. En dehors de cette pièce sompteuse, au cœur de ce paysage glorieux, le monde tombait en miettes.

Shepherd s'étira, et sa grande main se posa à l'endroit où son enfant grandissait.

— Tu aimes cette pièce et cette vue. Tu es à l'aise ici.

Elle se détourna et balaya du regard la pièce vide.

— Pourquoi as-tu enlevé tout le mobilier ?

— Je ne voulais pas que tu espères à tort que je te laisserais rester.

Il y avait de la logique dans sa logique. S'il y avait eu un lit et d'autres meubles confortables, elle aurait désiré davantage que s'asseoir sur ses genoux sur cette chaise surdimensionnée. Elle aurait même pu se mettre en colère lorsqu'il l'aurait forcée à repartir.

— Je vois…

— Comme je l'ai promis, tu pourras voir le ciel, dit-il en humant ses cheveux, puis en semant une pluie de baisers sur sa nuque. Et, comme tu l'as promis, tu seras ma partenaire consentante.

* * *

Lorsqu'ils revinrent d'avoir regardé son ciel, Shepherd libéra sa main. La menotte ne l'avait pas serrée fort mais, lorsqu'il l'eut retirée, elle éprouva une douleur dans son sillage. Il saisit son poignet et employa ses pouces épais pour masser sa peau, comme s'il comprenait ce qu'elle ressentait et la raison pour laquelle elle avait frotté son poignet douloureux avec sa main libre.

Claire observa ses caresses, trouvant étrange qu'avec ses pattes capables de l'écrabouiller, Shepherd sache exercer la pression appropriée. Comme les caresses se poursuivaient, elle se mordilla la lèvre et le vit la surveiller attentivement. Lorsque, le silence s'étirant, son pouce épais continua à la masser, elle devint nerveuse.

Ne souhaitant rien faire sans en avoir reçu l'ordre explicite, voulant éviter d'être piégée ou manipulée, Claire essaya de retirer sa main.

Shepherd encercla son poignet avec ses doigts, l'enchaînant à lui encore plus efficacement qu'avec une menotte.

— Que feras-tu pour remplir ta journée pendant mon absence, aujourd'hui ?

— Tu te moques de moi ?

— Que faisais-tu de ton temps libre avant que je te revendique comme ma partenaire ?

La réponse était facile.

— Je passais toutes mes heures éveillées à chercher de la nourriture pour les Omégas.

Le géant sourit et utilisa sa prise sur son poignet pour l'attirer vers lui.

— Avant que Thólos soit mienne.

— Thólos n'est pas à toi.

L'enfoiré eut l'audace de lui sourire.

— Réponds, ma petite.

Poussant un soupir, elle commença à énumérer ses activités :

— À part peindre, je jouais sur le vieux piano de ma mère, je passais du temps avec mes amies, je lisais des histoires, je suivais des cours de cuisine quand je pouvais me le permettre.

Sa réponse sembla le satisfaire. Shepherd lâcha son bras et passa ses mains calleuses sur ses doigts tendus.

Claire en profita pour prendre ses distances. Elle se rendit dans la salle de bain, un endroit où il lui fichait généralement la paix.

Lorsqu'elle sortit de sous la douche, elle vit que Shepherd lui avait fait apporter un plateau de petit déjeuner. Elle s'en approcha et fit la grimace en émettant un bruit qui trahissait son dégoût. Apparemment, la malbouffe dont elle s'était goinfrée lors de son dernier repas n'était plus au menu. À la place se trouvait un genre de liquide verdâtre qui sentait fort le gingembre amer. Elle le but, détesta ça, puis fut stupéfaite lorsque, vingt minutes plus tard, elle n'avait toujours rien régurgité.

L'air satisfait, l'Alpha la laissa.

Une fois seule, Claire se mordilla la lèvre et eut l'impression qu'une fois encore, le portrait de Shepherd l'épiait. L'Alpha ne l'avait pas bougé de sa place évidente, comme s'il attendait que quelqu'un en fasse quelque chose. Elle s'essuya les mains puis les

tendit vers la toile en se faisant la réflexion que,
même lorsqu'elle était libérée de lui, son visage la
hantait toujours.

À bien y réfléchir, l'Alpha avait à peine quitté
son chevet durant ses heures éveillées et avait
maintenu un contact physique presque constant ces
derniers jours. Quoi qu'il ait pu se passer entre son
arrivée et cette nuit qu'elle avait passée endormie sur
ses genoux, il devait penser qu'elle était de nouveau
entièrement sous son contrôle.

Il avait raison.

Claire resterait son esclave – pour Corday,
pour Nona, pour les Omégas… pour Maryanne. Elle
obéirait à ses moindres désirs pour leur donner à tous
une chance. Elle continuerait de coopérer, de tolérer
le lien et de jouer à la bonne captive tout en utilisant
la singularité de sa position pour essayer d'aider
Thólos.

Mais il était étrange d'être dans cette cellule,
complètement réveillée et seule pour plus d'une heure
éphémère. Elle reposa les yeux sur le fichu portrait, le
visage de son partenaire, ses mâchoires serrées, ses

lèvres délicates, et le changement présumé en lui commença à la mettre de plus en plus mal à l'aise. Elle l'avait attaqué verbalement à un moment où il n'aurait pas pu recourir à sa solution habituelle – comme il nouait déjà, il n'aurait pas pu la baiser –, et il avait semblé stupéfait par la malice qui avait fait brûler le lien. Pourtant, Shepherd n'avait pas bronché et ne l'avait pas punie. Au contraire, il avait reconnu ses fautes et, quand leurs corps s'étaient séparés, il lui avait même accordé ce qu'elle lui avait demandé avant d'avoir perdu son sang-froid : il l'avait emmenée voir le ciel et avait laissé les rayons du soleil la réveiller… Puis il lui avait posé des questions personnelles.

Le lien fredonna : *Ton partenaire ne fait-il pas des efforts ? N'es-tu pas contente ?*

Elle n'était pas contente, elle était méfiante.

Le lien chauffa et émit aussitôt une vague de réconfort apaisante. Le vermisseau chanta qu'il était inutile de paniquer. Claire dut même en convenir. Le cauchemar se terminerait avec la chute du tyran, de préférence avant la naissance du bébé, ou elle recommencerait sa grève de la faim. Ou encore, elle pourrait briser le miroir de la salle de bain et s'ouvrir les veines. Elle pourrait tout simplement arrêter de respirer.

Son apathie se volatilisa, et toutes les émotions agréables inspirées par le paysage enneigé se muèrent en ennui. Claire devait réfléchir de manière objective et ne rien ressentir. Un doigt posé sur le portrait, elle commença à tracer le contour de la mâchoire. Elle se força à se souvenir.

Svana… La bien-aimée de Shepherd.

Lorsqu'elle était sur la glace, Claire l'avait accusé de s'être laissé entortiller par Svana, mais cela ne pouvait être complètement vrai. Ils s'étaient tordus l'un l'autre dans leur relation malsaine et contre-nature. L'homme que Svana était allée chercher dans la Crypte avait attiré son attention parce qu'il abritait déjà le mal en lui.

Shepherd avait souffert ; sa mère avait été violée à mort. Mais combien d'enfants avaient souffert, combien de personnes avaient été violées durant ce siège ? Qu'espérait-il vraiment accomplir ici ?

De plus, pourquoi l'avait-il marquée s'il avait une amante dévouée depuis des années ? Ses raisons lui échappaient, mais il devait s'agir d'autre chose que le simple désir d'avoir une descendance. Auquel cas, Shepherd se serait simplement reproduit avec Svana. Pourquoi ne pas avoir conçu avec sa bien-aimée ?

Il y avait un revirement, une clé qui la dépassait et que Shepherd n'avait pas voulu lui révéler. En recréant mentalement la ligne du temps, Claire analysa les actions de Shepherd, ses propres réactions et les conséquences de ses tentatives d'évasion. Après sa première fugue, il lui avait injecté des hormones de fertilité avant même qu'elle ait repris connaissance et l'avait fécondée. Sa réaction avait été extrême. Plus elle s'autorisait à y réfléchir objectivement, à passer outre ses sentiments, plus le mobile de Shepherd devenait clair. Ce n'était pas uniquement une question de bébé : il voulait avoir sa dévotion et était prêt à la forcer par tous les moyens.

Shepherd avait fait tout ce qui était en son pouvoir pour la garder pour lui et la cacher, de manière obsessive et paranoïaque. Il prétendait même l'aimer.

Shepherd ne la connaissait même pas ; son amour était basé sur quelque chose qu'elle ne pouvait identifier.

Que veux-tu de plus, Shepherd ?

Je veux tout.

La tête de Svana, son expression et ses yeux bleus effrayants qui se dilataient de manière subtile… La femelle Alpha avait été dépitée en apprenant son existence, Claire en était certaine. La femme avait également été surprise de la découvrir enceinte. Pourtant, face à son amant, elle avait accepté presque avec indifférence que Shepherd puisse avoir un jouet… Cette folle furieuse avait même déclaré qu'elle aurait dû lui ressembler plus, comme si toutes les Omégas qu'ils avaient prétendument partagées avaient été un fac-similé de sa beauté exotique.

Pourquoi son consort, celle que Shepherd avait avoué aimer, n'était-elle pas au courant du fait qu'il avait pris une partenaire et lui avait fait un bébé ? Pourquoi avait-elle regardé Claire presque comme si elle n'était qu'un désagrément, un agaçant lot de consolation.

De consolation…

Svana est devenue mon amante il y a des années. Je pensais qu'elle était aussi l'équivalent de ma partenaire. J'ai appris que j'avais tort.

Mais bien sûr ! Svana l'avait trompé, alors que Shepherd lui était dévoué !

Quand cette révélation la frappa, Claire en eut la mâchoire décrochée. Elle était *bien* un lot de consolation. Sa peau commença à fourmiller, comme si elle était surstimulée, et son esprit se mit à voler dans mille directions à la fois. L'univers de Shepherd avait été secoué, et sa réaction avait été de prendre une Oméga – de continuer à tout donner à la femme qui l'avait libéré de la Crypte, mais de soulager sa peine de cœur en forçant une autre à l'aimer comme il aurait voulu que Svana l'aime.

— Pourquoi pleurez-vous ?

Surprise, Claire leva les yeux vers le Bêta aux yeux bleus qui lui apportait un nouveau plateau. Elle tourna la peinture qu'elle tenait entre ses doigts vers l'intrus et, ignorant sa question, lui montra sa représentation à l'aquarelle de Shepherd.

Les sourcils froncés, Jules y jeta un coup d'œil et détourna aussitôt la tête.

— Vous avez un certain talent.

— Il paraît, reconnut Claire en chassant ses larmes. Sait-il que vous me parlez ?

— Non.

— Ça me fait plaisir.

Le contraste entre ses yeux si frappants et son visage si fermé la déroutait toujours.

— Je sais.

Le sourire triste, Claire repoussa le portrait de Shepherd.

— Vous m'avez demandé pourquoi je pleurais. Je pleure parce que je viens de comprendre… pourquoi il m'a prise. Je ne sais pas pour qui je suis le plus triste : moi et ma vie gâchée ou l'homme qui ne comprend rien à rien. Shepherd pense peut-être que se distraire de l'infidélité de Svana lui fera oublier son chagrin d'amour, qu'en prenant une partenaire, il comblera ce vide… mais l'amour ne marche pas comme ça.

Jules se raidit.

— Votre analyse est inexacte ; n'y pensez plus. De telles réflexions sont malsaines pour votre fils.

— Pourquoi dites-vous fils ? Comment savez-vous que ce n'est pas une fille ?

Il renifla l'air sans changer d'expression.

— J'avais deux fils autrefois… L'odeur est subtile, mais nette.

— Vous aviez ? répéta-t-elle.

— Mes enfants ont été assassinés quand ma femme m'a été arrachée, répondit-il d'une voix égale, même si sa déclaration était l'incarnation de tout ce qui était injuste dans ce cauchemar.

— Des enfants sont en train de mourir à Thólos, ici et maintenant ; les fils et les filles d'autres parents !

— C'est dommage que vos concitoyens s'en prennent aux plus faibles, mais ce que nous laissons faire est nécessaire, répondit Jules platement.

Claire se leva et pesta contre le Bêta.

— Nécessaire ? Expliquez-moi en quoi ! Expliquez-vous à la femme que votre maître a détruite parce qu'il ne savait pas quoi faire d'autre pour se consoler !

— Vous devriez en discuter avec Shepherd.

Le visage de marbre, Jules sortit et la renferma dans sa cage.

Discuter de quoi avec Shepherd ? Du fait qu'elle était superflue et qu'il ne s'en était pas encore rendu compte ? Ou des enfants morts ? Claire se recoucha sur son carré de béton et contempla le plafond en ayant l'impression de se noyer dans toute cette merde. Elle n'en pouvait plus de ces histoires tordues et de ce lien ridicule, forgé par un homme doté de l'intelligence émotionnelle d'un adolescent.

Alors, oui, elle allait lui parler. Elle allait le forcer à regarder son hypocrisie en face. Elle allait lui montrer ce qu'elle avait découvert et sa perspective de la vérité… et enterrer une bonne fois pour toute sa vision déformée. Les Dieux l'avaient eux-mêmes menée jusqu'au poteau indicateur de cette triste blague : le garçon. Cet enfant mort de froid sur lequel elle s'était reposée, le cadavre sans nom et sans rien dans les poches. Il deviendrait sa mascotte, et Shepherd serait forcé de la regarder et de répondre de ses actes.

Claire mélangea ses peintures et se mit à recréer ce moment de solitude dans la ruelle. Elle avait des heures pour peaufiner son travail, des heures durant lesquelles elle détailla la brique, le froid, l'enfant recroquevillé et elle-même… profondément endormie contre le cadavre raidi.

Elle ne s'était encore jamais peinte et s'aida du souvenir de ses cheveux noirs sur sa joue pour masquer l'essentiel de son visage, mais c'était bien elle. La même silhouette menue et pelotonnée, la structure osseuse qui trahissait son statut d'Oméga, jusqu'aux vêtements qu'elle avait volés à Maryanne.

Des larmes s'écrasaient sur le papier alors qu'elle mélangeait les couleurs et peignait frénétiquement. Shepherd était assis en face d'elle ; Claire avait constaté son arrivée avec indifférence et l'ignorait dans sa ferveur à représenter le garçon parfaitement – à ne manquer aucun détail grotesque de son visage racorni et de ses yeux laiteux et ratatinés. Ce ne fut que lorsque la main qui tenait le pinceau commença à trembler qu'il avança la sienne et l'immobilisa. Le pinceau lui fut arraché des doigts, la peinture retournée pour qu'il puisse la voir. Emprisonnant toujours sa main dans la sienne, il contempla ce qui l'avait occupée toute la journée.

— C'est toi, déclara-t-il de sa voix riche.

Perdue dans sa brume artistique, le flou mental où l'on sait que l'on créé quelque chose de monstrueux, elle marmonna :

— J'étais fatiguée et seule. J'errais dans Thólos depuis des heures, parce que je devais voir ce qui s'était passé, ce qui avait été pris pendant que j'étais enfermée dans cette pièce. J'ai trouvé cet enfant mort et je me suis assise à côté de lui ; je me sentais aussi morte que lui… Je ne pouvais pas continuer, donc je me suis endormie contre lui.

— Tu aurais pu mourir de froid, gronda Shepherd en serrant davantage sa main.

— Comme cet enfant, acquiesça Claire. Ce garçon est mort oublié de tous… seul et effrayé, dans une ruelle jonchée de déchets.

La grande main se retira soudain. Le géant se leva de sa chaise et plaça quelque chose dans son champ de vision.

— Tu n'as pas déjeuné.

Claire regarda l'assiette de poisson froid et sut que mieux valait ne pas protester. Elle attrapa la fourchette et commença à manger la truite par petites bouchées. Après avoir avalé la moitié sans avoir rien goûté de ce qui était sans doute un repas délicieux, elle releva les yeux vers l'Alpha qui la toisait.

— J'ai porté le corps de ce garçon sur mon dos jusqu'à l'usine d'incinération… pour pouvoir l'enterrer près des Omégas. Pour qu'il ne reste pas seul.

Shepherd soupira et serra les poings le long de ses flancs.

— Cet enfant que tu as porté pour qu'il repose près des tiens te bouleverse.

— Je ne comprends pas comment tu es passé d'un garçon dévoué à une mère qui t'aimait malgré les circonstances à un terroriste responsable de la mort de milliers d'enfants innocents, expliqua-t-elle avec sincérité. Pourquoi as-tu changé ? Qu'est-ce qui justifie tout ça, Shepherd ?

Il la fit se relever et la guida jusqu'au lit.

— Tu es fatiguée, et je parie que tu n'as pas fait la sieste, alors que ton corps en a besoin. Nous allons nous allonger un peu.

— N'as-tu pas de réponse ? demanda-t-elle, plus par curiosité que par cruauté. Pas de récit interminable de légende et de grandeur pour racheter la mort de ce garçon inconnu ?

Il lui enleva sa robe et la coucha sur le lit, puis la suivit dès qu'il se fut débarrassé de ses propres vêtements. Shepherd hissa Claire sur son torse, là où son ronronnement l'apaiserait le plus, un endroit qui était quelque peu dominant pour une Oméga, et la borda pour qu'elle dorme.

— Je n'ai aucune réponse que tu jugerais satisfaisante à te donner.

Mais cela, en soi, était une réponse.

Alors que ses yeux se fermaient et que le ronronnement la berçait, le mâle partagea ses frustrations.

— Ne t'est-il jamais venu à l'esprit que je t'isolais pour que tu n'aies pas à témoigner de ce qui se passait à l'extérieur de ces murs ?

— Je suis une grande fille, grommela Claire, à moitié endormie. Enceinte de ton fils… un bébé qui n'est pas si différent du petit garçon qui est mort à cause de ce que tu as inspiré à cette ville.

Tout en massant son cuir chevelu, il lui rappela :

— Un bébé que tu as failli sacrifier en essayant de te suicider. Un bébé pour lequel tu ne fais pas de nid, que tu ne touches pas.

Claire posa son menton sur le torse de Shepherd. Consciente qu'il disait la vérité, elle ne se déroba pas.

— Après tout ce que j'ai pu voir et apprendre sur ta nature… les choses qu'elle a affirmé que tu avais faites… Ne t'est-*il* jamais venu à l'esprit que je préfèrerais me suicider et tuer mon enfant à naître que laisser Svana et toi le détruire comme vous vous êtes entredétruits ?

Le torse de Shepherd se dilata ; son expression trahissait sa fureur. Il fit rouler Claire sur le dos et la domina de toute sa taille, sa main géante se refermant sur son bas-ventre.

— Je n'apprécie pas du tout ton état d'esprit et tes accusations.

— Tu pensais être un modèle digne de cet enfant ? rétorqua Claire, le regard enflammé, en posant sa main sur la sienne. Tu as baisé Svana…

— C'était pour te protéger, la coupa-t-il, sa fureur atteignant des sommets dangereux.

— Arrête de te mentir à toi-même. Lui as-tu jamais dit non, ou cèdes-tu à tous ses caprices juste pour lui faire plaisir ? Tu la laisses faire, et elle se croit au-dessus de tout reproche… parce que tu chéris le sol à ses pieds. Je l'ai vu de mes propres yeux ! Et, grâce à sa perversion, elle t'a façonné. Elle a fait de toi sa chose, son disciple inconditionnel.

Le scélérat rugit de fureur.

— Svana m'aime !

Claire avait comme l'impression de planer ; elle ne se souciait plus des conséquences de ses paroles.

— Comme tu prétends m'aimer… Le genre *d'amour* qui justifie l'infidélité et la cruauté.

Elle essaya de le frapper et n'enregistra même pas la douleur. Du moins, pas au début. Étant donné la taille de l'Alpha, cela aurait pu être mille fois pire. Claire ne prêta aucune attention à son emprise sur son bras, à sa manière de le plier pour l'éloigner de lui. Elle voulut de nouveau le frapper à l'épaule, comme pour lui donner une raison de lui faire du mal.

La pièce tourna, et un poids écrasant lui rendit la respiration difficile. Sous sa poigne, la main de Claire devint presque mauve, mais le vert soutint l'argent tandis qu'elle luttait pour inspirer à petites goulées.

— Tu ne parleras plus jamais de ces choses, dit-il d'un ton calculateur, sa rage froide.

Elle n'avait pas assez d'air dans ses poumons pour s'épancher, aussi elle se contenta de hocher la tête et de siffler :

— C'est la vérité.

Shepherd se déplaça juste assez pour qu'elle puisse respirer.

— Tu seras punie, cracha Shepherd. Corday mourra.

— Regarde-moi. Regarde ce que tu fais.

Il n'y avait ni colère ni peur dans les yeux de Claire, rien qu'une déception insondable.

Shepherd observa la femme qu'il était en train de blesser. Lorsque celle-ci leva la main et la posa sur sa joue, ignorant les bleus qui zébraient déjà sa peau, il ne l'en empêcha pas, mais ne parut pas savourer sa caresse.

— J'essaie juste de t'aider à voir, à comprendre ce que tu rates, murmura Claire en réalisant à quel point elle l'avait ébranlé et blessé.

— Tu me détestes, dit-il en restant de glace.

— J'essaie d'être ta partenaire. Une femme que tu as revendiquée uniquement parce que Svana t'avait trompé et brisé le cœur.

Sa prise se desserra sur son bras.

— Je t'ai revendiquée parce que tu m'étais destinée. Je l'ai senti sur toi.

La petite paume chaude se glissa dans sa nuque, vers le triangle de muscles qu'il l'avait un jour forcée à masser.

— Si elle t'était restée fidèle, m'aurais-tu sauvée de la foule ?

— Qu'est-ce que tu es en train de faire ? demanda Shepherd, les narines dilatées.

Bien qu'il soit furieux, elle put sentir sa queue dure comme l'acier contre sa cuisse.

— J'essaye simplement de t'apaiser, comme tu le fais quand je suis contrariée, expliqua Claire en interrompant ses caresses. Quand tu te seras remis de tes émotions, tu comprendras que j'ai raison.

Il gronda et s'enfonça en elle d'un seul coup de reins. Claire grimaça et se prépara à la suite. Shepherd prit sa joue dans sa main et posa son front contre le sien.

— Voilà comment tu peux m'apaiser, grogna-t-il.

Il se déhancha de nouveau, lui coupant le souffle, et elle leva ses bras meurtris pour enlacer l'Alpha enragé. De manière exagérément brutale, il rua en elle, la pilonna et hurla quand sa mouille lubrifia son passage.

— Et tu crieras mon nom chaque fois que je te ferai jouir !

Chapitre 12

Tout son corps la faisait souffrir, et le jet d'eau chaude qui cascadait sur ses bleus n'y changeait rien. Exagérément attentif, Shepherd tenait sa partenaire contre lui pour laver le sperme séché qui collait à sa peau et emmêlait ses cheveux.

Après des heures d'accouplement sauvage, ils s'étaient endormis, enlacés et transpirants. Ses pupilles étaient à moitié dilatées, comme si elle planait encore sous l'effet de l'orgasme, ce qui était sans doute la seule chose qui empêchait l'Oméga de gronder en sentant ses mains sur la chair tendre que son zèle avait meurtrie.

Shepherd leva son menton et tourna ses yeux fatigués vers lui.

— Je ne m'en prendrai pas à Corday.

— Je sais, répondit Claire d'une voix égale.

— C'est vrai ? hésita le géant, ses pattes d'oie trahissant son amusement.

— Si tu lui faisais du mal, je te punirais de la plus sévère des manières.

La gaieté de Shepherd s'évapora.

— Tu te suiciderais.

— Oui.

— Il compte plus pour toi que les quarante-deux autres, dit-il en articulant parfaitement chaque mot, mais sans montrer l'amertume qui lui nouait l'estomac.

Claire se lécha les lèvres et réfléchit à la meilleure réponse, se demandant s'il ne valait pas mieux ne pas répondre du tout.

— Je lui suis redevable.

Shepherd sentit le sang battre derrière ses orbites et se força à rester doux en rinçant ses cheveux.

— Il y a plus que ça. Je vous ai vus ensemble. Tu as de l'affection pour le Bêta.

Lui inspirer une haine excessive envers Corday serait dangereux pour son ami et ne servirait à rien à part troubler inutilement l'Alpha.

— Je n'aime pas Corday, pas de la manière que tu imagines. Mais je lui suis redevable, comme je te l'ai dit. Je lui ai menti, je l'ai drogué. Je l'ai dupé…

— Pour le protéger…, termina Shepherd en ronronnant, amadoué par sa sincérité et l'écho de vérité dans leur lien. Ça ne te rappelle rien ?

— Non, répondit-elle sèchement.

— Ne me mens pas, ma petite. Sa situation reflète la tienne.

— J'ai dit non parce que je le pense, protesta Claire en grimaçant lorsqu'il commença à masser sa hanche. Tu ne m'as pas droguée pour me protéger. Tu m'as droguée pour me faire un bébé.

Il l'attrapa par le menton et tourna son visage pour avoir son attention.

— Et ce bébé justifie ta valeur aux yeux de mes hommes. Il te maintient en vie.

Claire se renfrogna, glacée malgré la chaleur et la vapeur de la douche, et sentit l'appréhension la gagner.

— Que veux-tu dire ?

Comprenant que ses paroles l'avaient désarçonnée, Shepherd s'enfonça dans la brèche :

— Si tu ne fais pas attention, si tu ne recommences pas à nicher et que tu ne fais pas tout pour que notre progéniture grandisse, si tu faisais une fausse couche... je serais forcé de le remplacer immédiatement, répondit-il d'un ton dur.

— Je ne comprends pas, balbutia-t-elle, l'horreur déformant ses traits.

— Tu n'as pas à comprendre. Tu dois juste être une mère, dit-il en la repoussant contre le carrelage. Tu es à moi, et je ferai tout mon possible pour garantir ta survie. Je tuerais des millions, je te mentirais et je te violerais si je devais de nouveau te féconder... si tu perdais cet enfant.

Comment avait-elle pu s'imaginer une seule seconde détenir un quelconque pouvoir sur cet homme ?

— Tu me fais peur.

— Tant mieux, dit-il en fermant le robinet et en l'entraînant hors de la douche. On dirait que c'est la seule façon pour que tu comprennes.

— Et ton héritage ?

— Il sera inégalé, répondit-il avec un sourire retors en tapotant son ventre.

— Je ne ressens aucun besoin de nicher, marmonna Claire en reculant. Pas dans ce lit. Plus maintenant.

Comme si cette idée ne lui était jamais venue à l'esprit, l'Alpha plissa les yeux et réfléchit.

— Tu veux un nouveau lit ?

— Je ne veux rien, soupira Claire, qui avait de nouveau l'impression de parler à un mur.

Shepherd continua, comme pour lui-même :

— Si je t'apportais un nouveau lit, tu y ferais ton nid.

De plus en plus mal à l'aise, elle gronda :

— Tu ne m'écoutes pas, Shepherd.

— Et tu aimerais du linge de lit neuf, dans cette couleur que tu affectionnes…, musa-t-il en la séchant sans faire attention à ses bleus.

Elle poussa un grognement et repoussa ses mains.

— Tu me fais mal, espèce d'âne bâté !

Shepherd se figea, sortit de sa transe et regarda la petite créature qui venait de lui aboyer dessus.

— Tu es bien plus directe depuis que tu es enceinte, s'esclaffa-t-il, caustique.

— Je suis plus directe parce que je me moque que tu me tues ou non ! Je ne veux pas d'un nouveau lit. Je veux que tu m'expliques de quoi tu étais en train de parler !

Shepherd l'attrapa par le bras et, doucement, la fit pivoter pour pouvoir sécher ses cheveux.

— Tu fais ta difficile… Je sais qu'il te faut un nouveau lit.

— OK, d'accord ! Puisque tu n'écoutes pas un traître mot de ce que je te dis, prends ça : je veux un nouveau lit dans une grande chambre avec un tapis à la place du béton. Une pièce avec un mur vitré qui donne sur un jardin où j'aurai planté des fleurs partout – ce qui serait un miracle, puisque toutes mes plantes d'intérieur ont fini par crever. Je veux pouvoir me déplacer sans restriction dans cette grande maison où je ferai mon nid et être libre de sortir et de m'asseoir dans l'herbe… Et je veux aussi un poney, tant qu'on y est. Ne l'oublie pas, Shepherd. Je veux une putain de licorne !

Il tira ses cheveux en arrière pour la forcer à le regarder et lança :

— Tu n'auras pas de poney, et les licornes n'existent pas.

Elle n'en avait pas eu l'intention, était tellement déboussolée qu'elle était incapable de comprendre d'où c'était sorti mais, pendant une fraction de seconde, elle gloussa. Elle plaqua sa main sur sa bouche, toujours penchée en arrière à un angle anormal, et se força à redevenir neutre pour poursuivre son argument.

— Quelle est cette couleur que tu es si sûr que j'affectionne tant ?

— Tu préfères le vert, la même couleur que tes yeux.

Était-ce pour cette raison qu'il ne lui avait offert que des robes vertes ?

— Qu'est-ce qui t'a donné cette idée ?

— Ce n'est pas ta couleur préférée ? s'étonna-t-il, comme s'il était impossible qu'il ait fait une telle erreur de jugement.

— C'est une belle couleur, c'est sûr… mais ce n'est pas ma couleur préférée.

Soudain, Claire plissa les yeux et leva un regard désapprobateur vers l'homme.

— Laisse-moi deviner : tu as obtenu cette information en interrogeant les Omégas.

— Rouge ? Comme dans ta peinture ? hasarda-t-il en lâchant ses cheveux pour qu'elle puisse se retourner et lui faire face.

— Non. Mais si tu voulais savoir une chose aussi banale, pourquoi ne me l'as-tu pas simplement demandé ?

Et elle comprit là aussi sa raison. Il avait voulu lui offrir des choses qu'elle était censée apprécier sans qu'elle ait à les demander… une sorte de tactique de drague, car il ne savait pas comment la séduire autrement.

De plus en plus agacé, Shepherd, toujours nu, demanda sèchement :

— Alors, quelle est ta couleur préférée ?

— Bleu turquoise, répondit Claire en inclinant la tête avant de battre des cils d'un air moqueur. Et tant qu'on y est, Shepherd, quelle est la tienne ?

— Expressément, la nuance exacte de tes yeux.

Il n'était pas en train de flirter, il était irrité. Quand bien même, sa réponse… sa réponse la fit rougir, et il le remarqua. Son regard intense perdit de son mordant et devint plus calculateur.

— Je trouve également la couleur de ta chevelure incroyablement riche et ravissante.

Écarlate, elle ne sut plus où se mettre. Cela faisait des mois qu'elle n'avait plus essayé de couvrir sa nudité ; elle ignorait ce qui l'y avait poussé, mais son bras était venu cacher sa poitrine rougie.

Shepherd sembla amusé – fasciné était peut-être plus exact.

— Tu deviens timide…, roucoula-t-il d'un ton espiègle. Pourtant, je ne t'ai jamais caché mes goûts.

Mais elle s'était toujours efforcée de ne pas l'écouter… D'ignorer sa voix rauque qu'elle détestait tant.

— Tu dois savoir que je te trouve extrêmement belle, continua le monstre en se pavanant fièrement pour l'acculer contre l'évier. Tu es, en vérité, la femelle la plus avenante que j'aie jamais vue.

Claire était extrêmement tentée de se montrer mesquine et de mentionner Svana, les Omégas, n'importe quoi pour qu'il cesse de la dévorer des yeux de cette manière.

— J'ai… j'ai froid…, fut tout ce qu'elle parvint à bredouiller.

— Eh bien, eh bien, ma belle petite, laisse-moi te réchauffer, suggéra Shepherd en l'entourant de ses bras.

Un bruit étouffé lui échappa quand ses muscles épais l'enserrèrent.

Il approcha ses lèvres de son oreille et susurra, dans la voix la plus dévergondée qu'elle ait jamais entendue :

— Et ta chatte est la plus magnifique que j'aie jamais connue. La *perfection* incarnée. Il te suffirait de le demander, et je la lècherais et te goûterais jusqu'à ce que tu hurles mon nom comme tu l'as fait quatre fois hier soir.

— ARRÊTE !

Caressant son corps jusqu'à ce que la mâchoire de l'Oméga repose dans sa main, il releva le visage qu'elle cachait contre son torse. Leurs yeux étaient distants d'à peine quelques centimètres. Shepherd plongea la main entre ses cuisses pour recueillir la mouille qui s'y accumulait déjà. Il retira ses doigts et poussa un grognement viril et satisfait.

— Bleu turquoise, murmura-t-il.

Et il la planta là, pantelante, rougissante et excitée.

* * *

Ces moments… lorsque vous vous retrouvez avec un sac noir sur la tête, que votre corps se fait bousculer et que vous savez, vous savez avec certitude, que votre heure est venue… Ces moments craignent à fond.

Quand Maryanne sentit les mains la pousser à reculons jusqu'à ce que son derrière heurte douloureusement une chaise dure, elle se prépara à donner sa meilleure représentation. Du moins, jusqu'à ce que le sac soit retiré d'un seul coup et qu'elle se retrouve de nouveau face à face… avec Shepherd.

Les mots restèrent coincés dans sa gorge, la sensualité qu'elle savait manier d'une main experte pour manipuler s'envola, et Maryanne ne put que le fixer du regard.

Cet homme avait décimé Thólos… détruit sa ville. Et il fouettait les sécrétions de Claire. Beurk !

— Eh bien…, souffla Maryanne. J'avais raison quant à où Claire avait disparu. J'imagine que ça veut dire que je suis intouchable, c'est ça ?

Le géant se pencha vers elle.

— Tu veux discuter des nuances de l'accord que j'ai passé avec ma partenaire ? J'ai accepté d'épargner ta vie. Nous n'avons pas parlé de ce que pourrais faire ou non de ladite vie. En théorie, je pourrais briser chaque os de ton corps, te torturer et t'arracher le peu de liberté qu'il te reste. Tant que tu respires, j'aurai respecté ma part du marché, expliqua Shepherd en tapotant la table du doigt. Et Claire ne l'apprendrait jamais…

Mais il voulait quelque chose ; sans quoi, elle ne serait pas là. Il voulait quelque chose de la part de Claire.

La terreur s'empara d'elle, une panique lente qui teinta sa sueur et signala à l'Alpha dominant qu'elle avait peur.

— Tu veux m'utiliser.

— Je veux que tu reprennes du service.

— Que veux-tu que je vole, cette fois ?

La bouche de Shepherd resta complètement immobile, mais son expression trahit le fait qu'il la pensait stupide.

— Ton devoir sera de rendre compte à Claire de tout ce qui se passe du côté des Omégas et du Bêta ; l'exécuteur Corday. Durant ces conversations, je te conseille de la rendre heureuse, ou ce sera toi qui seras très malheureuse lorsqu'elles se termineront.

La pensée de revoir Claire chassa une fraction de sa peur.

— Sans problème. Je sais exactement comment la faire sourire.

— Tu ne lui rapporteras pas d'informations détaillées, juste le bien-être général des individus que je t'enverrai photographier. Tu n'interagiras pas avec eux et tu resteras invisible. Toutes les photos seront vérifiées avant que Claire ne les voie et, si je trouve quoi que ce soit de perturbant, ça n'augurera rien de bon pour toi. Tu ne lui parleras de personne d'autre.

D'un hochement de tête, Maryanne indiqua qu'elle avait compris.

— Et si elle essaie de te transmettre un message ou quoi que ce soit de subversif, tu me le diras en privé. Elle ne sera pas punie.

Ce dernier avertissement promettait un châtiment sévère si elle lui désobéissait.

Et Claire essayerait ; Maryanne en était sûre. Elle s'en voulait déjà en sachant qu'elle obéirait aux ordres de Shepherd plutôt que risquer les conséquences de se mêler de la correspondance entre Claire et son petit ami.

— Elle ne me fait pas confiance.

— On ne me la fait pas, mademoiselle Cauley.

— Je commence quand ?

* * *

Il fallut à Claire plusieurs heures et un deuxième petit déjeuner constitué de cet horrible smoothie vert pour se remettre de l'étrange adoration que Shepherd lui avait montrée sous la douche. Il s'était absenté, ce dont elle était reconnaissante. Elle avait besoin de s'étirer et de se dérouiller les jambes afin de concocter un plan pour la suite.

Claire étudia les vilains bleus sur son bras et le fléchit, certaine qu'il la ferait souffrir pendant des jours. *Cela en avait valu la peine.* Shepherd avait eu beau l'acculer ce matin, la rendre pudique et mal à l'aise, c'était elle qui l'avait mis au pied du mur la veille – juste assez longtemps pour prouver qu'elle avait raison. Les pièces du puzzle s'assemblaient. Qu'il le reconnaisse ou pas, elle avait confirmé le besoin de Shepherd de la garder pour lui, de l'utiliser pour se consoler du chagrin causé par Svana.

Et ce n'était pas rien ; c'était un point de départ.

355

La réaction initiale de Shepherd avait été de recourir à la violence, au sexe. Mais, à leur réveil, il s'était montré indulgent. C'était comme si la rage de la veille, la force qui l'avait poussé à la baiser si sauvagement et longuement qu'elle ne sentait plus son corps, s'étaient volatilisée.

L'homme avait exorcisé un démon.

Même au pic de sa férocité, il ne l'avait jamais quittée des yeux, avait maintenu un contact permanent entre leurs peaux, lui avait ordonné de crier son nom. Ses yeux brûlants avaient presque roulé dans leurs orbites chaque fois qu'elle l'avait fait. Il lui avait communiqué son besoin par la force avec laquelle il l'avait poussée vers l'orgasme. Ses mâchoires contractées et ses regards enflammés l'avaient autrefois intimidée… Mais elle avait commencé à comprendre. C'était l'expression de son désir.

Shepherd observait toujours attentivement ses réactions. Il cherchait quelque chose, un indice qu'il espérait voir en comblant ses pulsions sordides. Il éprouvait un besoin qui avait été négligé. Lors de leurs accouplements, Claire était tendre et le caressait, inspirait son odeur et souriait. Peut-être était-ce pour cela qu'il la baisait si souvent. Il avait un grand besoin d'affection. Shepherd voulait qu'elle l'aime et ne savait par où commencer pour encourager ces émotions lorsqu'elle n'affichait pas automatiquement ce qu'il pensait être le comportement normal d'une Oméga.

Claire n'éprouvait pas d'amour pour lui, mais elle l'avait réconforté dès que le lien avait trahi l'émoi que ses paroles avaient suscité chez lui. Elle avait réagi instinctivement et, même si elle méprisait Shepherd, ç'avait été la bonne réaction dans cette bataille qu'elle menait. Pour progresser, pour avoir une chance de l'édifier, elle allait devoir s'ajuster à son rôle de partenaire. Les tactiques insidieuses telles que la séduction et la malhonnêteté ne lui seraient d'aucune utilité.

Claire n'était pas bête au point de penser qu'elle pouvait redresser la situation. Après tout, le schéma de pensée de Shepherd était bien trop tordu pour qu'elle puisse le détordre. Mais elle pouvait peut-être éroder sa malfaisance ; elle pouvait peut-être exposer les faiblesses d'un homme qui semblait en être dépourvu.

Claire allait le dévoiler à lui-même morceau par morceau même si elle en mourait.

Ce qui arriverait probablement.

La porte s'ouvrit et le dangereux Bêta aux yeux perçants entra. Il l'examina rapidement, puis alla échanger les plateaux.

— Vous avez besoin d'antidouleurs pour votre bras ? gronda Jules.

Le manque d'intérêt absolu sur ses traits rendait sa question vraiment étrange. Claire fit un pas vers lui et le contourna pour lui faire face.

— La punition perdrait tout intérêt, non ? répondit Claire en glissant une mèche derrière son oreille.

Se doutant de ce qu'avait fait l'Oméga pour mériter de tels bleus, Jules railla :

— Vous pensez que c'était une punition ? Je vous croyais intelligente.

Claire inclina la tête en percevant quelque chose d'étrange dans leur échange, sans pour autant pouvoir l'identifier.

— Vous ne trouvez pas les agissements de Shepherd mystérieux ?

— Il a fait preuve de clémence.

Claire observa son bras et les hématomes bleuâtres qui le marbraient en fronçant les sourcils.

— Et moi qui croyais que *vous* étiez intelligent, Jules.

Ne souhaitant pas prolonger la conversation, le mâle lui tourna le dos.

Elle baissa les bretelles de sa robe le long de ses bras.

— Ça vous paraît clément, ça ? demanda-t-elle d'une voix dénuée d'émotions.

Jules regarda par-dessus son épaule la femme dont le corps était parsemé de bleus, conséquences d'ébats brutaux. Il se retourna d'un coup vers le mur et aboya :

— Remettez votre robe !

— Voilà ce qui me déroute, continua Claire, indifférente à sa *moralité*. Vous refusez de me regarder parce que vous trouvez ma nudité indécente. Pourtant, vous avez créé une ville où le viol est légion et ça ne vous fait pas ciller. Vous êtes tous des contradictions ambulantes.

— Vous êtes la partenaire de mon chef. REMETTEZ CETTE ROBE.

Il était étrange de voir un homme qui s'était toujours montré insensible être si agité. En souriant, Claire remonta le tissu sur son corps meurtri.

— Je pense que nous nous sommes bien fait comprendre.

Lorsqu'il fut certain qu'elle était rhabillée, Jules lui lança un regard presque aussi intense que ceux de Shepherd.

— Vous jouez à un jeu dangereux.

— Tout le monde ne joue pas, rétorqua Claire, inflexible. J'essaie simplement de communiquer et je ne parle pas votre langue.

— Vous la parlez mieux que vous le pensez.

Était-ce là un compliment ?

— Alors racontez-moi. Quel âge avaient vos fils quand vous les avez perdus ?

Jules ne sembla pas désarçonné par le changement de sujet.

— Bertrand avait quatre ans ; Joseph moins d'une année.

— Pourquoi ont-ils été tués ? demanda Claire tristement en lissant son jupon.

— Ma femme était une Oméga, répondit-il, son regard perçant effrayant. Un Alpha la voulait pour lui. Avant que j'aie appris ce qui s'était passé, elle avait été revendiquée par un ami du Premier ministre Callas. C'est ce même Alpha qui a assassiné nos garçons.

— Comment s'appelait-elle ?

— Rebecca.

Claire ignorait comment, mais elle s'était doutée de la réponse avant même qu'il ne la murmure.

— Et vous l'avez tuée. Shepherd vous a aidé en vous menant hors de la Crypte, chuchota-t-elle.

— Oui, il y a près de dix ans – à sa demande.

Claire comprenait. Même s'il avait pu la retrouver et la récupérer, sa Rebecca serait restée l'esclave d'un lien puissant qu'elle avait dû exécrer encore plus que Claire exécrait le sien.

— Je suis tellement désolée pour ce qui est arrivé à votre famille, dit-elle, la lèvre tremblante. Mais je n'arrive pas à comprendre comment cela vous a mené ici à faire ce que vous faites.

— Tous les membres de cette armée sont ici pour la même raison que moi.

Il lui sembla que Shepherd le lui avait déjà dit mille fois.

— La vengeance…

— Appelez ça un éveil culturel.

Les yeux écarquillés et avides, Claire se composa une expression insistante.

— Ne voyez-vous pas les failles dans votre plaidoyer ? Voulez-vous voir la fin de la race humaine ?

— Comment pouvez-vous continuer à nier la vérité ? Je vous ai entendue discuter avec l'exécuteur Corday. Vous avez ouvertement reconnu le fait que

Thólos s'était fait ceci à elle-même, répondit Jules sans ciller. Même avant l'assaut de Shepherd, cette déchéance infectait toute vie sous le Dôme… Ne nous faites pas perdre notre temps en prétendant que vous ne viviez pas une vie mensongère par souci de protection.

Mais ce n'était pas aussi simple.

— Shepherd m'a revendiquée. J'avais une vie avant lui. Une carrière. J'aurais pu avoir un avenir si j'avais rencontré le bon partenaire.

— Que Shepherd vous choisisse comme partenaire est la meilleure chose qui aurait pu vous arriver. Même si votre ignorance et votre ressentiment vous empêchent d'accepter ce fait.

Sans lui laisser le temps de riposter, Jules ouvrit la porte et sortit.

Foudroyant la porte du regard comme si l'homme s'y trouvait toujours, Claire serra les mâchoires si fort que ses dents grincèrent. Durant ces quelques instants et par ces quelques phrases soigneusement choisies, le Bêta avait communiqué plus que Shepherd durant leurs cinq premières semaines de vie commune. Jules était un malotru, elle en était certaine, mais une partie d'elle pouvait comprendre sa rage.

Il lui semblait que la rage était tout ce qui la façonnait, ces derniers temps.

Ces hommes n'étaient pas seulement les psychopathes que Claire s'était imaginés. Ils avaient tous une mission. Jules avait prétendu que tous les membres de l'armée de Shepherd portaient le fardeau d'un passé douloureux. Si c'était tout ce qu'il fallait pour déformer la psyché et perpétuer le mal pour servir le bien, dans combien de temps se joindrait-elle à eux ?

Claire était en train de picorer sa nourriture, concentrée sur sa peinture de Shepherd, qui lui servait de compagnon durant ses repas, et n'entendit pas la porte s'ouvrir.

Le géant fut ravi de la voir admirer son portrait. Il contourna la table pour caresser ses cheveux.

— J'ai apporté de quoi soulager la douleur, lança-t-il lorsqu'il eut capté son attention. Ouvre la bouche.

Entrouvrant les lèvres, Claire se sentit telle une infirme lorsqu'il posa deux comprimés sur sa langue, puis leva son verre et le versa lentement dans sa bouche pour qu'elle puisse avaler. Un pouce épais essuya une goutte de lait à la commissure de ses lèvres.

— As-tu été malade aujourd'hui ? demanda-t-il en se délectant de sa surprise.

— Non. Je ne sais pas ce qu'il y a dans cet écœurant truc vert, mais ça semble calmer mon estomac.

— Mais tu souffres, et on m'a informé que tu avais besoin d'antidouleurs, gronda le mâle, visiblement inquiet. De plus, tu as l'air fatiguée.

Claire *était* fatiguée. Très fatiguée.

— Je ne lui ai pas demandé d'antidouleurs, et tu savais déjà que j'avais mal. Tu es physiquement exigeant et mon corps n'est pas toujours prêt à relever le défi. Et puis, n'était-ce pas là l'objectif de ta punition ?

S'accroupissant pour être à sa hauteur, Shepherd enfonça les mains dans ses cheveux et commença à lui masser le crâne.

— Il n'était pas question de punition. Ces bleus… Tu dois savoir que j'ai fait preuve d'une grande retenue. Éveiller l'hostilité de ton partenaire à tel point est dangereux. Tu es fragile, ma petite, et je suis incroyablement fort. Pourtant, malgré la colère que tu as suscitée sciemment chez moi, je me suis maîtrisé. Je ne t'ai pas frappée. J'aurais pu facilement te briser de manière irréparable.

Son ronronnement était puissant, et ses doigts qui tiraillaient ses racines étaient immensément rassurants… même si ses mots étaient perturbants.

— Ça en valait la peine, marmonna-t-elle.

— Explique cette déclaration, exigea-t-il d'un ton patient, faisant preuve du même calme apparent qu'au réveil.

Cette version de Shepherd n'était jamais ce qu'elle semblait être. Claire devait répondre prudemment.

— C'est la seule manière que j'ai de communiquer avec toi.

Shepherd sembla intrigué. Ses yeux brillèrent tandis qu'il disséquait sa tactique.

— Tu veux que nous parlions plus.

Connais ton ennemi et connais-toi toi-même ; eussiez-vous cent guerres à soutenir, cent fois vous serez victorieux. Si tu ignores ton ennemi et que tu te connais toi-même, tes chances de perdre et de gagner seront égales. Si tu ignores à la fois ton ennemi et toi-même, tu ne compteras tes combats que par tes défaites. – Sun Tzu

Claire devait apprendre à connaître Shepherd. Elle ne pouvait plus se permettre de l'ignorer comme elle l'avait fait jusqu'ici. Elle devait apprendre à connaître ses disciples. Et, surtout, elle devait apprendre à se connaître elle-même et ne plus perdre de vue ce qu'elle était s'il la blessait de nouveau.

Elle soupira en réfléchissant à la meilleure réponse.

— Il serait normal pour moi de penser que je peux te faire confiance pour me parler ouvertement. Mais tu sembles incapable de la retenue nécessaire pour écouter ce que tu ne veux pas entendre – et me sentir incomprise me frustre et me rend malheureuse.

— Et tu ne penses pas que la faute te revient en partie, ma petite ? Tu fais tout pour ignorer ma présence.

— Pourquoi ferais-je attention à un homme qui refuse de m'écouter ou de considérer mes sentiments ?

— Parce que je suis plus vieux et plus sage. Je sais ce qui est pour le mieux.

Claire renifla, et sa lèvre tressauta légèrement.

— Ce que tu es, c'est un fanatique et un despote. Et je pense que tu ne me connais pas du tout, *Monsieur « le vert est ma couleur préférée »*.

Shepherd ne répondit pas, mais se pencha vers elle ; les bras qu'il enveloppa autour d'elle étaient…

réconfortants. Pressée de se reposer, Claire bâilla et ne protesta pas quand il la porta jusqu'au lit.

L'Alpha s'assit au bord du matelas et joua avec ses mèches.

— Tu vas dormir, dit-il, lui ordonnant de fermer les yeux. Si tu es dans un état acceptable à mon retour, nous discuterons.

* * *

Lorsqu'elle se réveilla dans la pièce à l'éclairage feutré, Claire se sentit mieux que depuis des semaines. Ce n'était pas seulement la sieste et les antidouleurs, mais un soupçon de raison d'être, un sentiment bien ancré d'évolution, de progrès. Dans sa prison, les émotions positives étaient dangereuses et faciles à perdre, aussi elle les chérit seule dans le noir avant de les repousser, de les enfouir si profondément que Shepherd ne pourrait jamais les lui reprendre.

Le mâle avait dit qu'ils parleraient. Cela lui donnait une arène qu'elle pouvait préparer.

Sa peinture de la veille avait été un terrain fertile pour entamer le dialogue, alors autant faire simple et recommencer en territoire connu. Claire mélangea ses aquarelles et se mit à peindre ce qu'elle avait vu sur les caméras de sécurité avant de libérer les Omégas de leur prison. Elle peignit la petite Shanice, seize ans, en train de se faire prendre par un des disciples de Shepherd.

Tout était tel que dans son souvenir : rien n'avait été embelli, rien n'avait été modifié.

Shepherd l'arracha de sous son pinceau dès qu'il revint et la vit. Il en fit une boule dans son poing, les yeux lançant des éclairs, en soufflant si fort que son torse dilaté lui évoqua celui d'un dragon prêt à cracher des flammes.

Claire ne se formalisa pas, mais soupira et posa son pinceau sur le côté.

— Elle s'appelle Shanice, lança-t-elle, employant un ton inoffensif pour parler d'un sujet offensif. Elle a seize ans. C'étaient ses premières chaleurs, et je peux te garantir qu'elle n'était pas consentante. Tous les soirs depuis la fin de ses chaleurs, elle pleure jusqu'à s'endormir d'épuisement.

— Si mon officier avait pu la marquer, elle aurait été aussi satisfaite que les autres ! Tu es la seule à te rebeller contre notre union.

Agacé, Shepherd appuya de tout son poids sur la table. Il ne s'était pas attendu à reparler de ces stupides idéaux.

Claire posa sa main sur la sienne, non pas pour le réconforter, mais pour lui faire savoir qu'elle comprenait les conséquences de ses paroles.

— Cet homme devait avoir quarante-cinq ans au bas mot. Cette fille est toujours à l'école.

— Je suis bien plus vieux que toi, rétorqua Shepherd farouchement.

— De dix ans, peut-être, voire un peu plus. Pas assez vieux pour être mon père. Et je suis une femme adulte, Shepherd, pas une enfant.

— Je sais ce que tu essaies de faire, gronda l'Alpha en serrant le poing sous sa petite main.

— J'essaie de communiquer avec toi au sujet de choses que je ne comprends pas, contra Claire. Étant donné ce qui est arrivé à ta mère… Explique-moi où ces frontières se brouillent et depuis quand ceci est devenu acceptable ?

Elle serra de nouveau sa main et lui laissa voir sa tristesse.

Shepherd s'installa en face d'elle. Il était toujours agité, mais se força à reprendre contenance.

— L'appariement arrangé entre Alphas et Omégas est commun à travers l'histoire et statistiquement fructueux.

— Si le bébé que je porte était un Oméga, est-ce ce que tu voudrais pour ton enfant ?

— Étant donné ces circonstances, oui. Les Omégas appariées sont à l'abri et sous la protection d'Alphas de valeur. Elles sont nourries, en sécurité… et ne sont pas maltraitées. C'est ton interprétation absurde de la liberté qui les exposerait aux dangers de Thólos.

Malgré ses paroles sévères, Shepherd dégagea sa main et captura ses doigts pour les enlacer.

— Tu n'as jamais été libre, Claire. Jamais tu n'as été libre dans cette ville… Jamais tu n'as été libre un seul jour de ta vie.

Elle détestait qu'il l'appelle par son prénom et savait que ses traits trahissaient son déplaisir. Elle sentit sa forteresse frémir. Elle détestait aussi que Shepherd tienne sa main comme s'ils étaient amoureux, comme s'il en avait le droit – même si c'était elle qui en avait pris l'initiative.

— *Tu* m'as maltraitée. Et je ne sais pas ce que je déteste le plus : tes hypothèses à la con ou le fait que tu prononces mon prénom uniquement parce que tu sais que je ne veux pas l'entendre.

Son pouce épais fit des cercles sur sa paume de main.

— Ce qui fait de cette conversation le moment idéal pour commencer à t'habituer au son de ton prénom sur mes lèvres, ma petite.

Claire soutint son regard et se força à ne pas retirer sa main.

— Donc nous avons tous les deux des arrière-pensées.

— On ne va pas renouveler la dispute d'hier, ronronna Shepherd en tirant son bras vers lui.

— Ce sujet a déjà été couvert. Je sais ce que je ressens, ce qui a été fait et pourquoi… même si tu refuses de l'admettre. C'est à toi de voir si tu le reconnais ou non, mais c'est un fait.

Après un long soupir, Claire leva les yeux de leurs mains jointes et tenta une autre approche :

— Les Omégas appariées sont-elles vraiment satisfaites ?

— Oui, répondit-il d'un ton implacable et critique.

— Tu dois regretter d'avoir choisi une Oméga si impulsive, dit-elle en regardant dans le vide.

— Je n'ai jamais regretté de t'avoir revendiquée, réfuta-t-il d'une voix musicale et sincère. Et, pour répondre à ta question d'hier : oui, je t'aurais sauvée de la foule et revendiquée même si Svana n'avait pas failli. Tu es née pour être à moi.

— Et tu m'as toujours été destiné ? railla Claire, le sourcil arqué, en contemplant l'idiot obtus.

— Oui, répondit-il en se penchant pour attraper sa mâchoire.

— Alors je dois reconnaître l'ironie du sort qui a fait que, tout comme mon père, j'ai écopé d'un partenaire qui rêve en secret d'être avec quelqu'un d'autre. C'est vraiment cruel de la part des Dieux.

— Mais je ne veux que toi, Claire, contra Shepherd sans hésiter.

Elle poussa un profond soupir.

— La première fois que je t'ai vu à la Citadelle, la première fois que je t'ai senti, je ne t'ai pas reconnu comme mon partenaire. Je n'ai éprouvé que de la peur. J'ai eu du mal à tenir en place et à ne pas m'enfuir.

Shepherd passa son pouce sur ses lèvres grimaçantes. Pinçant les lèvres et carrant les épaules, il demanda :

— À cause de mes marques Da'rin ?

Claire secoua la tête, les sourcils froncés.

— Non. À cause de ce que tu as fait, d'où tu étais, de ta taille… de ta violence. Mon père était un homme bon – drôle et généreux. Il est l'incarnation de l'Alpha à mes yeux. Un partenaire convenable. Tu n'es rien de ces choses. Parce que tu m'as marquée de force, je me sens contrôlée, manipulée. Tu m'as causé de la peine, je ne peux pas te faire confiance et tu ne me traites bien que pour obtenir ce que tu veux.

— J'accepte la responsabilité de la peine que je t'ai causée mais, pour le reste, l'essentiel est ta faute. Tu as fait peu d'efforts pour faire bonne figure. À cause de ta résistance et de ta subversion, j'ai dû employer une main de fer pour assurer ta sécurité. Je n'hésiterais pas à être cruel pour te protéger, et je te manipule ouvertement puisque je n'ai aucun autre recours pour te séduire. Si tu t'étais laissé faire comme les autres Omégas, tu serais aujourd'hui comblée. *Et je me soucie de ton bien-être.* Je t'apporte des choses pour lesquelles tu ne me remercies jamais. Je t'offre la meilleure nourriture. Je te caresse et je ronronne et je te satisfais physiquement pendant des heures.

Par cette conversation, Claire avait voulu discuter de ses inquiétudes pour Thólos, et non chercher la petite bête dans les nombreux problèmes qui faisaient de leur appariement une folie. Pas plus que ressasser les nombreuses transgressions de

Shepherd. Elle serra les dents en entendant sa liste d'accusations ridicules, inspira profondément et fit de son mieux pour contrôler son tempérament.

— Quand tu étais dans la Crypte, remerciais-tu tes géôliers pour ce qu'ils t'apportaient ?

Les yeux de Shepherd s'écarquillèrent, comme s'il se sentait extrêmement insulté.

— Remercie-moi pour les peintures.

— Remercie-moi pour les heures que j'ai passées à nettoyer cette pièce, gronda Claire.

Le changement instantané la dérouta. Le mâle se mit à ronronner et à serrer délicatement sa main.

— Ma petite. Ton comportement ménager dans nos quartiers communs me satisfait énormément. Merci.

Claire se renfrogna : elle perdait du terrain.

— J'ai peur que, si je te remercie pour les peintures, tu comprennes combien elles comptent pour moi et que tu me les reprennes.

— Je ne te prendrai pas tes peintures. Je comprends que tu en as besoin et que tu n'as pas grand-chose d'autre pour t'occuper quand je ne suis pas là.

Elle ne le croyait pas, mais ce n'était pas grave. Sa lèvre inférieure trembla. Elle sentit ses yeux s'humidifier et murmura :

— Merci pour les peintures.

— Tu préfères continuer à parler ou aller voir ton ciel, maintenant ?

Elle n'avait pas progressé d'un millimètre sur son terrain, avait gâché cette opportunité et n'avait rien appris. Cet homme bien plus doué qu'elle en discours avait déplacé sans effort la conversation vers les tensions qui s'élevaient entre eux. Cela n'avait été ni son intention ni son objectif.

Elle prit du recul mental. Elle devait reformuler son plan et battre en retraite.

— Le ciel, répondit Claire en hochant la tête.

Chapitre 13

Lorsqu'elle entra dans la pièce où était située sa fenêtre, Claire se méfia dès que ses pieds eurent touché le tapis. L'aménagement de la pièce avait changé. Il s'y trouvait une petite table où étaient posés deux plateaux chargés de nourriture… comme si Shepherd comptait partager son repas avec elle. Cela serait non seulement étrange, mais également un acte conjugal pour lequel elle n'était pas du tout d'humeur.

Comme une barre de fer autour de sa taille, le bras de Shepherd la retenait tout contre son torse, et la menotte inconfortable était en place. Ils n'entrèrent pas davantage dans la pièce. Elle resta debout, gênée quand il se pencha vers elle pour la renifler de manière possessive.

— J'aurais préféré que nous nous accouplions avant de venir ici, mais j'y ai renoncé parce que tu voulais discuter. Je vais également t'autoriser à passer un peu de temps sans menottes, expliqua Shepherd en détachant le métal à son poignet, mais sans relâcher son emprise sur le reste de son corps. Si tu trahis ma confiance, cela ne se reproduira plus. Il est dans ton intérêt de te tenir tranquille.

Avant que Claire ait pu répondre, les nombreux verrous de la porte se mirent à siffler, et Shepherd la déplaça afin qu'elle ne puisse voir que son torse massif. La porte s'ouvrit et se referma, et ce ne fut qu'alors que l'Alpha s'éloigna pour la laisser voir.

Lorsque Claire vit la superbe blonde, elle se rua en avant pour faire barrage de son corps entre Maryanne et Shepherd, paniquée.

— Qu'est-ce qu'elle vient faire ici ? Tu m'avais promis !

— Claire, calme-toi ! Tu vas avoir un anévrisme, la taquina Maryanne en passant son bras autour de ses épaules. J'ai été invitée à dîner.

Foutaises ! Il devait y avoir une embrouille ; il y avait toujours une embrouille, avec Shepherd. L'effroi s'empara de l'Oméga, qui tourna son attention vers la table pliante, puis vers son partenaire gigantesque, puis par-dessus son épaule vers Maryanne.

Claire était terrifiée.

La femelle Alpha la poussa en souriant, ses sourcils dansant sur son visage, comme si rien au monde ne pouvait venir la troubler.

— Je n'ai pas pu refuser quand il m'a dit qu'il y aurait du steak au menu... Ne crois pas un seul instant que je sois venue pour te voir.

Le rire nerveux de Claire ne fut pas du tout rassurant. Les deux femmes s'assirent, et Shepherd avança vers une troisième chaise, dans le coin, pour surveiller tel un gardien le dernier repas du condamné.

Enthousiaste, Maryanne dévora toute son assiette en parlant de tout et de rien et en souriant, tandis que Claire avalait la nourriture à grand peine en priant pour qu'elle ne remonte pas. Au bout d'une demi-heure, la tension se dissipa. Le doux ronronnement de Shepherd dans son coin, ainsi que le regard approbateur qu'il lui adressait chaque fois qu'elle le regardait, finirent par calmer Claire.

Le simple fait que Maryanne soit à ses côtés était extraordinaire. L'espace d'un instant, Claire se sentit… à l'aise. Quand elle eut avalé sa dernière bouchée de steak, Claire regarda sa belle amie.

— Maryanne, tu dois être la dernière femme dans tout Thólos à encore porter du rouge à lèvres.

Ses lèvres rouges et pleines se retroussèrent, Maryanne aussi fière qu'un paon.

— J'ai des principes, répondit-elle en observant les cheveux de Claire. Et toi, tu as été fainéante. Tu as besoin d'une coupe de cheveux.

— Comme tu as pu le constater en voyant mon steak prédécoupé, je n'ai droit à aucun instrument tranchant. Je suis également presque certaine que les services d'un salon de coiffure ne font pas partie de la philosophie de Shepherd.

— Mais la cuisine gastronomique oui ? ronronna Maryanne en haussant un sourcil moqueur.

Les sourcils froncés, Claire baissa les yeux vers leurs assiettes vides.

Maryanne lui lissa les cheveux pour lui montrer ses pointes abîmées.

— Tu sais, Claire, en matière de beauté, tu vas devoir lui dire franchement ce dont tu as besoin. En ce qui concerne les femmes, ton Alpha a l'air aussi bête qu'une pierre.

Incapable de se retenir, l'Oméga éclata d'un rire gras. Elle leva les mains vers sa bouche et, imaginant l'expression de Shepherd derrière elle, fut prise d'un fou rire.

Il lui fallut une minute pour s'en remettre et pouvoir gronder sa prétentieuse amie.

— Mais bordel, Maryanne ! Il ne te laissera jamais revenir, maintenant.

— Oh, je pense que si, rétorqua l'Alpha en s'adossant à sa chaise comme un chat bien nourri.

Pendant que Claire rassemblait ses pensées, Maryanne commença son rapport :

— J'ai rendu visite à tes Omégas. Elles ignorent tout de ta situation.

Voilà donc pour quelle raison son amie était là.

— Elles pensent que je me suis suicidée ?
demanda Claire, inquiète, en passant une main dans
ses cheveux.

— Oui.

— Tant mieux. Elles se feraient du souci si
elles savaient que j'étais encore en vie.

— Uniquement par crainte que tu leur causes
des ennuis.

— Maryanne… Ce n'est pas juste.

— La vie n'est pas juste, mon chou, rétorqua
l'Alpha avec un sourire arrogant en agitant un doigt.

— La vie est ce que nous en faisons.

— Dixit la femme échevelée aux lèvres
gercées. Tu n'as clairement pas fait grand-chose de la
tienne.

Agacée par ses réprimandes, Claire se pencha
vers elle et grogna :

— Qu'est-ce que tu veux dire par là ?

— Qu'après t'avoir bien regardée, je peux
voir que tu as joué les victimes au lieu d'essayer de
vivre, rétorqua Maryanne en perdant son ton fringant
et son regard espiègle. Ouais, ta situation craint ;

ouais, c'est pas ce que t'aurais voulu. Mais c'est ce que c'est. Et je te connais… Je vois bien que tu stagnes au lieu de t'adapter, obstinée au point de te faire du tort. Shepherd n'est peut-être pas le prince Charmant, mais tu es en sécurité. Il te nourrit. Tu t'en sors mieux que presque tout le monde sous le Dôme.

— C'est lui qui t'a demandé de dire ça ? siffla Claire.

Elle semblait sur le point d'arracher la tête de son invitée.

— J'ai l'air d'être du genre à faire ce qu'il me dit ?

— Et pas qu'un peu. Tu n'avais pas besoin d'amis, à un moment donné ? articula Claire en plissant les yeux. C'est ton *ami* qui est assis là, dans le coin.

L'espace d'un instant, Maryanne parut sonnée, puis elle retrouva son sang-froid.

— Tu ne sais pas ce que c'est, là en bas, Claire. Même toi, tu aurais fait *n'importe quoi* pour en sortir. Et, non, il ne m'a pas demandé de te dire ça. C'est juste mon opinion.

— Eh bien, vu tes choix de vie, il est clair que ton jugement n'est pas toujours le meilleur.

— Ce regard dans tes yeux…, lança la blonde, aussi triste que son amie. Je sais ce qu'il signifie. Tu sais que j'ai raison. Et, oui, j'ai foiré. Je suis ce que je suis. Mais tu m'aimes quand même.

— C'est vrai, espèce de salope.

Une haleine chaude souffla soudain sur sa nuque. Claire se tendit, ne s'étant pas rendu compte que Shepherd s'était approché en silence.

— Ça suffit pour aujourd'hui, dit-il en posant son pouce sur sa colonne vertébrale.

La main de Shepherd enserrant toujours sa nuque, Claire se leva pour faire ses adieux.

— Je suis désolée de t'avoir agressée verbalement, Maryanne.

— T'en fais pas, répondit l'Alpha en souriant. Tu peux être un peu vache ; tu es enceinte. Avant que tu t'en sois rendu compte, tu seras vraiment aussi grosse qu'une vache.

Et cela suffit pour que Claire se remette à glousser, quitte l'ombre de Shepherd et embrasse son amie. Dressée sur la pointe des pieds, Claire déposa un baiser sur les lèvres de Maryanne, comme les deux amies le faisaient toujours pour se dire au revoir.

Mais ce fut une erreur.

Shepherd gronda, et Claire se précipita vers lui en suppliant :

— Ne lui fais pas de mal !

— Claire est comme ma sœur, Shepherd, lança Maryanne pour l'apaiser, sans parvenir à cacher la peur dans sa voix. Sors-toi la tête du cul.

— Vous ne vous embrasserez plus, tonna-t-il en passant un bras autour de la taille de l'Oméga

Shepherd la maintint contre lui tout en vociférant un torrent de mots étrangers vers la porte.

Les verrous cliquetèrent, et la porte fut ouverte afin que mademoiselle Cauley puisse être escortée par un contingent de disciples armés. La porte avait à peine eu le temps de se refermer que Shepherd poussait Claire contre le mur. Elle l'entendit baisser sa braguette et grogner avec impatience en soulevant son jupon, puis il s'enfonça en elle d'un seul coup de reins.

Ce n'était qu'un accouplement animal, tous deux encore tout habillés, mais les grognements du mâle étaient si sonores que Claire sut que Maryanne et que quiconque se trouvait dans le couloir pouvaient les entendre. Et cela, bien entendu, était son but. Shepherd criait sur tous les toits qu'elle était à lui. Elle aurait voulu éprouver de la honte, mais son corps se glorifiait déjà de l'acte, son esprit s'embrumait déjà. L'accouplement fut bref et particulièrement satisfaisant lorsqu'il la retourna juste avant qu'elle jouisse. Le nœud se forma alors qu'ils se faisaient face, les chevilles de Claire nouées autour de la taille de Shepherd, dont la force la portait complètement et accompagnait son plaisir.

— Tu n'as pas dit mon nom, haleta-t-il, ses yeux tels du fer fondu.

— Shepherd, dit-elle, juste pour qu'il la ferme et la laisse savourer les ondes de répercussion de l'orgasme.

Il restait une trace de rouge à lèvres sur la bouche de Claire. Sans la lâcher, Shepherd tendit la main pour l'effacer. Son doigt hésita, changea de direction et l'étala sur ses lèvres jusqu'à ce qu'elles prennent une teinte rosée.

— Mademoiselle Cauley a-t-elle raison ? As-tu besoin de produits de beauté ?

Le fauve venait de nouer, n'avait pas fini d'éjaculer, et voilà qu'il lui posait des bêtes questions.

— Personne n'a besoin de produits de beauté, rétorqua Claire en le regardant comme s'il était devenu fou.

— Je ne vois aucun problème avec la longueur de tes cheveux, ni avec tes pointes, grommela-t-il ensuite en les caressant là où Maryanne l'avait caressée, comme s'il voulait effacer le toucher de l'autre Alpha.

Claire leva les yeux au ciel et reposa la tête contre le mur.

— Je ne t'ai jamais entendue rire de cette manière, continua-t-il en posant ses lèvres sur sa joue, son oreille, puis sa gorge.

Elle ne pouvait rien lui dire qui ne soit pas incendiaire, mais il était clair qu'il attendait une réponse.

— Elle est marrante. Elle l'a toujours été.

Shepherd comprit que son hilarité avait eu moins à voir avec le commentaire de Maryanne qu'avec le fait que Claire était d'accord avec l'évaluation de son amie. Svana ne l'avait pourtant jamais trouvé incapable de la comprendre ou de pourvoir à ses besoins. Il était facile de lui plaire, elle adorait toujours les cadeaux qu'il lui offrait et l'avait toujours remercié profusément. De son côté, Claire s'était presque toujours désintéressée de ce qu'il lui apportait, n'accordait pas un seul regard aux nouveaux vêtements, aux bijoux cachés dans son tiroir ou aux belles choses qu'il plaçait dans la chambre. Il savait qu'elle appréciait la nourriture, même si sa fierté l'empêchait de le lui dire, et qu'elle éprouvait du plaisir à peindre. Rien d'autre n'avait mérité de réaction.

Il avait détesté chaque minute de la conversation entre les deux femmes, à part la sage réprimande de Maryanne à l'attention de son amie. C'était la seule chose qui le pousserait peut-être à autoriser une nouvelle rencontre.

Ce qu'il trouvait encore plus étrange, c'était le fait que Claire s'était énervée, qu'elles s'étaient disputées, puis réconciliées. Sans rancune.

L'Oméga était en train de s'endormir dans ses bras. Comme son nœud les liait toujours, Shepherd la porta jusqu'à sa chaise et les assit tous deux confortablement en attendant de débander. Quand elle blottit son nez dans sa gorge et inspira son odeur, l'Alpha encouragea son comportement, joua avec ses cheveux et écouta son fredonnement singulièrement musical – un chant d'Oméga qu'elle n'avait plus émis depuis… depuis Svana.

Il avait comblé sa partenaire. Elle était même en train de sourire contre la peau de sa gorge. Shepherd était sûr qu'elle ignorait qu'il se délectait de cette vue dans leur reflet. Quand son ronronnement s'approfondit, elle battit des cils et caressa le tissu de sa chemise.

— Je t'apporterais des produits féminins si tu me le demandais, grommela-t-il d'un ton curieusement détendu étant donné son courroux à peine quelques minutes plus tôt.

Elle inspira profondément et leva les yeux vers lui. Après leur dernière conversation, elle savait ce qu'il attendait d'elle.

— Je ne sais pas pourquoi tu l'as fait, et je ne peux que supposer qu'il y avait un mobile ultérieur, égoïste, mais j'apprécie ton geste. Merci de m'avoir permis de passer du temps avec Maryanne.

Shepherd pouvait se montrer si tendre, si différent. Il prit sa joue dans sa main et l'observa d'un air doux.

— Mon mobile était simplement de te montrer que je respecte ma promesse et que tu passes un bon moment.

Shepherd se comportait bien et faisait même des concessions… et il voulait qu'elle le reconnaisse. Inspirant sa lèvre inférieure dans sa bouche, elle s'autorisa un moment pour le regarder de près. Lorsqu'elle se redressa pour que son membre flasque glisse de sa chatte, ils se retrouvèrent à la même hauteur. Claire toucha le parasite Da'rin qui créait des volutes sur son cou, l'arche de ses sourcils et les nombreuses cicatrices sur son visage, recueillies au fil de décennies de combats.

Cet homme était son ennemi.

— Tu es curieuse…, hasarda Shepherd, comme pour l'encourager.

Ses paroles la sortirent de sa contemplation abstraite. Ce qui avait été un objet d'étude redevint une personne, et Claire eut un mouvement de recul.

— Le sénateur Kantor m'a dit que ces tatouages symbolisaient les hommes que tu as tué.

— C'est une pratique courante en prison, pour dissuader les adversaires potentiels.

— Il a dit qu'ils faisaient mal…

— Au soleil, oui.

Ils baignaient dans une mare de soleil et, bien qu'il porte des manches longues, les marques sur son cou étaient exposées. Il semblait si calme, ses yeux concentrés mais doux, que Claire douta de ses paroles.

— Mais tu ne les couvres jamais.

— Je peux supporter la douleur, dit Shepherd en souriant, avant d'essayer d'embrasser ses lèvres passives.

Claire posa un doigt sous son menton pour le distraire de ses intentions romantiques et lui demanda de tendre le cou pour qu'elle puisse le voir à la lumière du jour. Ses ongles griffant légèrement les volutes, elle explora et compta les vies.

— Combien ?

Le mâle se mit à ronronner et à s'étirer, s'abandonnant aux caresses de Claire.

— Beaucoup.

— J'ai essayé de les compter, avoua-t-elle avec tristesse. Encore et encore. Je perds le compte à chaque fois.

Il la voulait câline et satisfaite, pas effrayée et prête à se quereller.

— C'est une tradition en prison. Vous avez vos traditions à la surface aussi. La plupart des hommes passent plusieurs années dans la Crypte, peut-être une décennie s'ils sont forts. J'y suis né. Avant que je ne donne aux prisonniers une raison d'être et la volonté de vivre, rares étaient ceux qui survivaient assez longtemps pour que le Da'rin s'étende aussi extensivement que sur moi. Mes tatouages représentaient une marque d'espoir pour nombre d'entre eux, l'espoir qu'ils puissent, eux aussi, continuer d'exister.

Au nom des hommes qui avaient été enfermés sous terre alors qu'ils étaient innocents, de ceux qui avaient été condamnés pour des infractions mineures… de Maryanne… Claire pouvait presque comprendre.

— Le Dôme n'est pas ce que je croyais, mais il n'est pas ce que tu crois non plus.

— Tu en sais si peu, mais tu en dis tant, la taquina-t-il en caressant ses cheveux.

— Ne minimise pas ma vie, le fustigea-t-elle en passant une main sur ses yeux. Un Alpha ne sait pas ce que c'est, de grandir en étant Oméga. Bien sûr, la classe n'est pas confirmée avant douze ou treize ans, mais cette peur, et savoir que toutes ses prières d'enfance au Dieu des Bêta n'ont pas été entendues… Savoir que l'on ne sera jamais plus que la précieuse possession d'un Alpha… J'avais brisé le cercle. J'avais fait tellement attention.

L'homme passa un bras autour d'elle, comme s'ils partageaient un moment intime. Il l'embrassa même sur le front.

— Un jour, tu me remercieras – entourée de nos enfants, heureuse dans la vie que je t'ai donnée.

— Tu veux encore que je te remercie ? Eh bien, il y a une chose que je veux.

— Laquelle ? demanda-t-il lassement, pinçant chacune de ses vertèbres en signe d'avertissement.

Sa petite main posée sur son torse, soufflant son haleine chaude sur sa gorge, elle soupira.

— Quand j'ai erré dans Thólos, j'ai vu Lilian et les autres Omégas pendre de la Citadelle. Leur accorderais-tu une sépulture digne si je te le demandais ?

L'inclinaison de sa tête lui fit savoir qu'il était intrigué, qu'il pesait le pour et le contre d'accéder à une telle demande. Lorsqu'elle tourna le menton, les yeux de Shepherd brillèrent. Il était en train d'élaborer sa stratégie pour reprendre la main.

— Je consentirais à t'accorder cette faveur si tu m'en accordais une en retour.

Claire était depuis longtemps désabusée par cet homme. Bien sûr qu'il voudrait quelque chose en échange.

— Qu'est-ce que tu veux de moi ?

— Je pense que nous savons tous les deux ce que je veux, répondit-il, son regard aussi brûlant que du fer fondu.

— Je ne veux pas me laisser piéger dans quoi que ce soit. Sois précis ou oublie ma demande.

Après un petit gloussement, Shepherd lança :

— Tu es encore plus futée qu'avant, ma petite Oméga. Embrasse-moi, et je te donnerai ce que tu voudras.

— Tu vas devoir m'offrir quelque chose de bien plus formidable pour m'inciter à t'embrasser. À la place, je veux bien t'offrir…

Claire pinça les lèvres en réfléchissant et en essayant d'ignorer la main chaude qui faisait des cercles dans le bas de son dos, comme pour encourager la négociation. Mais elle avait si peu à offrir…

— Je veux bien t'offrir…, répéta-t-elle, comme pour gagner du temps. Je vais chanter pour toi.

— Non.

— Je te peindrai tout ce que tu veux.

— Non.

Elle avait déçu tellement de monde ; il y avait bien une chose qu'elle pouvait faire pour ces femmes mortes. Déplaçant la main vers son membre exposé, elle feignit la détermination, mais fut trahie par sa voix chevrotante.

— Je prendrai l'initiative de nos ébats, au moment de ton choix.

Shepherd baissa les yeux vers sa main, qui planait à proximité, mais pas encore assez près, de sa virilité. Séduit, il ronronna et la dévora des yeux.

— Voilà une offre bien plus intéressante. J'accepte les trois.

D'accord, alors c'était ce qu'il aurait.

— Et moi, je veux la preuve que ça a été fait.

— Alors chante-moi quelque chose maintenant, en toute bonne foi, répondit l'Alpha avec un sourire suffisant.

Elle pouvait y arriver.

— Quelle chanson aimerais-tu entendre ?

Shepherd replaça ses mèches derrière ses oreilles pour dégager son beau visage.

— La chanson que tu m'as déjà chantée, mais sans pleurer, cette fois. Et tu dois me regarder dans les yeux en chantant pour moi.

Elle entonna la ballade et la chanta jusqu'au bout, pendant que Shepherd la caressait et ronronnait, visiblement très satisfait de leur accord. Claire ne pleura pas, bien trop pressée d'obtenir satisfaction.

Lorsqu'elle eut terminé, il était comme dompté... et la regardait comme il avait regardé Svana.

— Les choses pourraient être comme ça tout le temps, ma petite.

Elle posa une main sur sa joue et, le cœur comme de la pierre, murmura :

— Non, Shepherd, elles ne le pourraient pas.

— Tu verras…, insista Shepherd calmement en l'allongeant pour qu'elle se repose. Je te le prouverai.

* * *

Tout était doux et chaud et douillet. Claire n'avait aucune envie de bouger, qu'importent l'arôme délicieux du café et la main chaude qui furetait dans son nid. Shepherd l'attrapa par la taille et tira jusqu'à ce que l'Oméga aux cheveux hirsutes et aux yeux chassieux émerge de sous la couette bleue.

Le nouveau lit était arrivé pendant son dîner avec Maryanne – tout était coloré dans le ton de bleu qu'elle affectionnait, tout était propre et frais. Malgré les efforts de l'Alpha, Claire n'avait cependant pas éprouvé le besoin de nicher pendant de nombreux jours. Mais il n'avait cessé de la ramener dans le lit, de la distraire de ce qu'elle était en train de faire et de les recouvrir tous les deux de couvertures. Il avait caressé son ventre pour l'encourager à penser au bébé, jusqu'à ce qu'enfin, le déclic se fasse et que son subconscient l'encourage à le renifler, à s'approcher de lui.

400

Claire se frotta les yeux en faisant la moue, contrariée que Shepherd l'ait réveillée. Homme sage, il lui tendit son cappuccino et attendit qu'elle effectue son nouveau rituel matinal. Tous les matins, en faisant de son mieux pour lui cacher son intérêt, sa petite jetait un œil à l'image dessinée dans la mousse, puis sirotait une gorgée et détruisait la petite œuvre d'art.

Dans sa tasse fleurissait un magnifique coquelicot détaillé. Malgré elle, Claire l'adora.

— La personne qui les dessine, sait-elle pour qui c'est ?

— Tu poses la question à cause de la forme de la fleur ? demanda Shepherd au lieu de répondre.

— Tu dois avouer que c'est un peu ridicule de te faire préparer un café avec un dessin de fleur.

— C'est pourtant un rituel de cour dans la culture du Dôme : le mâle offre des fleurs à la femelle. J'ai ordonné qu'il soit préparé comme ça.

Claire ne sut plus où se mettre. Elle but une gorgée et s'en voulut de rougir à cette tentative de geste romantique. Il allait confondre sa gêne avec une fausse pudeur. Il la regardait déjà avec une lueur arrogante dans les yeux.

— J'ai honoré ma part du marché, ajouta-t-il.

Claire posa la tasse et la soucoupe sur la table de nuit en se préparant au pire.

— Et la preuve ?

Shepherd approcha son écran COM.

— Ne ferait que te bouleverser. Alors je te demande de me faire confiance et de ne pas regarder les photos.

Aucune chance que Claire se fie à un type pareil.

— Ça ne pourrait pas être pire que les autres choses que j'ai vues dans cette ville.

Elle lui arracha l'écran des mains. La première photo avait été prise de loin, pour capturer les trois corps pendus, mais pas de si près que ce soit trop cru. La deuxième, prise du même point de vue, montrait les disciples de Shepherd en train de les détacher. Claire fut tentée d'arrêter là, d'accepter que cela lui suffisait, mais ce serait trahir sa faiblesse devant son adversaire. Son doigt glissa sur l'écran. Des cadavres allongés côte à côte dans une tombe ouverte, leurs visages décomposés, des orbites vides là où leurs yeux s'étaient trouvés. Elles étaient bâillonnées, leurs lèvres ratatinées exposaient leurs dents et le nœud coulant était toujours accroché autour de leur cou.

Claire ne put détourner les yeux.

Shepherd lui reprit doucement l'écran COM des mains.

— Es-tu satisfaite ?

Ce qu'elle était ? Incroyablement malade. En hochant la tête, un goût aigre dans la bouche, Claire se renfonça dans le lit en priant pour qu'il sorte, afin qu'elle puisse aller vomir en paix.

Shepherd connaissait tous ses tics et savait à quoi s'attendre. Claire avait le choix : elle pouvait aller dans la salle de bain et régurgiter avec dignité, ou il s'en mêlerait ; son regard noir en disait long.

Elle se glissa hors du lit, le dépassa, ferma la porte pour plus d'intimité, puis vomit tout ce qu'elle venait d'avaler, certaine qu'il lui faudrait un certain temps avant de reprendre goût au cappuccino.

Il la laissa tranquille et attendit qu'elle se rince le visage et se brosse les dents. Lorsqu'elle ressortit, Claire commença à s'habiller comme si rien ne s'était passé.

— Alors, qu'aimerais-tu que je peigne pour toi ? demanda-t-elle en brossant ses cheveux emmêlés, tournée vers l'homme assis au pied du lit.

Il inspira d'un air songeur.

— Un portrait de toi, ma petite, répondit-il d'un ton presque jovial. Un portrait que j'apprécierai.

Sa brosse prise dans un nœud, Claire se demanda si Shepherd comprenait combien il était difficile de peindre un autoportrait.

— Ce n'est pas dans mes cordes. Il ne serait pas forcément bon.

Il fit un signe des doigts, l'intimant d'approcher. Claire se raidit, craignant qu'il ne lui demande d'honorer la troisième condition de leur accord à cet instant précis, mais avança vers lui.

Il lui prit la brosse des mains, la mit de côté et tira Claire pour qu'elle repose sur son genou.

— Je veux que tu chantes pour moi, maintenant.

— J'ai déjà chanté.

— Notre accord ne stipulait pas le nombre de fois, dit l'homme avec un sourire sournois. Tu m'as dit que tu chanterais pour moi, et je désire que tu recommences.

Claire soupçonnait que c'était bien plus pour son bénéfice à elle qu'à lui ; une distraction qui dirigerait ses pensées dans une direction plus calme.

— Si tu établis ce précédent et que tu essaies de contourner les règles, ça finira par se retourner contre toi.

— S'il te plaît, roucoula Shepherd en posant un doigt sur son nez.

Elle chanta le premier air qui lui vint à l'esprit : un ancien hymne à la guerre... Une chanson poignante, triste et qui rappelait bien trop la détresse de Thólos. Sa mutinerie musicale ne tomba pas dans l'oreille d'un sourd.

— Tu te sens toujours malade ? demanda Shepherd en touchant doucement son ventre.

Claire ne se sentait jamais très bien au réveil, surtout après avoir été traînée hors du lit pour voir les photos des victimes assassinées par Shepherd, et elle le lui dit.

— La punition infligée à ces femmes était méritée, déclara l'homme, insensible à ses récriminations. Si ta mort avait pu leur rapporter quelque chose, elles n'auraient pas hésité à te tuer. Tu as eu la gentillesse de leur donner une sépulture. Inutile de les pleurer davantage.

— Tu ne voudrais pas qu'on te pleure à ta mort ? demanda Claire avec curiosité, sans agressivité.

Shepherd caressa le bébé, la petite créature qui n'avait pas encore déformé sa silhouette.

— Ne me pleurerais-tu pas, ma petite ? Ou tirerais-tu du plaisir de la mort de ton partenaire ?

Claire n'était pas cruelle. Elle éprouvait des sentiments naturels et sentit un élancement de discorde dans le lien – une pulsation soudaine et désagréable dans sa poitrine –, qui semblait attristé par la simple pensée de la mort de son créateur. En son for intérieur, elle soupçonnait que la mort de Shepherd ne serait pas synonyme de liberté. Trop de choses s'étaient passées entre eux. Elle dépérirait comme elle avait dépéri lorsque le lien avait été endommagé. Elle mourrait. Ignorant comment répondre à sa question, elle passa une main sur son visage et refusa de répondre.

— Cette pensée te bouleverse, susurra une voix tendre, manipulatrice, accompagnée des douces caresses d'un homme qui prétendait être ce qu'il n'était pas. Inutile d'avoir peur. Tu seras toujours entretenue.

Parfois, il lui semblait que Shepherd pouvait lire dans ses pensées. À d'autres moments, il était tellement à côté de la plaque que c'était comme s'ils vivaient dans deux univers différents.

Claire devait s'éloigner de ses genoux ; elle avait besoin de réfléchir. Shepherd la laissa faire.

Elle lissa ses cheveux et tenta de le presser sur un autre sujet :

— Je n'arrive pas à me faire comprendre, apparemment. Qu'est-ce que tu veux de Thólos, au juste ? Tu es un roi aux nombreuses ambitions, mais tu laisses pourrir tes terres. Tu règnes sur tout ce qui respire sous le Dôme, mais tu hais tes sujets.

Shepherd posa ses coudes sur ses genoux et, tandis que l'Oméga arpentait la pièce, répondit avec finesse :

— Le nombre de disciples loyaux s'est accru plus que je ne l'aurais imaginé. L'adversité distille l'âme.

Les choses qu'elle avait vues dans les rues de Thólos, la dépravation – l'accent de vérité dans ses mots la blessa.

— Ceux qui ont rejoint tes rangs depuis l'assaut sont des traîtres qui ont choisi ta doctrine par instinct de survie déplacé.

— C'est vrai, mais la plupart des actes de terrorisme à Thólos ont été perpétrés par ses propres citoyens. Je n'étais pas impliqué.

Claire déglutit et se tordit les mains, cherchant quelque chose qu'elle pouvait utiliser.

— Je sais. J'étais venue te demander de l'aide… tu t'en souviens ? Tu ne m'as pas aidée.

— Bien sûr que si, répondit Shepherd, une lueur approbatrice dans les yeux.

Claire était sur le point de perdre son calme.

— Je refuse d'avoir cette discussion avec toi.

— Repense à ton attaque sur la Crypte, lui rappela le géant. Repense à ce que tu as accompli pour les Omégas. Ce sont les épreuves que traverse Thólos qui déterminent le caractère de son peuple. Et tu es exceptionnelle.

C'était loin d'être la vérité. Penaude, Claire posa les yeux sur le sol.

— Est-ce que Maryanne t'a dit ce que j'ai dû faire pour la convaincre de m'aider ?

— Je n'ai pas discuté de ces choses avec Mlle Cauley. Je lui ai pardonné ses agissements et j'ai compris tes motivations.

— Je l'ai menacée, avoua Claire, certaine qu'il pourrait voir comment son occupation l'avait changée, elle aussi. J'ai menacé de te la livrer.

Shepherd ne put s'empêcher d'éclater de rire.

— Comme tu es charmante. Ne t'inquiète pas pour ça. Tu n'aurais jamais mis ta menace à exécution. Nous le savons tous les deux.

Mais elle avait tout de même fait du tort à son amie.

— J'ai détesté faire ça, Shepherd.

Celui-ci hocha la tête, comme s'il était très satisfait.

— Mais c'était nécessaire.

Il déformait ses intentions et utilisait cette conversation pour l'influencer.

— Comment tout ceci finira-t-il ?

Il était toujours posé, patient, et Claire se demanda pourquoi sa question semblait lui faire si plaisir.

— Dans une Utopie cultivée, répondit-il, tel le père qui éduque l'enfant.

Luttant pour ne pas grincer des dents, Claire revint à ses moutons.

— Peuplée d'habitants à bout ? Comment veux-tu que Shanice s'épanouisse dans un monde qui a inspiré son viol ?

— Si tu n'étais pas intervenue, elle aurait été en sécurité, éloignée des dangers de Thólos, protégée par son partenaire – qui lui aurait fourni tout ce dont elle avait besoin. Charles était un homme bon, un homme qui méritait le cadeau qu'est l'amour d'une Oméga.

Inutile qu'elle continue à perdre son temps sur ce sujet.

— Dans cette utopie, où est la justice pour mon garçon mort ? Les enfants qui souffrent et qui meurent sont innocents…

— Les enfants sont négligés et détruits par leurs propres familles. Mes disciples ne leur font aucun mal.

— Mais ils ne les aident pas. Ils perpétuent la souffrance. Je ne comprends pas comment tu ne vois pas ce que je vois, lança Claire, ses yeux verts écarquillés et implorants. Shepherd, tu as libéré des prisonniers. Tu as inspiré la violence. Tu es une infection encore plus dangereuse que la consomption rouge.

— Moins de vingt mille hommes ont été libérés dans une ville qui en compte des millions… Une ville remplie d'individus qui ont choisi d'embrasser la violence plutôt que tenir tête honorablement – un peuple qui s'est laissé corrompre facilement. Je ne leur ai jamais dit de piller, de violer ou de tuer. Thólos est seule responsable de ses actions.

— Tu nous as manipulés avec une habileté terrible, mais qui pourrait être redirigée. Pourquoi ne pas inspirer le bon, pourquoi ne pas essayer de changer le monde sans recourir à la violence ? demanda Claire en tapant du pied, frustrée.

— Ce serait vain dans un endroit si immoral et corrompu. Il est impossible de raisonner avec ce genre d'individus, ma petite. Il est irréaliste d'essayer d'expliquer ou d'éduquer. Ils sont tout à fait conscients de ce qu'ils font. Ils se moquent de toi, de ta bonté et de tout ce qui dépasse leurs propres désirs insatiables. Après tout, que sais-tu vraiment du sénateur Kantor, le champion du peuple ? Cet homme ferait n'importe quoi pour le pouvoir, manipulerait n'importe qui pour de l'argent. Il connaît des secrets qui signeraient son arrêt de mort, si la résistance venait à les apprendre.

Faisant de son mieux pour ne pas se laisser distraire et perdre du terrain, Claire gronda :

— Tu es amer parce qu'il est toujours en liberté ; parce qu'il se bat.

— Qu'est-ce qui te porte à croire que je ne sais pas où il est en ce moment précis ? demanda Shepherd en croisant les bras.

— Il n'y a pas de résistance…, souffla-t-elle, se forçant à rester passive.

— Et il n'y en aura jamais, opina l'Alpha, son sourire accentué par les ridules aux coins de ses yeux. Les Thólossiens ne se soulèveront jamais par peur d'empiéter sur leur confort en baisse.

Consciente que sa question l'énerverait, Claire lâcha :

— Mon tract a-t-il fait effet ?

— Oui.

Ses yeux d'argent perdirent de leur hilarité et se firent fuyants, plissés et désapprobateurs.

— Alors tu te trompes, dit-elle, se raccrochant à cette lueur d'espoir.

À regret, Shepherd répondit :

— Ton tract a entraîné une vague d'assassinats violents de femmes aux cheveux noirs qui te ressemblent. Mes hommes en découvrent tous les jours.

— Tu mens ! s'écria Claire d'une voix fêlée.

Sa lueur d'espoir vola en éclats. Elle s'effondrait déjà. Malgré sa protestation, elle sut qu'il disait la vérité.

— Maintenant, vois-tu ce que les citoyens de cette ville sont ? demanda Shepherd délicatement.

La tête entre les mains, Claire se mit à sangloter. La mort de chacune de ces femmes la pèserait et la rongerait à jamais.

Il avait de nouveau déjoué ses plans ; il avait gagné.

Dans ses bras, parcourue de sanglots, se détestant pour ce que ce tract avait inspiré et pour la stupidité qui l'avait rendue aveugle aux conséquences, Claire se laissa tomber sur le sol. Il plongea aussitôt en elle, ronronnant tendrement, la serrant fort pour qu'elle ne se fasse pas mal en se débattant. Elle pleura tout le long, ses larmes ruisselant toujours lorsqu'elle jouit. Voyant que ses mots doux n'avaient aucun effet, Shepherd proclama que ce n'était pas sa faute, qu'elle était bonne et qu'elle n'aurait pas pu soupçonner les répercussions – elle était innocente, pure, ses idéaux étaient nobles… Thólos ne la méritait pas.

Il lui dit qu'il l'aimait.

Elle se calma quelque peu.

Les vingt-quatre heures suivantes, Claire ne put supporter l'idée de sortir de son nid. Shepherd la laissa en paix tant qu'elle mangeait tout ce qu'il lui apportait, y compris des frites avec de la mayonnaise et un milk-shake au chocolat.

Chapitre 14

Lorsque Claire se réveilla le lendemain, Shepherd fit sa toilette, l'habilla et lui passa les menottes pour pouvoir l'emmener voir le ciel. Au fond, elle savait que s'apitoyer sur son sort ne la mènerait nulle part. Elle voulait mobiliser les troupes et recommencer à faire des progrès ; elle le devait à toutes ces femmes assassinées simplement parce qu'elles avaient les cheveux noirs. Mais la foi perdue était une pente glissante, et elle n'avait rien auquel se raccrocher.

Shepherd essayait de lui donner cette chose.

Il la porta jusqu'à la pièce à la fenêtre. Il verrouilla la porte et lui montra son dernier cadeau : le piano de sa mère était dressé contre le papier peint. Ses disciples avaient dû le porter depuis son appartement saccagé.

Il n'y avait pas de banc, seulement un petit tabouret sur lequel Shepherd prit place avant de l'installer sur ses genoux, là où elle pouvait toucher les touches éraflées. Puisqu'ils étaient encore enchaînés, Shepherd suivit la flexion de ses poignets, son corps l'enveloppant comme une couverture.

Claire inspira douloureusement et ferma les yeux. En transe, elle se mit à jouer du Bach, comme sa mère le lui avait appris. Il lui était difficile d'atteindre les pédales à cause du mâle qui lui servait de chaise – qui, la main posée sur son ventre, bougeait à son rythme sans jamais la gêner. Ils formaient une seule et même créature. Le bras épais menotté au sien la suivait facilement. Shepherd ne tira jamais sur les menottes, n'interféra pas une seule fois.

Respirant à temps, pleurant doucement, Claire s'épura. Tout était exprimé dans la mélodie : son chagrin, sa honte, sa culpabilité. Mais, à mesure que la musique s'écoulait, que les ronronnements s'accordaient à son air, son désespoir se mua en quelque chose de moins douloureux.

Claire n'était guère une virtuose. Elle faisait des fausses notes, mais jouer lui procurait du plaisir. Un plaisir qu'elle s'autorisa, qu'elle absorba avec avidité. Les yeux ouverts, elle laissa ses larmes couler. Les notes précieuses, la sensation des touches et de la chaleur sur sa peau noyèrent sa peine.

Mais cette distraction, aussi belle soit-elle, ne pouvait pas durer.

— Je n'aurais jamais imprimé ces tracts si j'avais pensé que d'autres en souffriraient.

— J'en suis conscient, dit Shepherd en la serrant davantage.

— Thólos devait savoir, murmura-t-elle. Ils devaient voir. Mais ils n'ont rien fait. Ils ne font… rien.

— Tu ne peux pas sauver Thólos, ma petite, souffla Shepherd à son oreille.

Martelant les touches dans une complainte stridente, Claire termina le concert.

— Je ne devrais pas avoir à les sauver ! Tu n'aurais pas dû faire ce que tu as fait !

La main sur son ventre, ses lèvres balafrées contre son oreille, Shepherd murmura :

— Si je n'étais pas venu, quel genre de vie t'aurait attendue, Claire ?

Celle qu'elle s'était toujours imaginée.

— J'aurais trouvé un mari, j'aurais eu des enfants, j'aurais continué à peindre… je n'aurais pas eu peur pour mes amies, je n'aurais pas pleuré plus de gens que je ne peux m'en rappeler. Ma belle ville n'aurait pas été en ruines, ma maison n'aurait pas été détruite.

Shepherd retourna son raisonnement contre elle :

— Les personnes auxquelles tu tiens sont en sécurité grâce à toi. Mes hommes les surveillent. Tu peins toujours. Tu as un partenaire qui subviendrait à tous les besoins que tu consens à partager avec lui, tant qu'ils ne te mettent pas en danger – un partenaire qui requiert ta patience. De plus, n'éprouves-tu aucun plaisir dans l'enfant que je t'ai donné ?

Alors que des larmes brûlantes dévalaient ses joues, Claire baissa les yeux sur la minuscule vie qui s'éteindrait lorsqu'elle se sacrifierait – une petite vie qui, chaque jour, grandissait et devenait plus réelle, qui l'affectait et accroissait sa dépendance à l'Alpha qui ronronnait dans son oreille.

Comme s'il savait qu'elle refusait de penser à son fils, Shepherd roucoula tendrement :

— Tu aimeras notre bébé et tu chanteras pour lui, tu peindras pour lui… Il aura des cheveux noirs comme les tiens, et peut-être aussi tes yeux.

Elle ne s'était encore jamais autorisée à imaginer l'enfant. En entendant cette description si invitante, Claire ne put empêcher le petit visage d'envahir son esprit et en voulut au mâle pour sa cruauté, pour avoir rendu son fils plus réel.

— Arrête de résister, Claire, insista Shepherd. Tu pourrais me pardonner et te pardonner, et ta souffrance prendrait fin. Tu pourrais le faire pour ton fils, afin qu'il ne souffre pas à cause d'une mère indifférente, comme tu as souffert.

Elle retint son souffle et enfonça automatiquement les touches pour se noyer dans la musique. Shepherd attrapa doucement ses mains pour l'empêcher de se distraire tant qu'il n'aurait pas terminé.

— Les choses ne se sont-elles pas améliorées, ces dernières semaines ? demanda-t-il en caressant l'Oméga tremblante et en embrassant sa gorge. Je sais que tu as du mal à accepter ce que nous avons traversé, ce que tu as vu à Thólos. Je sais aussi que tu comprends en partie mes raisons et que, même si tu ne veux pas l'admettre, tu sais combien cet endroit est malfaisant.

— Arrête, s'il te plaît…

— À ta guise.

Qu'il l'écoute était tellement inattendu. Claire se redressa, essaya de bouger les bras et vit que Shepherd ne l'empêchait plus de jouer. Elle recommença sa musique, une mélodie lente et affligeante. Alors que ses doigts erraient sur les touches, elle pensa à sa mère, la femme qui s'était assise à ses côtés pendant des heures, qui avait patiemment enseigné à sa fille la seule chose qui lui apportait véritablement de la joie. C'était un acte d'amour que Claire s'était toujours imaginé partager un jour avec ses propres enfants, le fantasme de l'avenir parfait et illusoire de l'Oméga.

Penser à sa mère décédée lui fit penser à son père décédé – à l'odeur des fleurs d'oranger et à la chaleur du soleil. Le rire de son père avait été le son que Claire préférait dans le monde entier.

Un autre mâle lui rappelait vaguement son père : Corday, avec son sourire puéril, sa gentillesse et sa patience.

Comme si Shepherd lisait en elle, comme s'il pouvait ramener ses pensées vers lui, il leva son jupon et effleura sa cuisse. Ses caresses étaient plaisantes. La musique s'écoulait si agréablement qu'elle se détendit et que son tempo prit la cadence des longues caresses de l'Alpha. Il s'enhardit, et elle retint son souffle lorsque ses doigts explorèrent et titillèrent sa vulve.

Sa manière de stimuler son corps, la facilité avec laquelle il séparait ses lèvres, avec laquelle ses cuisses s'écartaient d'elles-mêmes pour lui faire de la place afin qu'il la satisfasse... Parfois, ses attouchements lui semblaient si purs.

— C'est ça, ma petite.

Et cette voix rauque, chaleureuse et virile, pourquoi diable n'appartenait-elle pas à un autre que lui ?

Un pouce adroit exposa son bourgeon et fit de petits cercles autour. Elle fit une fausse note et poussa un miaulement de plaisir. Lorsque des doigts épais la pénétrèrent langoureusement et profondément, Claire geignit, retint son souffle et haleta le nom de l'Alpha.

— *Shepherd...*

Ses doigts divins se retirèrent ; il libéra son membre et souleva doucement sa partenaire. Lentement, délibérément, il l'empala sur lui. Sa queue ainsi gainée, l'Alpha resta immobile, sans fixer de rythme – mais il grogna dans son oreille quand la femelle ondula instinctivement du bassin pour son propre plaisir.

Sa main brûlante se reposa sur son bourgeon enflé et lui soutira des gémissements et des petits cris étouffés. Claire ne savait plus ce qu'elle était en train de jouer ou si cela avait un quelconque sens musical, tant elle était concentrée sur la pression qui s'accumulait, le confort apporté par ce corps familier. Quoi que fassent ses hanches, les doigts de Shepherd la suivaient. Bien qu'il ait le souffle court et rêve de pouvoir pilonner ce petit tunnel étroit, il la laissa prendre ce dont elle avait besoin.

Sous peu, les mouvements de Claire se firent erratiques. En entendant le gémissement désespéré de l'Alpha, elle remonta et se rabaissa brutalement sur sa queue, son orgasme si divin que le monde devint blanc.

Shepherd la suivit comme sur commande, baignant ses entrailles de chaleur et de son odeur préférée – encore bien plus délicieuse que celle des fleurs d'oranger.

Claire ne pleura pas. Pour une fois, elle ne se reprocha rien. Elle resta assise sur ses genoux, le nœud fusionnant leurs corps, et le sentit éjaculer pendant de longues minutes de jouissance, puis recommença à jouer du Bach – parce qu'elle devait persévérer, elle devait survivre pour donner à Corday sa chance, et tant pis si les chances n'étaient pas de son côté. En outre, elle ne survivrait pas si elle n'arrivait pas à accepter le confort que Shepherd lui apportait alors qu'elle était si près de se briser.

L'Alpha gronda sa satisfaction à chaque expiration. Blotti contre elle, il la serra dans ses bras et savoura la pseudo-sérénité de Claire.

Il avait gagné. Sa partenaire laissait enfin leur lien l'apaiser.

* * *

— Donne-moi ton pied, aboya Maryanne en secouant à petits coups rapides le flacon dans sa main.

Gavées de gâteau – un immense gâteau de couches au glaçage turquoise et magnifiquement décoré, qui aurait pu nourrir la moitié de l'armée de Shepherd… et qui aurait encore pu la nourrir après leur attaque brutale –, les amies paressaient, occupées à des trucs de fille.

Tout sourire, renversée sur sa chaise, Claire leva un pied nu et l'étendit en travers des genoux de son amie.

— Pourquoi ne suis-je pas surprise que tu aies choisi du rouge allumeuse ?

— Trop sexy pour la prude petite Claire ? rétorqua Maryanne avec un sourire en étalant soigneusement le vernis sur son gros orteil.

425

— Venant de la fille qui a couché avec tous les garçons à notre connaissance…

— Après mon départ, as-tu enfin accepté de sortir avec ce pauvre Seymour ? Il avait un tel béguin pour toi.

— Bons Dieux, non ! grogna Claire en levant les yeux au ciel. J'ai demandé à mon père de le chasser quand il a commencé à venir renifler autour de notre maison.

Maryanne leva vers elle des yeux espiègles et lui fit signe de tendre l'autre pied.

— Et les garçons du lycée ?

— Je me concentrais sur mes études, répondit Claire en secouant la tête.

— Après le lycée ?

— Purée, tu me donnes l'air d'être si rasoir !

Maryanne étala soigneusement le vernis carmin, concentrée sur sa tâche.

— Alors seulement Shepherd, hein ? C'est vraiment dommage, quand on y pense. Si tu n'as couché qu'avec lui, tu n'as personne avec qui le comparer. Il pourrait être nul, et tu ne le saurais jamais. Je parie que tu aurais préféré avoir expérimenté un peu, maintenant…

En riant si fort qu'elle en eut mal, Claire bégaya :

— Arrête de le chercher !

— C'est ce qu'il mérite à vouloir écouter nos commérages de filles. Ce n'est pas sans raison que les femmes se rassemblent sans les hommes… c'est pour pouvoir se moquer d'eux.

Claire s'esclaffait toujours, ses yeux verts animés tandis que *l'innocente* Maryanne soufflait sur ses orteils.

— Qu'est-ce que tu as d'autre d'intéressant dans tes poches ? demanda Claire.

— Regardez qui veut des cadeaux, maintenant ! chantonna la blonde en sortant un tube de rouge à lèvres de son manteau.

Maryanne ôta le capuchon et grimaça comme une artiste en train de créer une œuvre d'art. Claire se pencha en avant, fit une bouche en cœur et laissa son amie étaler le bâton rouge framboise sur ses lèvres.

— Eh bien, je ne vais pas mentir, dit Maryanne en haussant les épaules, peu impressionnée. Ça te donne l'air d'une traînée, mais Shepherd aime peut-être ça.

— C'est la même couleur que celle que tu portes ! renifla Claire en lui arrachant le tube des mains. J'avais un rouge à lèvres comme ça un jour ; je n'ai jamais trouvé l'occasion de le porter.

— Qu'est-ce que tu veux dire, l'occasion de le porter ? Tu le portes et c'est tout, répondit son amie en se renfonçant sur sa chaise.

Claire lui lança un doux sourire moqueur.

— Facile pour toi de dire ça, Alpha. Quand tu attires l'attention – et, vu ta beauté, ça doit arriver souvent –, tu n'as pas à t'inquiéter des conséquences potentielles.

— Tu es sotte, Claire. Et paranoïaque, rétorqua Maryanne en bâillant. Ce n'est que du rouge à lèvres. Et je parie que tu n'as plus à t'inquiéter de ça, maintenant. Il n'y en a pas un qui osera emmerder la poule de Shepherd.

Ses yeux verts tombèrent de tristesse.

— Ce n'est pas ce que j'entends, dehors…

— Que veux-tu dire ?

— Les femmes qui me ressemblent… à cause de mon tract, répondit-elle d'une voix coupable.

— Tu lui as *raconté* ça ? cracha Maryanne à l'attention du mâle hostile qui les observait depuis son coin. Qu'est-ce qui ne va pas chez toi ?

Claire ne put voir sa réaction à la pique de son amie, mais sut que rien de bon n'en ressortirait.

— Je ne suis pas une enfant, Maryanne, intervint-elle. J'ai posé la question, il n'a fait que me dire la vérité.

Maryanne avait sa propre opinion sur la situation.

— Rien de tout ça n'est ta faute, tu sais ? Je pensais que le tract était assez couillu, mais il va bien falloir que tu te rentres ça dans ta p'tite tête, ma fille : Thólos est un endroit vicié rempli de gens cruels.

— Les gens peuvent changer, souffla Claire, certaine que c'était la vérité.

— Tu penses vraiment que Shepherd pourrait changer ? riposta Maryanne en arquant un sourcil.

L'Oméga inclina la tête et réfléchit avant de regarder par-dessus son épaule. Son regard croisa celui de Shepherd.

Il posa les yeux sur ses lèvres rouges, visiblement intrigué.

Elle se leva et marcha, sans se soucier de ses orteils récemment vernis, jusqu'à se retrouver devant le mâle. Tant de pensées contradictoires s'affrontaient dans son esprit. Son attitude envers elle avait changé et était bien plus convenable, mais tout cela aurait pu n'être qu'une stratégie hypocrite pour gagner son affection. Après tout, elle était certaine que rien n'avait changé dans son comportement en dehors de leur antre et dans ses agissements envers Thólos.

Lorsque, debout entre ses jambes écartées, elle leva sa petite main pour la poser sur sa joue, Shepherd la laissa faire et resta immobile. Ses yeux argentés brillèrent, concentrés sur elle et satisfaits de l'attention qu'elle lui portait devant la femelle Alpha.

Claire inspira comme si elle s'apprêtait à parler, puis hésita et fit la moue, jusqu'à ce qu'il ronronne et caresse son ventre du revers de ses doigts chauds.

— Shepherd pourrait-il changer ? s'interrogea-t-elle tout haut.

Tout était dit dans son expression : son désir qu'il puisse changer, les efforts qu'elle avait déployés pour essayer de l'influencer.

— Pourrais-tu changer ? murmura Claire, sa voix aussi douce que les doigts qui caressaient la joue du géant.

Une main chaude et immense se referma sur la sienne, l'éloignant doucement de son visage.

— Tu négliges ton invitée, ma petite, la tança Shepherd.

Claire retrouva son souffle et cligna des yeux en sortant de sa transe. Elle recula d'un pas hésitant tandis que le mâle poussait une paire de petits ciseaux dans sa main.

— J'ai donné à mademoiselle Cauley la permission de te couper les cheveux, si c'est ce que tu veux.

— Je ne lui fais pas confiance pour y arriver, badina Claire en regardant l'instrument. Elle me coupera tout de travers.

— Ce ne peut pas être si difficile que ça, lâcha Maryanne depuis l'autre bout de la pièce.

Claire sourit en repensant à sa tentative ratée, dix ans plus tôt.

— C'est ce que tu as dit la dernière fois, et permets-moi de te rappeler qu'il a fallu deux ans pour que cette horrible frange repousse.

Elle retourna auprès de Maryanne et laissa la blonde lui couper les cheveux, certaine que le résultat serait horrible, mais s'en moquant royalement si c'était le cas. La seule chose qui intéressa vraiment Claire durant cet interlude fut l'écran COM que Maryanne sortit, rempli de photos des Omégas, et même une de Corday, un sourire plein de fossettes tandis qu'il parlait à une personne située en dehors du cadre. À son petit doigt se trouvait son anneau en or, presque invisible, mais bien présent.

Corday avait toujours foi en elle.

Prenant garde de ne pas le regarder trop longtemps, Claire posa l'écran COM et resta tranquille pendant que Maryanne coupait ses mèches.

Lorsqu'elle eut terminé, l'Alpha ébouriffa ses cheveux et, prenant un accent ridicule, lui assura qu'elle était très belle. Elle lui tendit un miroir de poche et fronça les sourcils quand Claire le repoussa.

— Je n'ai pas besoin de voir.

— Ce n'est pas moche, Claire. Regarde, insista-t-elle.

— Je suis sûre que tu as très bien fait ça.

Maryanne savait ce qui se passait et pouvait voir les fissures dans le masque de sa vieille amie. Elle leva le miroir devant ses yeux et, quand l'Oméga détourna la tête, cracha :

— Qu'est-ce qui ne va pas chez toi ?

Lorsqu'elle essaya de suivre son regard avec le miroir, Claire eut la même réaction. La coupe était pleine. L'Alpha empoigna l'Oméga par les cheveux et maintint sa tête en place, puis la força à se regarder.

— Ouvre les yeux et regarde-toi dans la glace, Claire !

Ce qu'elle fit. Claire observa le visage tant haï, les lèvres pleines parées de rouge pour les embellir et les cheveux noirs qui avaient été coupés de sorte à encadrer son visage. Un visage aux yeux verts et au teint pâle ; un visage qu'elle avait été incapable de regarder cette dernière semaine sans voir les femmes mortes qui lui ressemblaient. Des femmes qu'elle avait tuées.

— Tu as raison, décréta Claire d'une voix atone. Ce rouge à lèvres me donne l'air d'une traînée.

— Tu n'es pas obligée de te faire ça, espèce d'idiote, rétorqua Maryanne en lui tirant les cheveux. La femme dans le miroir n'a rien à se reprocher. Leur mort n'est pas de ton fait.

— Lâchez-la, Mlle Cauley. Retournez près de la porte et restez-y sans bouger, l'interrompit Shepherd d'une voix menaçante, articulant chaque mot avec une précision à glacer le sang.

Maryanne recula, et le géant marcha d'un pas vif. Sidérée, la femelle Alpha vit la montagne s'agenouiller devant sa partenaire. Son ronronnement était agressif, ses mains caressant une Oméga en

434

apparence posée et patiente, mais qui était tout le contraire.

— Elle n'a rien fait de mal, expliqua Claire. Tout va bien.

Shepherd se mit à parler dans cette autre langue, suffisamment fort pour que les disciples postés de l'autre côté de la porte commencent à l'ouvrir. Maryanne disparut en un éclair. Lorsque la porte fut de nouveau verrouillée, Shepherd fit lever Claire et la guida vers la somptueuse salle de bain attenante.

Un grand miroir était accroché au-dessus du beau lavabo et, d'une pression sur l'interrupteur, ils apparurent, debout côte à côte, encadrés par des filigranes dorés.

— Tu n'es vraiment pas douée pour la ruse, lança Shepherd en faisant un geste vers son reflet. Bon, ne perdons plus de temps. Pourquoi ne regardes-tu que mon reflet et pas le tien ?

Humiliée par cette situation qu'elle avait attirée sur elle, honteuse de ne pas avoir réussi à faire illusion, Claire regarda tout droit vers son reflet.

— J'avais mal au ventre.

— Tu mens, rugit le mâle en sentant le fil vibrer de façon discordante. Qu'est-ce qui ne va pas ?

— Je ne peux plus les regarder, c'est tout, répondit-elle, les yeux secs, le regard vide.

Shepherd leva une main épaisse, comme pour l'abattre sur son crâne, et la glissa dans ses cheveux ; la seule caresse que l'Alpha en colère pouvait lui offrir.

— Continue.

Dans le miroir, Claire était éclipsée par cet homme immense ; elle se sentait minuscule et inutile.

— Je m'en veux de ne rien pouvoir faire pour aider les autres, parce que toutes mes tentatives n'ont fait qu'empirer les choses. Je me sens impuissante, j'ai honte de moi et de mes échecs, et de l'horrible conséquence de mes actions sur les femmes qui me ressemblent, expliqua-t-elle en posant des yeux suppliants sur le reflet de Shepherd. Et je suis frustrée par le fait que, quoi que je te dise, à toi, l'homme auquel je suis appariée, ça ne changera rien, même si j'avais le pouvoir de te racheter. Parce que le peuple de Thólos s'est vautré dans le vice au lieu de se rallier et de te renverser.

— Ce n'est pas à toi de payer le prix de leurs actes. C'est à Thólos.

— Je *suis* Thólos, Shepherd, cracha-t-elle en sentant la moutarde lui monter au nez. Je suis née et j'ai grandi ici. J'ai été élevée ici. Mes parents sont enterrés ici.

— Regarde-toi dans le miroir, Claire O'Donnell, dit l'homme en se cabrant. Tu es une Oméga, petite et faible, pourtant extrêmement intelligente. Cela étant dit, qu'importe ta sagacité, tu es également sotte au point de penser que tu peux porter le fardeau des péchés des autres... Voilà ton véritable défaut. Le traumatisme psychologique auquel tu t'assujettis est aussi immature qu'inutile. Il n'a aucune influence sur le scénario. Et, même si je suis honoré que tu considères l'idée de me racheter valable, c'est sur ta propre paix que tu dois te concentrer à présent. T'apitoyer sur ton sort et jouer les martyrs n'aideront personne.

— Ouais, eh bien, j'ai échoué à jouer les héros, railla la femme en reniflant.

— C'est faux, et tu le sais, cracha Shepherd d'une voix dure. Quarante-trois personnes sont en vie parce que tu as eu le cran de me tenir tête. Tu as gagné, Claire. Aucun adversaire ne m'avait battu avant toi. Jamais. Savoure ta victoire.

Ce n'était pas aussi simple, pas alors que le monde et son esprit étaient si chamboulés. Pas quand sa seule raison de respirer était de gagner du temps.

Au milieu du chaos, se trouve aussi une opportunité. - Sun Tzu

Elle se frotta les lèvres, sentit le rouge à lèvres peu familier s'étaler et croisa de nouveau le regard de Shepherd.

— C'est un rouge à lèvres de traînée.

— Et tes cheveux ?

— Ça va.

— Et la robe ?

— Est quelque chose que je n'aurais jamais de ma vie choisi de porter. Je me fais l'impression d'être l'archétype de la parfaite épouse Oméga d'avant la peste – je suppose que c'est approprié, puisque je suis pieds nus et enceinte.

— Tu essaies de plaisanter ? hésita l'homme.

Claire sourit tristement en secouant la tête.

* * *

Pendant des jours entiers, elle gaspilla du papier sous les yeux de l'Alpha, qui la regardait peindre le portrait qu'elle lui avait promis. Claire commençait à soupçonner que Shepherd essayait de la rendre folle en encensant constamment son travail. Mais il y avait de la logique dans sa folie ; même Claire était capable de le comprendre. Il la forçait à se regarder encore et encore, jusqu'à ce que sa vue ne lui inspire plus autant la nausée, jusqu'à ce que ce soit son visage qui apparaisse sur le papier, et pas celui d'une inconnue que Claire aurait inventée.

Un soupir profond, celui qui précédait généralement un de ses grands discours, franchit les lèvres de Shepherd. Claire leva les yeux et l'avertit vertement :

439

— Je le jure devant les Dieux, Shepherd, si tu me fais un compliment de plus sur cette foutue peinture, je me mets à hurler !

— Je voudrais que tu te peignes avec un plus grand sourire, rétorqua-t-il, un sourcil haussé, sans se laisser démonter.

Elle abattit son poing sur la table et ravala le cri dans sa gorge avant de laisser sortir un torrent d'injures si vulgaires que l'homme se mit à rire. Ses mains couvertes de peinture froissèrent la toile, et Claire la lui lança en pleine figure. Quand il lui décocha un regard assassin, ce fut à son tour de rire.

Elle sourit avec espièglerie, les lèvres boudeuses, puis s'empara d'une nouvelle feuille en ignorant le mâle en colère. Innocemment, elle trempa son pinceau et recommença le contour, cette fois en peignant le sourire arrogant qu'elle avait sur les lèvres. Lorsqu'elle eut terminé de dessiner la silhouette, elle leva la toile d'un air suffisant et le vit plisser les yeux en l'examinant.

Avant qu'il ait pu dire un mot, quelqu'un frappa à la porte, et un homme dont Claire ne reconnut pas la voix débita quelque chose dans leur langue étrangère. Shepherd tourna son attention vers ce qu'il entendait et se releva pour répondre.

L'Alpha se mit aussitôt à enfiler son armure.

Une angoisse étrange lui noua l'estomac ; cette situation s'était déjà produite. Le voir ainsi sommé et se préparer à la bataille, au lieu de simplement s'absenter pour la journée, signifiait qu'il se passait quelque chose – quelque chose qui pourrait être dangereux pour lui, pour Thólos, pour tout le monde.

— Ne t'inquiète pas, ma petite, dit-il avec un sourire dans la voix.

Lorsque Claire leva les yeux pour croiser les siens, elle le trouva posé et serein. Mais *elle* se sentait incroyablement mal à l'aise ; toute sa bonne humeur s'était évaporée.

— Qu'est-ce qui se passe ?

Le ronronnement recommença. Shepherd enfila son manteau et s'approcha d'où elle était assise, paniquée et raide.

— Il ne se passe rien, répondit-il en caressant sa mâchoire. J'ai simplement perdu la notion du temps en jouant à ton petit jeu de peinture.

Il mentait. Cet homme connaissait l'heure du jour et de la nuit sans avoir besoin d'une horloge.

— Je ne te crois pas.

Ignorant son accusation, il fit craquer son cou et baissa les yeux vers sa partenaire inquiète.

— Je serai bientôt de retour. Et, quand je reviendrai, je m'attendrai à ce que tu honores la troisième partie de notre accord.

Elle se força à rester impassible tandis que Shepherd traçait le contour de ses lèvres avec son pouce et braquait sur elle un regard de braise, affamé. Il enfonça son doigt dans sa bouche en grondant sensuellement, comme s'il était sur le point de la baiser, puis l'abandonna dans une petite mare de sécrétions.

Hébétée, Claire regarda la porte se refermer. Elle savait ce qu'il attendait d'elle, ce qu'il avait laissé peser au-dessus de sa tête pendant des semaines… Afin de remplir sa part du contrat, Claire allait devoir prendre l'initiative de leurs ébats.

Elle ignorait s'il avait choisi ce moment précis pour la distraire de son inquiétude ou si c'était un genre de célébration de la victoire qu'il s'en était allé quérir. Elle se tortilla, mal à l'aise d'avoir été abandonnée à son sort dans cet état.

Ce n'était pas comme si elle avait oublié ce qu'elle avait offert en échange d'une sépulture pour Lilian et les autres, mais elle avait eu des choses bien plus pressantes à l'esprit. De plus, Shepherd n'avait pas lésiné sur leur intimité physique. Elle savait ce qu'il aimait, où le toucher pour le faire réagir… Alors pourquoi serait-ce si difficile de prendre l'initiative ?

Ce serait plus que difficile.

Pour se distraire, Claire prit une douche et nettoya ses peintures, s'attendant à ce qu'il revienne d'un moment à l'autre. Mais les heures s'égrenèrent et elle commença à s'inquiéter, à se demander ce qui pouvait bien se passer dans Thólos.

L'insurrection avait-elle enfin commencé ? Corday avait-il trouvé le moyen de mettre fin à ce cauchemar ?

Lorsque le verrou tourna enfin, Claire était au bord de la panique. Le métal abrasif se mit à siffler, et la porte s'ouvrit vers l'intérieur. Elle cessa d'arpenter la pièce et se tourna avec un soulagement confus vers son partenaire impressionnant.

Chapitre 15

La tête décapitée du sénateur Kantor était toujours posée sur la table, telle une épave, exactement là où Jules l'avait lâchée après l'avoir récupérée sur une pique dressée à l'extérieur de la Citadelle et rapportée à son commandant. Il n'y avait pas de coupure nette là où la tête avait été arrachée des épaules, juste un moignon sanglant de muscles et de tendons. Une mare de sang et de fluides s'était répandue tout autour. Les mains de l'Alpha qui agrippait la table étaient si contractées que leurs articulations avaient blanchi.

— Tu as désobéi à mes ordres et tu l'as tué alors qu'il était encore utile à notre cause ? rugit Shepherd, croisant ses bras épais sur son torse, en fusillant son second du regard.

— Non...

Svana.

Elle devait être l'auteure de cette boucherie. Elle avait dû assassiner son oncle. Qui d'autre qu'elle avait la capacité de s'évanouir au nez et à la barbe des disciples entraînés chargés de la surveiller ? Qui d'autre qu'elle aurait planté sa tête sur une pique en dehors des murs de la Citadelle, comme pour narguer Shepherd, mais aussi la ville qu'elle souhaitait voir détruite ? Qui d'autre qu'elle y aurait gagné quelque chose ?

Trouver le juste milieu était délicat : Shepherd tourmentait le peuple juste assez pour qu'il soit misérable, mais il devait faire bien attention de ne pas pousser des millions au-delà du seuil du désespoir. Pendre un traître lors d'un procès et d'une exécution publics permettait de rejeter le blâme sur tous les spectateurs. La population était réduite à l'impuissance, la faute était imputable à Thólos. Mais ceci… la tête du champion du peuple, du chef de la résistance, mutilée pour horrifier… ceci clamait haut et fort la mauvaise impression.

Voilà ce qui avait enflammé la colère de Shepherd, non pas l'accusation de Jules selon laquelle Svana avait fait cela pour bafouer leur autorité.

Quelques émeutes avaient déjà éclaté, et les disciples étaient forcés de jouer les mercenaires.

Même confronté à la preuve de la trahison de Svana, Shepherd ne voyait pas l'erreur d'un imprudent. Certes, Svana pouvait être difficile, mais elle ne sortirait pas du rang, pas alors qu'elle était celle qui avait le plus à gagner du succès de leur plan. Si c'était bien elle qui avait fait ça, elle devait avoir une bonne raison.

En l'entendant la défendre, Jules perdit son sang-froid. Il abattit son poing sur la table et rugit.

Shepherd se contenta de poser une main sur l'épaule de son ami, à la fois pour le rassurer et pour l'avertir.

— Ne laisse pas cette complication brouiller ton jugement, mon frère. Les patrouilles doivent être renforcées immédiatement pour contrer tout soulèvement potentiel et régler discrètement leur compte aux émeutiers. Nous ne pouvons pas continuer à abattre des citoyens en plein jour, ou nous encouragerions l'insurrection. J'ai besoin de toi sur le terrain.

Jules déglutit, lèvres pincées.

— Elle veut prendre le contrôle de la résistance.

Tout en serrant l'épaule du petit homme, Shepherd gronda :

— Mon frère, si tu le penses vraiment, alors le fait que Svana se retrouve à la tête des forces ennemies serait un avantage pour notre cause.

Il y avait une vérité blessante dans les paroles de son chef. Si la femme en question avait été une autre que Svana, Jules aurait même été d'accord. Mais le Bêta ne la laisserait pas semer la zizanie, pas après avoir été témoin pendant des années de ses manipulations et de sa malveillance. Il ne lui donnerait pas ce plaisir. Le mieux était encore de suivre les ordres.

— Entendu.

Après cette dispute, Shepherd le laissa pour superviser l'étouffement dans l'œuf des émeutes potentielles, pour se faire voir de tous dans la Citadelle.

Une fois seul, Jules resta accroupi à hauteur de la tête du sénateur Kantor pendant une heure.

De près, les yeux de Kantor étaient voilés par la cataracte. Avec ses paupières tombantes, ses rétines qui ne pointaient pas dans la même direction et sa bouche ouverte, l'Alpha paraissait enfin aussi monstrueux à l'extérieur qu'il l'était à l'intérieur.

Le champion du peuple… avait été le plus vil des hommes.

Jules entrouvrit les lèvres pour l'insulter :

— Tu as assassiné mes enfants. Tu m'as pris ma Rebecca.

Il cracha sur le visage ensanglanté du mort.

— Et je t'ai regardé être vénéré et encensé pendant une décennie. Je t'ai regardé mentir et polluer, et j'ai patienté pour pouvoir te faire souffrir, siffla Jules, le visage déformé par la rage. Ta mort était à *moi*, et je lui ferai payer pour m'avoir volé ma vengeance. Svana saignera pour ce qu'elle a fait.

Merci d'avoir lu Née pour être brisée. L'histoire de Shepherd et de Claire est loin d'être terminée. Lisez RENAISSANCE dès maintenant !

Souscrivez à ma lettre de diffusion 🦢

http://bit.ly/2N1T58M

Et, maintenant, faites-vous plaisir avec cet extrait de RENAISSANCE…

RENAISSANCE

Chapitre 1

Le col de son manteau relevé pour protéger sa nuque du froid qui s'infiltrait de plus en plus dans les couloirs, Shepherd était enfin de retour après avoir été appelé par ses soldats. Il trouva sa partenaire nerveuse, et l'odeur âcre de l'Oméga effrayée imprégnait l'air. Mais, le principal, c'était qu'elle était enceinte et dans le noir complet quant à ce qui se passait à la surface.

Et il ne le lui dirait jamais.

Shepherd ne fit pas mine d'approcher la femme paniquée, mais resta là où il était pendant que Claire le détaillait des bottes au sommet de son crâne. L'Oméga cherchait une piste quant à ce qui l'avait retenu loin d'elle, ici une éclaboussure de sang, là des jointures gonflées, et fut soulagée lorsqu'elle ne vit rien qui sortait de l'ordinaire.

Sa Claire était en colère, mais encore plus rassurée qu'il lui soit revenu, en apparence, *normal*.

Lorsque l'Oméga avança pour le toucher, pour faire ce qui devait être fait pour conclure leur marché, Shepherd l'arrêta.

— Tu as faim, ma petite. Nous allons d'abord manger.

Nous allons d'abord manger ?

Shepherd ne se tourna pas vers la porte pour exiger qu'on leur apporte de quoi manger, mais se dirigea vers l'endroit où il rangeait ses vêtements et commença à ôter son manteau, son armure et ses bottes. Ses muscles se fléchissant à chaque geste, il fit passer sa chemise par-dessus sa tête et la lui tendit. Sans réfléchir, Claire la prit et la posa, comme il s'y était attendu, dans son nid.

Distraite par cette tâche, l'Oméga se mordilla la lèvre et prit son temps pour arranger le tissu parfumé, puis retirer un ancien vêtement qui devait être lavé.

Quelqu'un frappa à la porte, et Shepherd aboya un ordre au visiteur.

Jules entra avec un plateau, le posa et s'éclipsa aussitôt. Son indifférence dissimulait avec brio la familiarité qu'il partageait avec Claire. Elle trouva la situation quelque peu amusante, surtout quand elle vit Shepherd se déplacer pour se positionner entre le Bêta et elle.

Lorsque la porte se fut refermée, Claire eut du mal à ravaler un pouffement.

— Qu'est-ce qui te fait rire ? gronda le mâle en plissant les yeux.

— *Toi*, Shepherd, répondit Claire en s'installant à table. Cet homme m'a apporté mes repas des dizaines de fois en ton absence, donc tu dois bien lui faire confiance. Pourtant te voilà, en train de le fusiller du regard comme s'il n'était pas ton ami. Tu as des problèmes…

Shepherd se contenta de grogner. Vêtu seulement de son pantalon, il s'approcha de la table.

— C'est une réaction naturelle pour un Alpha de protéger son Oméga des hommes dangereux.

Mais pas des femmes dangereuses, apparemment…

Lorsqu'elle vit la nourriture, Claire déchanta complètement. Elle commença à comprendre ce qui se passait, ce qu'il avait orchestré. Ceci, ce repas, était un spectacle – un spectacle dont elle n'était pas la spectatrice, mais bien l'actrice. L'homme qui se laissait choir sur la chaise en face de la sienne attendait qu'elle joue pour lui. Se rappelant à elle-même que leur accord stipulait qu'elle devait prendre l'initiative sexuelle et rien de plus, elle ramassa sa fourchette sans protester. Claire choisit de se concentrer sur le délicieux repas ; le mâle imita ses mouvements et avala une bouchée.

Le silence lui sembla pesant et, plus par habitude que par souci des bonnes manières, Claire eut envie de causer de tout et de rien. Elle savait néanmoins que ce serait vain, que Shepherd ne répondrait pas.

Or, curieusement, ce fut lui qui commença :

— Il paraît que c'est une des recettes les plus célèbres de ton chef.

Un sourcil arqué, Claire leva les yeux de son poisson cuit à la vapeur et hocha la tête, momentanément perdue.

— *Mon* chef ? Tu ne manges pas ce qu'il prépare ?

— Ce qu'elle prépare ; et non.

— Qu'est-ce que tu manges normalement ? demanda-t-elle, prise de court.

— Ce que mes hommes mangent. Partager ma nourriture avec ceux qui ont connu les épreuves de la Crypte a pour moi une grande importance. Je ne m'attends pas à ce que tu le comprennes ou t'y soumettes.

Il y avait tant de choses chez cet homme qu'elle ne comprenait pas.

Voyant que l'Oméga était perplexe et tendue, Shepherd lui offrit un élément d'explication :

— Après des années passées à nous nourrir de moisissures pour subsister, nos systèmes digestifs ont changé. Le régime alimentaire des disciples doit être fade, insipide, et les compléments alimentaires nécessaires ont un goût et une odeur désagréables.

J'ai consommé le gros de mon repas avant de revenir auprès de toi. Ceci est… un supplément.

Était-ce pour cela qu'il ne mangeait jamais en sa présence ? Elle admira l'assiette superbement décorée.

— Eh bien, étant donné tes nombreux attributs physiques, je trouve équitable que tu aies une restriction.

— Attributs physiques ? répéta le mâle avec un sourire arrogant.

— Tu es très grand, répondit Claire sèchement.

Elle avala une autre bouchée, ne souhaitant pas donner plus de substrat à l'ego de l'Alpha.

— Donne-moi un autre attribut, exigea-t-il en lui faisant du pied.

Mais Claire avait des années d'expérience dans l'art d'éluder la fierté d'un Alpha.

— Tu es chauve. Ça doit te faire gagner du temps, de ne pas devoir te coiffer.

— Je me rase le crâne, répondit-il, incertain, les yeux plissés.

Claire sourit, ravie de l'avoir froissé, et avala une autre bouchée de son dîner.

— Tu te joues de moi, ma petite, ajouta-t-il, intrigué, en voyant son visage farceur.

— Tu es déjà assez arrogant comme ça, expliqua Claire en agitant sa fourchette. Je ne vais pas flatter ton ego.

— Tu le flatteras plus tard, contra Shepherd, un rictus moqueur aux lèvres. Quand je me déhancherai en toi ce soir, tu chanteras mes prouesses et ma force… Tu diras toutes ces choses et plus.

Son expression d'autosatisfaction, le fait qu'elle savait ce qui l'attendait – pire, le fait qu'il pouvait lui soutirer une telle flatterie –, lui enflammèrent les joues. Oui, Claire crierait pour lui et admirerait son corps avec sa langue et ses mains… mais elle garderait ses compliments pour elle.

— Nous verrons.

Le sourire qui étira ses lèvres balafrées, la faim absolue dans son expression… L'Alpha était de plus en plus excité.

— Un défi de la part de ma timide petite Oméga…

L'espace d'un instant, Claire crut qu'il allait se jeter sur la table et la dévorer. Même sa manière de respirer et de la regarder manger sous-entendait qu'à l'intérieur, la retenue luttait contre son impulsion de la monter.

— Tu as l'air de bien joyeuse humeur, lança Claire d'un ton à la fois anxieux et désapprobateur en repensant à sa manière de l'avoir abandonnée plus tôt. Qu'as-tu fait aujourd'hui ?

— Rien de bien important, à part me demander ce qui m'attendrait dans cette pièce à mon retour, ronronna Shepherd, charmé par sa tentative d'interrogatoire. Je pense souvent à toi quand nous sommes séparés.

Bons Dieux, même son odeur puait le sexe.

Tout le secret réside dans la confusion de l'ennemi, afin qu'il ne puisse pas comprendre notre véritable intention. -Sun Tzu

Inspirant sa lèvre inférieure dans sa bouche, Claire essaya de deviner s'il essayait de la distraire ou de l'embobiner. Elle observa la musculature exposée de son torse et de ses bras. Shepherd était assis dans une posture arrogante et autoritaire, comme si son estime lui était due.

— Si tu étais si pressé que j'honore le reste de notre accord, alors pourquoi sommes-nous en train de dîner ensemble ? questionna Claire en inclinant la tête.

— Par respect pour ma partenaire. J'ai fait préparer de la délicieuse nourriture et nous discutons, comme tu disais vouloir le faire… comme les mœurs du Dôme le dictent.

Claire comprit aussitôt que ceci n'était pas qu'un repas partagé. C'était une nouvelle tentative de respecter une coutume de cour, comme les fleurs dans la mousse de son café. Elle repoussa ses cheveux derrière son oreille et rougit de plus belle.

Il lui décocha l'expression plus douce qu'il réservait généralement pour le coup de grâce. Claire sut aussitôt que son analyse était correcte. Shepherd était, à sa manière malhabile, en train d'essayer de la séduire.

— C'est pour que je me détende, murmura Claire, hésitante.

— Oui.

— Pour que je sois plus enthousiaste ?

Il lui lança un regard qui voulait dire oui, non et mille autres choses. Sans sourire, la tête légèrement inclinée, Shepherd gronda :

— N'apprécies-tu pas mes efforts ?

Il y avait une mauvaise réponse à sa question, et c'était bien la seule qu'elle voulait lui donner. Elle se mordit la lèvre et regarda l'homme torse nu.

— Tu me fais la cour.

— Selon vos coutumes, oui.

— Ne sont-elles pas tes coutumes aussi ? demanda Claire, curieuse, même si elle ignorait pourquoi.

L'homme sembla momentanément avoir perdu sa langue.

— Il n'y a pas de concept de cour dans la Crypte. Les hommes se contentent de prendre ce qu'ils veulent. Violemment.

Une colère bien trop familière fourmilla sous sa peau. N'était-ce pas là précisément ce qu'il lui avait fait ?

— Et c'est la culture à laquelle tu choisis de t'identifier ?

La question semblait pourtant simple, mais Shepherd prit son temps pour lui donner sa réponse, comme s'il la formulait d'abord dans sa tête.

— Je choisis de m'identifier à la culture militaire.

Avec un sourire en coin, Claire mangea une autre bouchée, se demandant comment un homme aussi fou pouvait exister.

— Tu trouves ma réponse insuffisante, conjectura Shepherd, mécontent de sa réaction.

— Je la trouve unique, rétorqua-t-elle d'un ton égal en agitant sa fourchette. Très digne de toi.

— Explique-toi.

Claire se pencha en avant et croisa son regard avec férocité.

— Tu as des opinions bien tranchées sur *ma* culture, et tu as dénigré plusieurs fois nos échecs et nos vices… mais tu n'as pas de culture propre. Malgré tes médisances, il semble que ton expérience personnelle d'une véritable société soit négligeable.

— J'ai étudié le Dôme en profondeur pendant de nombreuses années, répondit le mâle en se redressant sur sa chaise. J'ai vécu à et sous la surface. J'ai observé, appris, suivi et mémorisé.

Soit cet homme ne comprenait pas du tout, soit il la redirigeait volontairement.

— As-tu participé à *ma* société avant d'essayer de la détruire ? L'observer ne compte pas. Ta culture militaire, la philosophie que tu as créée pour tes disciples, ne sont en réalité que la société de la Crypte que tu as personnalisée pour qu'elle s'accommode à ton manifeste.

— Nous avons nos propres traditions et une philosophie honorable, ma petite, l'avertit Shepherd.

— Ouais, c'est ça, toute une armée de monstres méritants qui font sans doute rôtir des êtres humains à la broche pour s'amuser.

— Uniquement les jours fériés, rétorqua l'homme dans une tentative d'humour.

Claire manqua de s'étrangler en entendant sa blague. Toussant dans sa main, gloussant malgré elle, elle vit que le mâle était ravi de l'avoir amusée.

Elle pouvait sentir les rouages tourner dans son cerveau et comprit qu'il avait essayé de badiner comme il les avait vues faire, Maryanne et elle. Il était étrange de voir comment l'esprit de Shepherd traitait les informations et s'adaptait. Il était comme une éponge qui absorbait les interactions mais ne savait pas trop comment les appliquer. Alors il s'exerçait et, en général, se plantait royalement. Sauf cette fois… cette fois-ci avait été parfaite.

Claire avala une autre bouchée pour cacher son sourire.

— Éclaire-moi, Shepherd. Où est la place des Omégas, dans ta culture militaire ?

Shepherd se mit à réfléchir. Sa façon de sucer sa lèvre inférieure dans sa bouche était si humaine, si normale, que Claire ne put détourner les yeux.

— Napoléon était un Oméga, répondit Shepherd un moment plus tard.

— Pas du tout ! s'exclama Claire en clignant des yeux, interloquée.

Shepherd sourit et se pencha vers elle.

— C'est un fait très bien documenté, ma petite. Un fait sciemment retiré de la version de l'histoire retenue par le Dôme. Contrairement à toi, je n'ai pas peur de lire les livres interdits.

Si une telle chose était vraie, pourquoi était-elle considérée comme dangereuse pour l'opinion publique ?

Claire ne le croyait pas.

— Es-tu en train de me dire qu'un *Oméga* a saccagé les monarchies européennes et créé un empire ?

— C'est exactement ce que je te dis, opina Shepherd, moralisateur jusqu'au bout.

La pensée qu'il puisse avoir raison fit douter Claire.

— Pourquoi ce fait aurait-il été censuré ?

— Parce qu'il ne s'alignait pas bien avec la société façonnée par la famille Callas, celle dont tous ceux qui vivent sous le Dôme sont l'esclave.

— Ou peut-être était-ce parce que l'homme était un mégalomane doublé d'un monstre. Napoléon était fou et certainement pas le meilleur modèle à suivre pour les Omégas.

Alors même qu'elle montrait son désaccord, Claire n'était pas sûre de soutenir son propre argument bancal. Un fait évident dans son ton incertain et son expression déçue.

— Le règne de Napoléon, et même sa défaite ultime, ont mené à l'illumination, à l'art et à l'émancipation des esclaves d'Angleterre. Napoléon a changé le monde à travers ses actions violentes et son dévouement. C'était un tacticien de génie voué à sa cause. Un tel résultat ne te plairait-il pas, *mon petit Napoléon* ? lança Shepherd comme s'il lui faisait un compliment.

— Vas-tu maintenant essayer de me convaincre qu'il était un homme bon malgré toutes les choses terribles qu'il a faites ? Que *tu* es un homme bon ? demanda-t-elle, son souffle court trahissant sa trépidation.

— Non.

Claire passa nerveusement sa main dans ses cheveux.

— Tu pourrais être un homme bon, Shepherd.

Il se pencha vers elle, son expression douce, sa voix naturelle.

— Nous ne sommes pas si différents dans notre engagement absolu à changer le monde pour le mieux. Tu as renoncé à ton identité en l'offrant au peuple, en le réprimandant à travers ton tract. Tu as exposé qui tu étais et essayé d'inspirer les autres par tes actions. Je fais ce qui doit être fait parce que j'ai la force de le faire et que je comprends les hommes vraiment malfaisants d'une manière que je prie pour que tu ne connaisses jamais. Alors tu dois comprendre que je ne peux pas être, dans ce rôle que j'interprète, ce que *tu* définis comme bon – tout comme tu ne pourras jamais plus vivre en sécurité parmi le peuple de Thólos en tant que Claire O'Donnell. Nous avons tous deux sacrifié notre vie pour le bien commun.

Elle ignorait ce qui la poussa à poser la question, mais celle-ci franchit ses lèvres avant qu'elle ait pu la retenir.

— Quelle a été ta réaction en voyant mon tract ?

— J'ai eu peur pour toi, ma petite, répondit-il, lugubre.

Un frisson glacial lui parcourut l'échine. Claire avait la sagesse de comprendre que, pour l'Alpha, la peur était une émotion depuis longtemps conquise et pas du tout bienvenue. Savoir qu'elle lui avait inspiré ce sentiment la troublait.

— Je désirais intensément soulager la douleur que ton portrait trahissait, continua-t-il sincèrement. J'ai même été impressionné par ta bravoure indéfectible, même si j'ai détesté ce que tu as fait.

Claire tourna son attention vers son assiette ; elle avait envie de pleurer et ne comprenait pas pourquoi.

Son silence ne modifia pas l'approbation indéniable du lien. Leur connexion se normalisait, vibrait et s'approfondissait. Ne voulant pas lui inspirer d'autres *rituels de cour*, ouvrir la porte à d'autres répercussions, Claire ramassa leurs assiettes vides, prête à en finir avec son devoir.

— As-tu apprécié ton repas ?

Claire hocha la tête et le remercia poliment. Elle entendit le ronronnement instantané de Shepherd et vit ses yeux briller à ses louanges. La sensation de ses mains sur son bras, les caresses de ses doigts légers, interrompirent son mouvement. Sonnée, elle vit l'homme porter sa main à ses lèvres et la baiser tendrement.

— Je ne sais pas trop par où commencer, avoua Claire, la voix légèrement rauque.

Il soutint son regard et donna un petit coup de langue sur sa paume sensible.

— Tu pourrais me toucher.

Les pires calamités à toucher une armée découlent de l'hésitation. -Sun Tzu

Toute sa stratégie reposait sur l'action, sur repousser les frontières entre eux, sur développer sa propre force tout en cherchant ses faiblesses. Si elle voulait gagner du terrain, il n'y avait pas de place pour l'hésitation.

Posant une fesse sur la table, Claire fit ce qu'il suggérait. Il voulait qu'elle le touche, alors elle le toucha. Elle traça le contour de sa mâchoire et de son nez, laissa courir ses doigts sur ses lèvres, comme il l'avait fait souvent sur les siennes. Ensuite, elle caressa sa nuque et massa le triangle de muscles qui l'avait déjà fait souffrir.

Shepherd tourna la tête vers elle, et ses yeux de mercure l'observèrent avec une telle intensité que Claire dut détourner les siens et les poser sur les épaules larges de l'Alpha.

Repoussant de son esprit le fait que ce corps lui était devenu extrêmement familier, Claire essaya de mener à bien sa tâche de manière clinique, mais ignorait si elle s'en sortait bien. Quand une large main se posa sur sa fesse, elle prit ce toucher comme un encouragement. Elle posa les paumes de ses mains sur ses bras épais et les caressa des épaules aux poignets, et inversement, formant les contours de muscles affûtés et d'une force absolue. Elle glissa une main dans son dos et griffa délicatement l'étendue de chair.

Shepherd apprécia son geste. Il retint son souffle et poussa de petits grognements et gémissements tandis qu'elle traçait sa colonne vertébrale.

Quand son ronronnement se fit plus rauque, elle se leva de son perchoir et attrapa sa main pour qu'il se lève à son tour. Lorsqu'il la domina de toute sa taille immense, Claire sentit le pouvoir basculer.

Shepherd lui parut soudain tellement plus formidable que son incertitude la reprit.

Timidement, Claire approcha ses mains de sa ceinture.

Shepherd posa ses doigts sous son menton et leva son visage pour qu'elle puisse voir son approbation.

— Tu te débrouilles bien.

Sa voix était encourageante, ses yeux aussi expressifs que l'argent liquide. Claire supposa qu'il voulait qu'elle continue et se lécha les lèvres en triturant l'ouverture de son pantalon. Elle baissa maladroitement la braguette et fit passer le pantalon sur ses hanches. Shepherd s'en écarta et se tint debout devant elle, nu.

Voyant que l'Alpha restait immobile, Claire comprit qu'il attendait qu'elle continue.

Elle posa les mains sur ses cuisses, près de son aine, puis sur les plaques dures de son ventre. Elle poussa du nez contre son torse et inspira son odeur comme elle s'était autrefois imaginé le faire avec le mari de ses rêves. Se raccrochant au confort de ce fantasme, elle remplaça Shepherd par la vision de son imagination et se blottit contre lui pour renifler l'odeur de son excitation.

L'homme inventé de toutes pièces dans son esprit l'aimait, l'honorait et croyait qu'elle était plus qu'une simple Oméga.

Il lui fut tellement plus facile de caresser et de fredonner lorsqu'elle s'abandonna à son fantasme. Claire n'hésita pas à le taquiner et à faire comme s'il était à elle, le partenaire dont elle avait toujours rêvé. Elle se laissa aller. Elle mordit son torse, pour griffer ensuite une zone si proche de sa queue que celle-ci palpita, en quête d'attention – une attention qu'elle lui refusa en posant à la place ses mains sur ses fesses, se délectant de son grognement de frustration.

Quand elle referma enfin la main autour de sa queue, la touchant pour la première fois pour son plaisir à lui, celle-ci était déjà en train de perler, de pulser et de tressauter.

Shepherd en voulait plus. Posant les mains sur ses épaules, il la força à genoux.

Claire savait qu'il voulait qu'elle le prenne dans sa bouche, chose qu'elle n'avait jamais faite qu'au pic de ses chaleurs. Au début, elle résista, un hic dans sa séduction malhabile. Yeux fermés, hésitante, Claire compta jusqu'à cinq avant d'obéir.

Après avoir inspiré profondément, elle se laissa aller et s'agenouilla pour aspirer le gland dilaté entre ses lèvres.

L'Alpha réagit par un grognement grave et vibrant.

Dès qu'elle l'eut goûté, ses pupilles se dilatèrent ; Claire fredonna un air de plaisir rêveur lorsque d'autres gouttes perlèrent sur sa langue.

Shepherd passa ses mains dans ses cheveux pour les dégager de son visage et mieux la voir. Il se délecta de ses joues creusées et de la beauté de ses lèvres qui s'étiraient si magnifiquement autour de son membre.

L'homme dirigea ses mouvements et sa cadence, et monta au paradis à chaque hochement de tête de Claire.

Elle semblait si enthousiaste qu'il devint de plus en plus excité, s'enfonçant plus profondément entre ses lèvres, tirant ses cheveux quand sa délicieuse petite langue tournoyait. Il fut prêt à cracher dans sa jolie bouche presque aussitôt.

Ses déhanchements se faisaient plus insistants, et Claire retint un haut-le-cœur quand il s'enfonça trop profondément. Mais, loin de protester, elle le laissa profiter d'elle. Quand l'Alpha posa la main sur ses bourses et rugit, Claire avala docilement sa longueur et la suça avec plus d'entrain.

Ses petites mains entourèrent le nœud qui se formait et le serrèrent pour lui donner l'impression qu'il était en elle. Shepherd cracha la première salve de sperme dans sa gorge en prenant garde de ne pas l'étouffer.

Claire avala autant qu'elle le put le liquide copieux, et l'Alpha la regarda faire, ébahi et émerveillé par les ruisseaux de sperme qui s'écoulaient aux commissures de ses lèvres.

Perdue dans son fantasme, Claire lécha jusqu'à ce qu'il n'en reste rien, puis blottit sa joue contre la large paume qui y était posée.

S'aidant de son pouce épais, Shepherd essuya les gouttes qui collaient sur son menton et les porta à ses lèvres. Il grogna d'approbation lorsqu'elle lécha avidement jusqu'à la dernière goutte.

— Regarde-moi.

Claire obéit. Ses yeux étaient noirs, à peine un cercle de vert entourant ses pupilles. Elle planait totalement. Il ne l'avait jamais vue s'abandonner si complètement. Il profita de cette opportunité pour la remettre debout et prendre ses lèvres, pour l'embrasser et se goûter sur sa langue.

Malgré sa transe euphorique, Claire ne lui rendit pas son baiser.

Grondant de frustration, il l'embrassa plus férocement… mais fut puni lorsqu'elle éloigna ses mains de son corps.

Haletant, excité par le défi et irrité qu'elle s'évertue à lui refuser ce baiser, Shepherd changea de tactique. Il baissa les bretelles de sa robe, inspira son odeur sucrée, mordit et lécha la vallée entre ses seins.

— Écarteras-tu les jambes pour ma bouche ? grogna-t-il.

— Oui, souffla Claire, perdue dans une autre dimension.

L'Alpha se redressa et avança, forçant la petite Oméga à reculer jusqu'au lit.

— Veux-tu sentir ma langue ?

— Oui.

Il la poussa délicatement et se laissa tomber sur sa proie, posant sa bouche partout sauf là où elle en avait besoin, là où elle mouillait. Claire se cambra et se tortilla, exaspérée, mais aucune caresse ne vint soulager les palpitations croissantes entre ses cuisses. Shepherd la fit attendre jusqu'à ce qu'il ait marqué tout son corps de petites morsures, goûté chaque centimètre carré de sa peau, jusqu'à ce qu'elle soit trempée par ses caresses – l'Alpha ne lui avait encore jamais soutiré une odeur aussi douce.

Il souleva son corps dans la position parfaite pour exposer sa féminité et l'immobilisa. Sa chatte était rose et palpitante, ses jambes se tortillaient de plaisir et son petit trou s'ouvrait et se resserrait comme une minuscule bouche en train d'aspirer.

Un filet de mouille s'en écoula, comme pour le tenter, et Shepherd passa sa langue dans la rivière de sécrétions, perdu dans son goût. Pendant qu'il la léchait, Claire gémit comme une putain, ondula des hanches à chaque coup de langue et se frotta contre son visage lorsqu'il l'enfonça dans les profondeurs de sa chatte.

L'esprit toujours noyé dans son fantasme, son corps toujours aux mains d'un Alpha expert qu'elle s'imaginait être le mari qu'elle avait toujours rêvé d'avoir, elle sentit poindre un orgasme puissant – un état de béatitude parfaite presque à portée de main.

Puis Shepherd s'arrêta, cessa de darder sa langue en elle et la tint, jambes écartées, pour voir sa petite chatte rose papillonner. Elle rua des hanches pour s'approcher des lèvres qui planaient juste hors de portée. En l'entendant gémir, il sortit sa langue et lui fit une toute petite lèche, pour la narguer.

Luttant pour se débattre et pour soulager le besoin dont il l'avait engorgée à chaque coup de langue, Claire passa de l'agitation à la colère.

Elle lui avait donné du plaisir et, au lieu de lui rendre la pareille, son partenaire déformait sa vision et lui refusait son rêve parfait. Claire regarda entre ses cuisses écartées et foudroya du regard son bourreau, puis grogna agressivement.

L'homme tout en muscles, celui-là même qui était censé dévorer sa chatte, remonta de manière possessive sur son corps et l'empêcha de se déhancher chaque fois qu'elle essaya de se frotter contre lui pour soulager la pression.

— Embrasse-moi, ma petite, ronronna Shepherd en effleurant ses lèvres. Et je t'apporterai un plaisir immense de toutes les manières que tu voudras.

Remontée, Claire sentit sa fureur chasser toute raison. Avide de le punir pour avoir essayé de revendiquer quelque chose qui ne lui appartenait pas, de le discipliner pour avoir détruit son rêve parfait, Claire retroussa les lèvres. Ses ongles griffèrent les tendons, et sa bouche attaqua les muscles entre son épaule et sa gorge. D'un seul coup, elle enfonça les dents dans sa chair et mordit avec toute la force de ses mâchoires. Elle l'entendit retenir son souffle, surpris, et mordit encore plus profondément.

Elle blessa Shepherd avec toute la force de son indignation, toute la rage accumulée depuis sa rencontre avec le géant, tout le désir insatisfait qu'il avait poussé son corps à espérer pour ensuite le retourner contre elle.

Elle ne voulait même plus baiser ; elle voulait juste le voir saigner.

Quand son gland s'enfonça entre ses lèvres, elle planta ses griffes dans son dos et refusa de le lâcher. Shepherd la pénétra quand même, puis posa ses lèvres chaudes contre son oreille pour qu'elle puisse entendre chaque râle tandis qu'il envahissait sa chatte trempée à coups de ruades erratiques et désespérées.

Shepherd se mit à parler. Elle refusa d'écouter. Il gémit son prénom. Elle grogna comme un animal enragé. Il caressa l'endroit où ses nerfs étaient à vif et à cran, qu'elle désirait tant qu'il touche, et la vague de plaisir terriblement puissante recommença, s'accrut et la fendit en deux – la propulsant dans un ailleurs où elle n'avait ni nom ni raison d'être à l'exception de baiser et d'être baisée par son partenaire.

Tout était là en elle, la tempête rageuse qui lui ôtait toute raison, qui écrasait et tiraillait et, enfin, l'euphorie tant attendue de l'orgasme la gagna.

Ses dents lâchèrent la chair qu'elle avait percée profondément. Elle avala l'écoulement de sang et jouit comme une bête sauvage. Shepherd donna un dernier coup de reins, et la taille de son nœud fut vraiment impressionnante. Le nœud prolongea son orgasme et la lia à l'organe palpitant qui se déversait en jets brûlants, baignant son vagin d'une apaisante chaleur liquide.

Le sang avait un goût prononcé dans sa bouche et s'était accumulé sous ses ongles ; choses qu'elle ignora, l'esprit ailleurs. Le temps sembla hors de propos, un champ de gris infini… jusqu'à ce qu'un visage déforme sa vision. La bête dont le cœur battait contre ses seins couverts de sang se redressa. Ses yeux de fer emplis d'histoire et de grandeur, l'argenté de la tromperie et du désir… ces disques métalliques l'observèrent avec une tendresse diabolique.

Ses lèvres pleines formèrent des mots, sa voix musicale, éraillée par ses lèvres balafrées, la distrayant entre les baisers qu'il semait sur ses joues.

— Ma petite, c'était vraiment délectable. Je suis très, très content.

Sa bouche frôla ses lèvres couvertes de sang. Shepherd soutint son regard, comme s'il attendait que la femelle agisse d'une certaine manière. Claire resta allongée, baignant dans son sang, et une vague réalisation commença à poindre à l'horizon. Elle poussa un cri d'horreur quand elle comprit les conséquences de son manque de contrôle stupide.

La profondeur de la morsure… son emplacement…

Dans sa ferveur, elle avait imprimé sa marque dans la chair de Shepherd, presque aussi sauvagement qu'il l'avait fait dans la sienne.

La brute ronronnante fit courir son index dans le sang qui couvrait ses lèvres et s'écoulait au coin de sa bouche. Il renifla et haleta, nouant toujours profondément en elle. Sa langue brûlante commença à lécher sa bouche et sa gorge, à apaiser la petite créature sous le choc. Dès que le nœud commença à se défaire, Shepherd recommença à se déhancher, sachant qu'il valait mieux remettre le couvert avant que les pupilles de Claire ne se contractent et que sa victoire inattendue ne soit gâchée par son chagrin.

Il fit l'amour à l'Oméga jusqu'à ce que l'épuisement lui fasse perdre connaissance. Shepherd ne lui autorisa pas un instant de regret – pas alors que tout était si parfait. Pas alors qu'elle réagissait enfin comme les Dieux l'avaient voulu.

***

Corday avait la tête entre les mains. Cette scène de barbarie créait en lui une soif de violence encore plus terrible que sa soif de vengeance érodée. Ce dont il rêvait en ce moment, ce dont il avait besoin, c'était de se perdre dans les lubies d'un psychopathe implacable.

Il voulait voir Shepherd souffrir. Il voulait le voir saigner.

Corday voulait tourmenter son rival lui-même, jusqu'à ce que les cris du monstre noient les cris de la folie qui lui martelait le crâne.

Il avait du mal à déglutir, encore plus à avouer qu'il n'y avait aucun juste milieu entre ce qu'il était et ce que le recoin sombre de son esprit voulait qu'il devienne.

Cette pièce. Le mobilier brisé. Le sang.

L'abri sûr où les Omégas étaient censées récupérer après leur séjour dans le bordel des revendeurs de drogue, l'endroit qui leur avait été promis et dont la protection avait été annihilée. Les deux exécuteurs Bêtas dépêchés pour surveiller les femmes étaient morts, leurs corps transpercés de balles.

Cloué au mur, sa main levée dans une sorte de salut macabre, se trouvait un corps sans tête, exhibé comme un étendard tordu. Corday avait reconnu les vêtements, la stature et l'odeur, pas tout à fait noyée sous la puanteur du carnage.

Le sénateur Kantor.

Le chef de la résistance avait été capturé, torturé et assassiné, et ce juste sous leur nez.

Shepherd se jouait d'eux tous, les narguait.

Il n'y avait aucune trace des quelques Omégas qui avaient vécu sous ce toit. Mais, vu la terreur qui empuantissait l'air, Corday se doutait qu'avant d'avoir été emmenées, elles avaient été forcées d'assister au sort subi par l'homme qu'il considérait comme un père.

— Vous n'avez rien à dire ? demanda Leslie, les yeux hébétés posés droit devant, ses lèvres blanches.

Le lieu sûr avait échoué dans sa mission de protéger ces femmes. Les quelques exécuteurs encore en vie et leur chétive résistance avaient échoué à protéger la ville qu'ils avaient juré de sauver. L'homme qui avait unifié un peuple à bout avait été massacré.

Qu'y avait-il à dire ?

Corday se sentait effondré malgré l'expression dure sur ses traits. Il ne leur restait rien.

En regardant le moignon du cou mutilé, le sang et le trou béant dans le torse de l'homme, d'où cascadaient des entrailles puantes, Corday ne put trouver de mots adéquats pour la nièce du mort.

— On devrait le descendre.

Leslie secoua la tête, comme si elle ne pouvait pas se résoudre à toucher cette abomination.

— Qu'est-ce qu'ils ont fait avec la tête, à votre avis ?

Il n'avait aucune intention de répondre à une question à laquelle, au fond, ils connaissaient tous deux la réponse. À la place, il se concentra sur la tâche de détacher le corps aussi délicatement qu'il le pouvait du mur.

Lorsqu'il eut terminé, il rassembla tout ce qu'il pouvait dans le seul réceptacle qu'ils purent trouver – des sacs poubelle. Corday était couvert du sang de son mentor.

— Leslie, je suis vraiment navré d'avoir accepté de vous amener ici. Il m'a demandé de vous cacher. Si je l'avais écouté, j'aurais pu vous épargner ça.

— Vous aviez besoin d'aide pour porter les vivres. Et j'avais besoin de faire quelque chose d'utile, pour une fois. Mes mois d'isolation n'ont servi qu'à nous montrer une seule vérité, encore et encore. Mon oncle avait tort. J'avais tort. Mon accès aux communications de Shepherd n'a pas suffi à aider la résistance, ragea Leslie, laissant le Bêta entrevoir son besoin de vengeance. La preuve est clouée au mur sous nos yeux.

— Vous avez traduit des messages qui ont sauvé la vie à de nombreux frères et sœurs d'armes, répondit Corday comme un robot.

— Comment l'ont-ils trouvé ? Pourquoi personne ne savait-il qu'il était porté disparu jusqu'à ce matin ? Et si Shepherd…, murmura-t-elle, le visage pincé. Et s'il ne faisait que nous laisser croire qu'il n'influence pas nos opérations ?

Un gloussement ironique et douloureux échappa au Bêta.

Leslie soupira en se frottant le crâne, comme prise d'un mal de tête.

— Votre visiteuse avait peut-être raison. S'ils ont réussi à trouver le sénateur Kantor, alors ils savent où la résistance se terre. Shepherd sait où vous vivez. Il est au courant de ma présence et de mon accès aux réseaux de communication.

C'était bien là ce que Corday avait voulu exprimer par son silence : la résistance était morte.

— Et si votre Oméga, Claire, avait passé un marché avec son partenaire ? continua Leslie. Il pourrait nous avoir surveillés pendant tout ce temps. De quelle autre façon aurait-il su…

Elle ne termina pas sa question.

Corday ne voulait pas l'entendre. Il ne voulait même pas y penser.

— Nous devons retourner au quartier général. La brigadière Dane doit savoir ce qui s'est passé ici.

— Ceci doit se terminer, décréta Leslie Kantor avec véhémence.

— Comment ? souffla-t-il, complètement perdu.

— J'ai participé à vos réunions. J'ai parlé avec mon oncle ! La brigadière Dane et le sénateur Kantor refusaient d'engager le combat contre l'armée de Shepherd. Tout ce qu'ils faisaient, et *tout ce qu'elle fera*, c'était maintenir l'ordre dans la population et soudoyer les recrues potentielles avec de la nourriture et de faux espoirs, alors que notre ennemi gagne en puissance.

Tout ce que disait Leslie était vrai. Corday était d'accord, mais la résistance était en sous-effectif. L'armement était rare, les munitions diminuaient un peu plus chaque jour. S'ils avaient attaqué des mois plus tôt, comme Claire l'avait suggéré, la rébellion aurait eu sa chance. À présent… leur seule chance de salut était de trouver la contagion et d'attendre que la ville implose.

Le sénateur Kantor avait essayé d'empêcher une telle issue. Il avait essayé de sauver autant de vies que possible. Il avait essayé de déjouer les tactiques d'un homme bien plus malin que lui.

— Nous devons emmener son corps au quartier général, répéta Corday, comme un automate, incapable de formuler ce qui lui traversait l'esprit.

Le regard de Leslie s'attendrit, et elle lui lança un sourire triste.

— Non, mon cher Corday. Nous n'avons plus le temps de nous cacher. Je ne remettrai pas notre ville dans les mains ineptes de la brigadière Dane. Il y a un autre endroit où nous pouvons aller, un endroit que mon oncle refusait de considérer. Là, nous pourrions trouver des vivres, du ravitaillement, des armes et des munitions… tout ce dont nous avons besoin pour tenir tête et mettre un terme à ce siège.

Les yeux secs dans leurs orbites, l'impression que toute vie avait été aspirée de son corps, Corday se força à agir. Il savait de quel endroit elle voulait parler et comprenait aussi pourquoi il avait toujours été interdit d'accès.

— Pendant l'assaut, pendant que mes compagnons d'armes étaient coincés dans le secteur judiciaire, mourant de la peste, le manoir de Callas est passé en état d'urgence. Pour autant que nous le sachions, la contagion pourrait avoir été libérée à l'intérieur de ses murs en acier. Forcer l'entrée pourrait mettre en péril toute la population et tous nous tuer.

Elle tourna le dos au mur sanglant et s'approcha de la petite fenêtre du logis, par laquelle le soleil illuminait le sol.

— Il y a une autre manière d'y entrer, Corday. Un passage secret. Tout comme mon oncle, je sais où le trouver.

Cette information ne le surprenait pas. En fait, lui et d'autres membres de la résistance avaient suspecté qu'il existait un accès secondaire – une voie d'évasion en cas d'urgence. C'était le sénateur Kantor qui avait farouchement refusé de risquer la vie de millions d'habitants pour découvrir ce qui se cachait peut-être dans la résidence du Premier ministre.

Leslie réagit à son silence. Tournant la tête, elle le trouva immobile, les restes de son oncle entourés de plastique dans ses bras.

— Si nous n'agissons pas, nous allons mourir. La preuve se trouve dans cette pièce. La porte du salut pourrait nous attendre chez Callas, et Shepherd ne s'attendra jamais à ce que la résistance se regroupe là-bas. Laissons-le penser qu'il a gagné et que nous nous sommes dispersés pendant que nous nous rallions derrière des murs qu'il ne peut pas pénétrer. C'est notre seule chance, Corday.

Il y avait un autre obstacle : la femme que la résistance voudrait voir prendre sa tête.

— La brigadière Dane s'opposera à vous.

— C'est pourquoi nous allons nous y rendre, vous et moi, avant d'aller la voir. Quand nous irons retrouver la résistance, nous serons porteurs d'espoir, ou nous mourrons comme nous le méritons pour notre ineptie.

Elle ressemblait tellement plus à son oncle à cet instant ; impérieuse, sûre d'elle.

— Maintenant, lâchez-le. Laissez mon oncle ici. Il n'aurait pas voulu que nous perdions notre temps et que nous nous mettions en danger pour ramener son corps mutilé à ceux qu'il aimait.

Il abandonna les restes de l'homme sur la seule table de la pièce et recula d'un pas. Il fit tourner l'alliance dorée autour de son doigt, encore et encore.

— Si vous vous trompez, nous risquons de propager le virus, lança Corday furieusement.

— C'était l'argument de mon oncle aussi. Eh bien, voici le mien : considérez d'où vient Shepherd, comment il réfléchit. Il a créé une armée et recrute toujours pour grossir ses rangs. Il veut régner. Il a tout le contrôle, dit Leslie sur un ton passionné, ce qui poussa Corday à arrêter de faire tourner l'anneau. Un animal comme lui préférerait mourir au combat que se soumettre à la mort par infection. Croyez-vous vraiment qu'il laisserait le virus dans un endroit où quelqu'un pourrait le propager et anéantir tout ce qu'il a bâti ? Même le secteur judiciaire, avant d'être réouvert, a été purifié par protocole d'incinération. Dès que son message est passé, Shepherd a détruit le virus qui a infecté ces couloirs carbonisés. Le peuple de Thólos a vu la souffrance et les flammes. Mais nous n'avons pas vu ce qui s'est passé dans le secteur du Premier ministre. Pourquoi ? Pourquoi laisser la population dans l'ignorance ?

Elle était une aussi bonne oratrice que le sous-entendait son nom. Quoiqu'il soit ébranlé, Corday sentit une lueur d'espoir entamer son désespoir. Il voulait croire qu'elle avait peut-être raison.

— Nous pouvons mettre fin à tout ça, Corday, dit la femelle Alpha en tendant une main vers lui. Suivez-moi. Aidez-moi.

Mais il restait le risque que l'oblitération les attende au détour du chemin sur lequel Leslie voulait le mener. Quelque chose lui paraissait suspect, mais la vie était comme ça. La résistance s'était fourvoyée, et il était temps de mettre sa foi dans quelque chose de neuf.

Le Bêta prit la main offerte et, ce faisant, scella le sort du Dôme.

Lisez   RENAISSANCE   sans   plus attendre !

Addison Cain

Auteure de best-sellers figurant sur la liste de USA TODAY et parmi la liste des 25 auteurs les plus vendus sur Amazon, Addison Cain est mieux connue pour ses romans d'amour noir, son Omegaverse torride et ses univers extraterrestres originaux. Ses anti-héros ne sont pas toujours rachetables, ses héroïnes sont toujours farouches, et les apparences, toujours trompeuses.

Profonds et parfois déchirants, ses romans ne sont pas pour les âmes sensibles. Mais ils conviennent justement à ceux qui apprécient les mauvais garçons, les alphas agressifs et un soupçon de violence dans un baiser.

Visitez son site web :

addisoncain.fr

Amazon : amzn.to/2ryj4LH
Goodreads : www.goodreads.com/AddisonCain
Offres Bookbub :
www.bookbub.com/authors/addison-cain
Page Facebook de l'auteure :
www.facebook.com/AddisonlCain/
Addison Cain's Dark Longings Lounge :
www.facebook.com/groups/DarkLongingsLounge/

Ne manquez pas ces titres excitants d'Addison Cain !

Le fil d'or

Série Le chant de Wren :
Marquée prisonnière
Prisonnière silencieuse
Prisonnière brisée
Prisonnière profanée

Série L'empire d'Irdesi :
Sigil : Tome un
Sovereign : Tome deux
Que : Tome trois (à paraître)

Série La revendication de l'Alpha :
Née pour être liée
Née pour être brisée
Renaissance
Dérobée
Corrompus (à paraître)

Duo Illusion de lumière :
Un avant-goût du soleil
Un coup dans le noir

Roman d'amour historique :
La face cachée du soleil

Horreur :
Catacombes

La reine blanche
Immaculée

496

www.ingramcontent.com/pod-product-compliance
Lightning Source LLC
Chambersburg PA
CBHW032154180726

48284CB00001B/42